KB041225

타인의 얼굴

타인의 얼굴

아베 코보 지음 | 이정희 옮김

문예출판사

일러두기

〔   〕는 옮긴이주입니다.

아득한 미로의 습곡을 빠져나와 드디어 당신이 찾아왔다. '그'에게 받은 지도에 의지하여 겨우 이곳 아지트에 이르렀다. 아마도 약간 취한 듯한 발걸음으로, 마치 오르간의 페달을 밟는 듯한 소리를 내며 계단을 올라와 맨 첫 번째 방. 숨을 죽여 노크를 해봤지만 어쩐 일인지 아무런 대답이 없다. 대신 한 소녀가 새끼고양이처럼 달려와서는 당신을 위해 문을 열어줄 것이다. 무언가 메시지라도 남아 있나 싶어 말을 걸어보지만 소녀는 아무런 대답 없이 미소만을 보인 채 도망치듯 사라졌다.

당신은 '그'를 찾으려고 안을 들여다본다. 그러나 '그'는커녕 '그'의 그림자조차 보이지 않았다. 폐허의 악취가 자욱한, 죽어 있는 방. 표정을 잃어버린 벽이 쳐다보는 것 같아 순간 오싹해진다. 꺼림칙한 기분에 나오려다 테이블 위에 놓인 노트 세 권과 거기에 편지 한 통이 끼워져 있는 것이 눈에 들어와, 그제서야 당신도 덫에 걸려들었음을 깨닫게 된다. 아무리 고통스러운 생각이 치밀어 올라도 그 변죽을 울리는 듯한 유혹에는 역시 당해낼 수 없을 것이다. 떨리는 손으로 봉투를 찢어 지금 당신은 이 편지를 읽기 시작하고 있다……

분노의 감정도 일 것이며 굴욕감도 느낄 것이다. 아무쪼록 편지지에서 튕겨져 나갈 것 같은 시선을 꾹 참고 끝까지 읽어주길 바란다. 당신이 이 순간을 무사히 넘기고 내게로 한 걸음 더 다가오기를 내가 얼마나 간절히 바라는지 모를 것이다. 내가 '그'에게 졌는지, '그'가 나에게 졌는지, 어쨌든 가면극(假面劇)은 이것으로 막을 내렸다. 나는 '그'를 살해하고 스스로 범인임을 자청하고 남김없이 모든 것을 고백할 작정이다. 너그러이 봐주든지 말든지 아무튼 끝까지 읽어주길 바란다. 심판할 권리가 있는 사람에게는 동시에 피고의 진술에 귀 기울일 의무도 있다.

그렇고말고, 이렇게 무릎을 꿇고 있는 나를 간단히 내팽개쳐버리면 당신마저 억울하게 공범의 혐의를 뒤집어쓰지 말라는 보장도 없다. 자, 그럼 편히 앉아 긴장을 풀어라. 방안의 공기가 나쁘면 당장 창문을 열어도 좋다. 필요하다면 부엌에 다기와 찻잔도 있다. 당신이 자리에 앉는 대로 이곳은 미로 끝인 아지트에서 홀연 법정으로 바뀐다. 당신이 조서를 살펴보는 동안 나는 가면극의 마지막을 한층 더 확실하게 하기 위해서 막의 터진 곳을 꿰매기나 하면서 언제까지나 계속해서 기다리기로 한다. '그'의 추억만으로도 당분간은 우선 심심할 걱정은 없을 것 같으니까.

—그러면 여기에서 잠시 내 시간으로 거슬러 올라가 보

기로 하자. 아마 당신에게는 지금으로부터 사흘 전 오전 0시. 꿀을 탄 듯한 빗물을 머금은 바람이 오늘밤도 조르기라도 하듯이 창틀을 쉴 새 없이 흔들어대고 있다. 낮에는 땀이 날 정도였지만 날이 저물자 따뜻한 불기가 그리워진다. 신문에 따르면 추위가 다시 찾아왔다지만 해가 길어진 것은 분명하고, 이 비가 그치면 이내 여름이 다가올 것이다. 그걸 생각하면 정신이 아득해진다. 나는 실로 납세공과 같아 더위에는 도무지 맥을 추지 못한다. 내리쬐는 태양을 떠올리는 것만으로도 부글부글 살갗이 끓어오르기 시작한다.

그래서 나는 여름이 오기 전에 어떻게 해서든 일을 마무리 짓고 싶었다. 일기예보에 따르면 앞으로 삼사 일 내로 대륙성고기압이 발달해 본격적으로 여름철로 접어들 것이라고 한다. 그래서 삼 일 내에 당신을 맞이할 채비를 끝내고, 그대로 이 편지의 첫머리로 이어질 수 있다면 더는 바랄 게 없다. 그렇지만 사흘은 결코 충분한 시간이라 할 수는 없다. 문제의 조서는 보다시피 큰 노트 세 권에 빼곡히 써 넣은 일 년간에 걸친 기록이다. 그것을 하루에 한 권씩 나누어 가필하고 삭제·수정하여 납득이 가도록 완성시키려면 꽤나 엄청난 작업이다. 그래서 나는 단단히 마음을 먹고, 마늘양념을 듬뿍 넣은 고기만두를 야식용으로 사놓고, 오늘은 여느 때보다 두세 시간 빨리 돌아왔다.

하지만 그 결과는……분하게도……절대적으로 시간이

부족하다는 단지 그 사실을 새삼 느끼게 해줬을 뿐이다. 사실 대충 읽어보고 나서 너무나도 자기변명 같은 모습에 스스로도 질려버렸다. 그냥 앉아 있기만 해도 울적해지기 쉬운 이 축축한 깊은 밤에, 더욱이 끈적끈적한 것이 신경을 건드려 죽을 맛이다. 작업이 끝나자 꽤 참담한 기분에 빠진 것을 부정할 생각은 없지만, 그래도 내 나름대로 항상 깨어 있었다는 확신만큼은 갖고 싶다. 그런 확신도 없이 알리바이를 뒷받침해줄지 아니면 반대로 유죄의 증거물이 될지도 모를 이런 노트를 질리지도 않고 계속해서 써왔을 리가 없다. 정말이지 지기 싫어서 하는 이야기가 아니라, 나는 지금까지도 나 자신에 의해 쫓겨 들어가버린 미로를 어디까지나 논리상의 수난이었다고 굳게 믿고 있다. ……그러나 그런 예측과는 달리 내 노트는 마치 갇힌 들고양이처럼 꽤나 처량한 소리로 울어대고 있다. 차라리 사흘이라는 시간에 얽매이지 않고 만족할 수 있을 때까지 손을 보았어야만 했을까?

아니, 이것으로 충분하다. 모처럼 모든 것을 털어놓고 체념하려는데, 씹다만 고깃덩어리가 목에 반쯤 걸린 듯한 기분은 왜일까? 이제 더는 질색이다. 비명이 터져 나올 것만 같은 부분은 결국 말초적인 것이므로 적당히 지나치면 된다. 예를 들어 당신은 전기드릴이나 바퀴벌레, 유리 판자를 문지르는 소리에 오금이 저리지만, 설마 그것이 인생에 중대한 일이라고 운운하지는 않겠지. 전기드릴은 치과의사들의 기계로 연상하면 대부분 짐작이 가지만, 나머지 두 가지에 대해서는 일종의 심리적인 두드러기 정도로밖에 말할 수 없는 것들이다. 두드러기로 목숨을 잃었다는 이야기는 아직 한번도 들어본 적이 없다.

하지만 이제 적당히 해두고 끝을 맺어볼까 한다. 변명에 대한 변명을 아무리 해봤자 아무 소용이 없다. 그것보다 중요한 것은 바로 지금 당신이 이 편지를 끝까지 읽어주는 것이다. 내 시간이 송두리째 당신의 현재로 겹쳐지는 것이다. 그리고 계속해서 노트를 그대로 읽어가 주는 것……내가 당신의 시간을 뒤쫓아가 마지막 페이지까지 내팽개쳐지는 일 없이 끝까지 읽어주는 것…….

(지금 당신은 마음이 편해졌을까. 녹차는 작은 녹색 캔 속에 있다. 방금 전에 끓여놓은 따뜻한 물도 보온병에 넣어두었으니까 그걸 이용해주길 바란다.)

검은색노트

—덧붙여서 말한다면, 노트는 검은색, 흰색, 회색 표지의 순서로 되어 있다. 물론 표지 색깔과 내용은 아무 상관이 없다. 단지 구별하기 쉽도록 손 닿는 대로 집어 골라보았을 뿐이다.

먼저 이곳 아지트에서부터 시작해볼까. 어디서부터 시작하든 어차피 별 차이는 없다. 단지 그날부터라면 시작하기 쉬울 듯하다. 보름 정도 전, 내가 일주일 예정으로 칸사이 지방으로 출장간 날 말이다. 퇴원한 이후 제대로 된 여행은 처음이었기에 아마 당신도 인상 깊은 날로 여겼을 것이다. 여행의 명목은 오사카에 있는 인쇄 잉크공장을 공정하게 관리 시찰하는 것이었지만, 이는 물론 구실에 불과했고 실제로는 그날 이후 이곳 S아파트에 틀어박혀서 계획한 일을 마무리하는 데 몰두하고 있었다.

그날 일기를 펼쳐보면 다음과 같이 적혀 있다.

5월 26일. 비. 신문광고를 보고 S아파트를 찾아갔다. 아파트 앞에서 놀던 아이가 내 얼굴을 보더니 울기 시작했다. 그러나 지리적 조건도 좋았고 방의 배치도 상당히 이상적이었기 때문에 이곳으로 정한다. 새 목재와 새 칠 냄새가 꽤나 자극적이다. 옆방은 아직 빈 방으로 보인다. 어떻게든 의심받지 않게 옆방도 빌릴 수 있으면 좋으련만……

하지만 나는 S아파트에서 특별히 가명을 쓰지도 않고 신분을 위장하려고도 하지 않았다. 분별 없다고 여길지도 모르겠지만, 나 나름대로 계산도 있었다. 내 얼굴은 이제 와서 잔재주를 부려서 속일 수 있는 정도가 아니다. 바로 현관 앞에서 놀던 초등학생쯤으로 보이는 여자아이가 나를 보자마자 마치 악몽이라도 꾸는 듯이 울기 시작했을 정도였으니. 하지만 장삿속 때문인지 정작 관리인은 지나칠 정도로 사근사근했지만 말이다……

아니, 붙임성이 좋은 것은 관리인뿐만이 아니었다. 유감스럽게도 나와 마주친 대부분의 사람들은 상냥함 만큼은 아낌없이 보여주었다. 내가 어느 지점에서 더는 깊이 들어가려고 하지 않는 이상 모두가 상당한 선심을 베풀었다. 무리도 아닌 것이 내 얼굴을 제대로 보지 않으려면 하다못해 상냥하게라도 대하지 않을 수밖에 없었을 것이다. 덕분에 나도 쓸데

11

없는 탐색은 피할 수 있었다. 붙임성이라는 벽에 가로막혀 나는 늘 철저히 고독했다.

S아파트는 신축된 지 얼마 안 되어서인지 열여덟 개 정도의 방 중에 반 이상이 아직 비어 있었다. 관리인은 부탁도 하지 않았는데 뭐든 다 이해한다는 식으로 이층에서 가장 구석진 비상계단 옆방을 골라주었다. 즉 매사가 이런 식이다. 하긴 그 방은 특별히 골라줄 정도의 가치는 분명히 있었다. 욕실은 물론이거니와 그다지 고급은 아니었지만 책상에다가 고급 의자까지 갖추어져 있고, 거기에다 다른 방에는 없는 테라스풍 창문까지 있었다. 더욱이 비상계단 바로 아래에는 너덧 대 정도 댈 수 있는 주차장이 있어서 그곳에서 나오면 곧장 옆 골목길로 빠져나갈 수 있었다. 물론 집세는 그에 합당할 만한 가격이었다. 그러나 어느 정도의 투자는 처음부터 각오했기 때문에 바로 그 자리에서 석 달분 집세를 지불했다. 그리고 이 참에 근처에 있는 이불집에서 침구 한 세트까지 들여놓기로 했다. 관리인은 드러내놓고 기뻐하면서 통풍도 잘 되고, 채광도 적당하다느니 하며 끊임없이 지껄였다. 그러다 화제가 끊길 즈음 신상에 관한 이야기가 나올 기세였다. 그러나 운 좋게도 마침 방 열쇠를 내밀다가 내가 미처 건네받기 전에 놓치는 바람에 열쇠가 날카로운 소리를 내며 바닥에 떨어져버렸다. 관리인은 당황해 어쩔 줄 몰라하며 서둘러 가스 개폐장치를 돌리고는 허둥지둥 사라졌다. 다행스런

일이다. 이처럼 거짓으로 포장된 것이 언제나 벗기기 쉬운 것이라면 한결 마음이 편안해질 수 있을 텐데…….

얼굴 앞에 펼친 손가락을 셀 수 없을 정도로 이미 어두워졌다. 아직 사람이 산 적이 없던 이 방은 아무래도 서먹서먹하기만 하고 낯설다. 하지만 친근하게 다가오는 사람보다는 아직은 이편이 훨씬 낫다. 게다가 나는 지난번 그 사건 이후 어둠이라는 것에 매우 친근감을 느끼게 되었다. 정말이지 이 세상의 모든 인간이 한순간에 눈을 잃는다든가 해서 빛의 존재를 잊어버린다면, 이 얼마나 멋진 일일까. 순식간에 모든 '형태'에 화해가 성립된다. 삼각 빵도, 둥근 빵도 요컨대 '빵은 빵이다'라는 것을 만인이 납득한다. ……그렇다면 조금 전의 그 여자아이도 눈을 감은 채 내 목소리만 듣고 있었다면 괜찮았을 텐데. 그랬다면 우리는 함께 놀이공원으로 가서 나란히 아이스크림을 먹을 수 있는 사이가 되었을지도 모르는데…… 어설픈 빛 때문에 아이는 삼각 빵을 빵이 아니라 삼각형으로 잘못 인식해버린다. 빛이라는 것은 그 자체가 투명하다 하더라도 비추는 대상을 모조리 불투명하게 바꿔버리는 것 같다.

그러나 현재 빛이 있는 이상 어둠은 기껏해야 시한부 집행

유예에 지나지 않는다. 창문을 여니 비바람이 시커먼 증기처럼 불어왔다. 나도 모르게 기침이 나와 선글라스를 벗고 눈물을 닦자, 길 건너 상점가의 전선이나 전신주 꼭대기, 늘어서 있는 처마 끝이 오가는 자동차 불빛을 받아서 지우다 남은 칠판의 분필 자국처럼 희미하게 빛나고 있다.

복도에서 이쪽으로 가까이 다가오는 발소리가 들린다. 습관적으로 안경을 고쳐 쓴다. 이불집에서 관리인을 통해 부탁해둔 침구 한 세트를 가져온 것이다. 이불 값을 문 밑으로 내밀고 이불은 그냥 복도에 두고 돌아가라고 말했다.

이리하여 어쨌거나 시작할 준비는 거의 갖춘 듯하다. 웃옷을 벗고 옷장을 열자 문 안쪽에 거울이 달려 있다. 안경을 벗고 마스크도 벗고 거울을 보면서 얼굴을 싼 붕대를 풀기 시작한다. 세 겹으로 감은 붕대는 땀에 흠뻑 젖어서 아침에 감았을 때보다 두 배나 더 무겁게 느껴졌다.

드디어 다 풀고 나자, 내 얼굴에서 기어 나오는 거머리 덩어리……서로 뒤엉켜 검붉게 부풀어 오른 켈로이드[화상 등으로 피부의 결합 조직이 병적으로 증식하여 딱딱해진 양성 종양] 속의 거머리……정말이지 뭐라 표현할 수 없는 추악함이다! 거의……일상적인 반복이라서 이제 슬슬 익숙해졌으리라 생각했건만…….

그 새삼스런 놀라움에 한층 더 기분이 나빠졌다. 생각해보면 아무런 근거도 없는 비합리적인 감성이다. 인간이라는 그

14

룻에 비하면 고작해야 극히 일부분에 지나지 않는 얼굴의 피부 정도에 그런 소란을 피우지 않으면 안 되는 것일까. 물론 그런 편견이나 고정관념은 별로 새삼스러운 것도 아니다. 예를 들면 주술적인 신앙은…… 인종적 편견…… 뱀에 대한 이유 모를 공포(혹은 조금 전 편지에서도 말했던 바퀴벌레 공포증)…… 그렇다고 해서 희망에 가득 찬 여드름투성이인 풋내기라면 그렇더라도, 버젓이 연구소의 한 분야를 맡고 있고, 배의 돛처럼 세상과 확실히 연결되어 있어야 할 내가 지금 이런 심리적 두드러기에 시달려서는 곤란하다. 거머리 소굴에 대한 직접적인 혐오감 이외에는 특별한 이유가 없다는 것을 잘 알면서도 끊임없이 이어지는 고민에서 빠져나오지 못하는 자신이 너무나 참을 수 없었다.

물론, 나 나름대로 일단 노력은 해볼 생각이다. 쓸데없이 피해서 지나가기보다는 오히려 사태를 직시하며 거기에 익숙해져버리는 것이 최선일 것이다. 내가 아무렇지 않게 생각한다면 상대방도 분명 더는 불편해하지 않겠지. 그렇게 생각한 나는 연구소에서 한술 더 떠 내 얼굴을 화제로 삼으려 했다. 가령 자신을 TV만화에 나오는 복면을 쓴 괴한에 비유하여 일부러 과장되게 놀려보기도 했다. 상대방은 내 표정을 볼 수 없으니, 나만 몰래 엿보기만 하는 듯한 편리함을 일부러 과장해서 웃기도 했다. 무엇보다도 타인에게 익숙하게 하는 것이 자신을 길들이는 가장 빠른 길임에 틀림없다.

그러자 그 나름대로의 효과는 있었다. 드디어 연구실 내에서는 웬만한 어색함은 느낄 수 없게 되었다. 복면의 괴인도 단순한 허세는 없어졌고, TV나 만화책에서 질리지 않을 정도로 반복해서 등장하는 복면의 괴한은 나름대로 충분한 근거가 있는 듯한 기분조차 들기 시작할 정도였다. 확실히 복면에는—그 밑에 거머리들이 우글거린다는 현실만 없다면—어떤 편한 느낌마저 드는 것도 숨길 수 없는 사실이다. 육체를 옷으로 덮은 것이 문명의 진보라면, 앞으로 복면이 상식이 되지 않으리라는 보장은 어디에도 없다. 지금까지도 중요한 의식이나 축제 같은 데서 종종 실제로 사용되어 왔다. 제대로 표현하기는 어렵지만 복면은 타인과의 관계를 맨얼굴일 때 이상으로 보편적인 것으로 받아들여주는 것은 아닐까.

점진적이긴 했지만 회복되어 가고 있다고 믿었을 때도 있었다. 하지만 나는 얼굴에 대한 공포를 사실은 잘 몰랐다. 그러는 동안에도 붕대 속에서는 거머리의 침식이 착착 진행되어 가고 있었다. 액체공기에 의한 동상 따위는 화상만큼 영향이 크지 않고 따라서 회복도 그만큼 빠르다는 의사의 보증에도 불구하고 테라신 복용이나 코르티손 주사, 방사선 치료와 온갖 수단을 쓴 몇 겹의 방어진을 헤쳐가며…… 거머리 군단의 세력은 다음에서 다음으로 새로운 병사를 계속 투입해 내 얼굴 깊숙이 점령 구역을 넓혀가고 있었다. 예를 들면,

하루는…… 마침 동료들과 타부서와의 연락회의를 마치고 돌아온 점심시간…… 올해 갓 졸업한 젊은 비서가 사연 있는 듯한 표정으로 무슨 책을 넘기면서 다가왔다.

―저, 선생님 굉장히 재미있는 그림이에요. 하면서 미소를 띤 채 가느다란 손가락이 가리키는 것은 〈거짓 얼굴〉이라는 제목의 클레〔파울 클레 Paul Klee〕의 펜화 데생이었다. 그 얼굴은 몇 줄기의 평행선이 수평으로 나뉘어져 있어 보는 각도에 따라서 붕대로 둘둘 말아둔 것처럼 보이기도 한다. 눈과 입 부분에만 약간 좁은 틈이 나 있어 무표정이 잔혹하리만치 강조되어 있다. 갑자기 나는 말할 수 없는 굴욕감에 사로잡혔다. 물론 그녀에게 악의가 있을 리는 없다.

게다가 그녀에게 그런 마음을 갖게 한 것은 나의 의식적인 유도 탓이니…… 그렇고말고, 침착하자! 여기서 화를 낸다면 모처럼 고생한 노력이 물거품이 되어버릴 것이 아닌가. 그렇게 스스로를 타이르면서도 그만 참지 못하고 결국에는 그 그림이 마치 그녀의 눈에 비춰진 내 자신의 얼굴처럼 보였다……. 보여질 뿐, 볼 수 없는 거짓의 얼굴…… 그런 식으로 그녀에게 비쳤다고 생각하자 역시 견딜 수 없었다.

갑자기 그 화집을 둘로 찢어버렸다. 내 마음도 함께 찢어졌다. 그 찢어진 틈에서 내 몸 속이 썩은 계란같이 흘러나왔다. 빈 껍질이 되어버린 나는 찢어진 종이를 서로 겹쳐서 머뭇거리며 그녀에게 돌려주었다. 하지만 이미 늦었다. 평소

같으면 들으려고 해도 들을 수 없는 항온조(恒溫槽)의 조온장
치가 함석판을 구부리는 듯한 요란한 소리를 내고 있었다.
그녀는 스커트 속의 두 무릎을 마치 하나의 막대로 만들려는
듯이 세게 비비댔다.

　그때의 당혹감 속에 숨겨진 의미를 나는 아직까지도 정말
로 이해할 수 없다. 몸부림칠 정도로 수치스러우나, 무엇에
대해서 그만큼 부끄러워했는지 아직 정확히 모르겠다. 아니
그때 그 기분이 되면 불가능한 것은 아니었을지 모르지만 본
능적으로 깊이 들여다보는 것을 회피하고, 기껏해야 '유치한
행동'이라는 진부한 관용구의 그늘에 몸을 피했을지도 모른
다. 아무리 생각해봐도 인간이라는 존재 속에서 얼굴 따위가
그만큼 큰 비중을 차지할 리가 없다. 인간의 무게는 어디까
지나 그 일의 내용에 의해서 평가되어야 하며, 그것은 대뇌
피질과 관계할 수는 있어도 얼굴이 참견할 여지는 없는 세계
다. 고작 얼굴의 상실 때문에 저울의 눈금에 두드러진 변화
가 나타난다고 한다면 그것은 처음부터 내용이 텅 비어 있었
기 때문일 것이다.
　그러나 이윽고⋯⋯분명 그 화집 사건이 있은 며칠 뒤⋯⋯
나는 얼굴의 비중이 그러한 희망적 관측을 훨씬 웃돈다는 것

을 너무나도 뼈저리게 실감하였다. 그 경고는 쥐 죽은 듯이 발소리도 내지 않고 내부로부터 다가왔다. 외부에 대한 방비에만 정신이 팔려 있던 나는 허를 찔린 듯 어이없게 무너졌다. 쓰러지면서도 바로 그것이라고 이해할 수 없을 만큼 예리하고도 갑작스런 공격이었다.

그날 밤 집으로 돌아온 나는 신기하게도 바흐의 음악이 듣고 싶어졌다. 특별히 바흐가 아니면 안 된다는 것은 아니었지만, 진폭이 짧아 뭔가 뒤틀린 듯한 기분에는 재즈나 모차르트 음악이 아닌 역시 바흐 음악이 가장 적절하다는 생각이 들었다. 나는 결코 훌륭한 음악 감상자는 아니지만 괜찮은 이용자 정도는 될 것이다. 일이 순조롭게 진척되지 않을 때 그 주춤한 정도에 맞게 필요한 음악을 골라낸다. 생각을 일시 중단시키고자 할 때는 자극적인 재즈를, 도약적인 탄력을 주고자 할 때는 이성적인 바르토크〔헝가리의 음악가〕를, 존재감을 얻고자 할 때는 베토벤의 현악4중주를, 한 가지에 집중하고자 할 때는 나선운동적인 모차르트를, 그리고 무엇보다도 정신의 균형을 필요로 할 때는 바흐를 듣는다.

하지만 순간 나는 레코드를 잘못 고른 게 아닌가 하는 의심이 들었다. 그렇지 않다면 분명 기계가 고장이 난 것이다. 그만큼 그 곡은 미쳐 있었다. 이런 바흐는 들어본 적도 없다. 바흐가 영혼을 치료하는 약이라 한다면 이것은 약으로도 독으로도 쓸 수 없는 그저 점토덩어리에 지나지 않았다. 아무

의미도 없고 어리석기만 한, 만들 때 먼지투성이가 되고 마는 엿과자같이 여겨졌다.

당신이 홍차 두 잔을 끓여 방으로 들어온 것은 마침 그때였다. 내가 가만히 있으니까 당신은 아마도 음악에 빠져 있다고 생각했는지 그대로 발소리를 죽이고 나가버렸다. 그러자 미쳐버릴 것 같은 쪽은 역시 나였다. 그렇다 하더라도 믿을 수 없다. ……얼굴의 상처가 청각에까지 영향을 주다니…… 그러나 아무리 귀를 기울여보아도 용해된 바흐가 원래대로 되돌아오지 않는 이상 그렇게 생각할 수밖에 없었다. 붕대 틈새로 담배를 밀어 넣으면서 얼굴과 함께 잃어버린 것이 또 있지는 않을까 하고 쭈뼛쭈뼛한 자세로 둘러보았다. 아무래도 얼굴에 관한 나의 철학은 근본적인 수정을 필요로 하는 듯했다.

그러고 나서 갑자기 시간의 바닥이 뚫린 듯이 나는 30년 전 과거의 기억 속에 있었다. 그 후 한 번도 생각해본 적도 없는 그 사건이 컬러판 인쇄를 보는 듯이 생생하고 당돌하게도 되살아난 것이다. 사건의 발생은 누나의 가발이었다. 말로 표현하기는 어렵지만 나는 그 가발에서 뭐라 말할 수 없는 외설적이고 부도덕함을 느끼고는, 어느 날 아무도 모르게 불에 태워버렸다. 그런데 어찌 된 영문인지 이 사실을 어머니한테 들켜버렸다. 어머니는 필요 이상으로 단단히 나를 야단쳤고, 나는 정의감에 저지른 일이었음에도 막상 야단을 맞으면서 아무런 대꾸도 하지 못하고 그저 우물쭈물하며 얼굴을 붉히기만 했다. 아니 억지로 대답하려고 했다면 할 수도 있었겠지만 그런 것을 입에 담는 것만으로도 불결해지는 것 같아 나의 결벽증이 입을 다물게 했던 것으로 생각된다. ……그리고 그 가발을 얼굴이라는 단어로 바꾸면 그 참을 수 없는 안타까움은 그대로 무너져버린 바흐의 공허한 울림과 겹쳐졌다.

레코드를 끄고 내쫓기듯이 서재를 나오니 당신은 식탁에 놓인 유리잔을 닦고 있었다. 뒤이어 일어난 것은 나 자신도 추측할 수 없을 만큼 발작적인 충동이었다. 당신이 저항하는 것을 보고서야 겨우 나의 행동이 가지는 의미를 이해할 수 있었으니까 말이다. 나는 오른손으로 당신의 어깨를 누르고 왼손을 당신의 스커트 밑으로 넣으려고 했다. 당신은 신음소리를 내고는 갑자기 용수철같이 튕기듯이 무릎을 뻗치고 일어섰다. 의자가 넘어지고 컵이 하나 떨어져 깨졌다.

넘어진 의자를 사이에 두고 우리는 숨도 쉬지 않고 그 자리에 꼼짝 않고 서 있었다. 분명 내 방식은 너무 난폭했을지도 모른다. 그러나 내 쪽에서도 어느 정도 할 말은 있었다. 얼굴의 상처 때문에 보지 못했던 것을 모조리 되찾기 위한 최대한의 시도였다. 그 사건이 있은 이후 우리는 쭉 관계가 끊긴 채로 있었다. 핑계라고 한다면 얼굴에 부수적인 의미밖에 인정할 수 없는 듯이 말하면서 결국은 얼굴과의 대결을 피해 도망친 것일지도 모른다. 그러나 여기까지 쫓겨 왔으니 정면 돌파해서 반격에 나설 수밖에 없다. 나는 얼굴의 줄무늬가 환영에 지나지 않는다는 것을 그 행위로 입증해 보일 작정이었던 것 같다.

하지만 그 시도도 실패로 끝났다. 손가락 끝에는 아직 납석 가루를 바른 듯한 당신의 허벅지 안쪽의 감촉이 작은 도깨비불같이 화끈거리고 있었다. 목에는 가시투성이의 울부짖음이 다발이 되어서 꽂혀 있었다. 무언가 말하려고 한다면 말하고 싶은 것이 얼마든지 있었을 텐데…… 오히려 한마디도 말하지 못했다. 변명일까?…… 위로?…… 그렇지 않으면 비난? 말한다면 그 어느 것으로든 정리하지 않으면 안 되겠지만, 아무래도 그런 정리 정도로는 해결될 것 같지 않았다. 변명이나 위로를 고른다면 오히려 연기처럼 사라져버리고 싶다. 공격을 선택한다고 한다면…… 그래, 아마 당신의 얼굴을 할퀴어서 적어도 나와 같게 하든지, 아니면 그 이상의 괴물처럼 만들어버렸을 것이다. 갑자기 당신이 흐느껴 울기 시작했다. 단수된 수도꼭지에서 공기가 빠지는 것같이 사람을 당황하게 하는 울음이었다.

돌연 내 얼굴에 깊은 구덩이가 입을 떡 벌렸다. 그 구덩이는 내 온몸이 다 들어가도 여유가 있을 정도로 깊이 파여 있었다. 썩은 충치에서 나오는 고름 같은 액체가 여기저기서 스며 나와 찔찔 소리를 내면서 떨어지고 있었다. 그 소리를 들은 방 전체의 악취라는 악취가…… 의자 모서리에서 찬장 구석에서 싱크대 배수구에서 곤충의 시체처럼 변색된 전등 갓에서…… 바퀴벌레가 기어 나오고 있었다. 뭐든지 상관없으니 나는 얼굴 구멍을 막을 뚜껑이 필요했다. 더는 술래가 없는 술래놀이 같은 시늉은 이제 그만두고 싶었다.

여기서부터 가면을 계획하기까지는 얼마 안 되는 시간이었다. 처음부터 착상 자체는 신기할 것도 없고 잡초 씨앗과 같은 것이어서 받아들일 자그마한 지면과 물방울이 있다면 그것으로 충분하다. 특별히 애쓰지도 않고 그렇다고 정색을 할 것도 없이 그 다음날부터 마치 예정했던 것처럼 나는 오래된 학회기관지의 목록을 조사했다. 문제의 플라스틱 인공기관(人工器官)에 관한 기사가 나온 것은 분명 재작년 여름쯤일 것이다. 그렇다. 플라스틱 가면을 만들어서 얼굴의 구멍을 막아보려는 것이 내 목적이다. 하지만 일설에 따르면 '가면'은 단순한 보조기구 이상으로 자신을 초월한 뭔가로 변신하고자 한다는 너무나도 형이상학적인 바람의 표현이었다고 한다. 나라고 해서 내키는 대로 갈아입을 수 있는 셔츠나 바지 정도로 생각하는 것은 아니다. 그러나 우상을 섬겼던 고대인이나 사춘기 소년소녀라면 몰라도, 이제 와서 제2의 인생을 위해서 가면을 제단에 장식해보려고 해도 소용없다. 얼굴이 몇 개든 내가 나인 것은 변화 없을 것이다. 단지 소규모의 '가면극'으로 이미 다 열려버린 인생의 막간을 장식해보고자 한다.

찾으려던 잡지를 바로 찾아냈다. 그 문헌에 따르면 적어도 외견상으로만 본다면 거의 실물과 다름없이 만들 수 있다고 한다. 단지 이는 어디까지나 형태상으로 그렇다는 것뿐이지, 운동성 등에 대해서는 아직까지 미해결 부분이 많이 남아 있었다. 그러나 어차피 만들 거라면 역시 표정이 있는 편이 좋겠다. 표정 근육의 움직임에 맞춰서 울기도 하고 웃기도 하고 자유롭게 신축성이 있는 것으로 말이다. 현재의 고분자화학 수준에서 본다면 불가능한 일도 아니겠지만 지금까지 이룩한 지식만으로 본다면 완성하기까지는 시간이 꽤 걸릴 것 같다. 하지만 그 가능성에 기대는 것만으로도 당시의 나로서는 꽤나 좋은 해열제가 되었다. 당분간 이빨 치료가 불가능하다면 진통제라도 먹을 수밖에 없다.

우선 그 인공기관에 관한 기사의 필자인 K 씨를 만나 이야기를 들어보기로 했다. 전화를 받은 K 씨의 대답은 꽤나 퉁명하고 내켜 하지 않는 것 같았다. 어쩌면 내가 자신과 같은 고분자 분야에 종사하고 있는 사람이란 이유로 저항감을 느끼고 있었는지도 모르겠다. 어쨌든 4시 이후에 한 시간 정도 시간을 내주겠다고 약조를 했다.

잔업 팀의 책임자에게 스위치 점검 인계를 마친 뒤 나머지 두세 개의 전표를 정리하고 바로 퇴근했다. 거리는 씻어놓은 듯이 환했고 바람에 물푸레나무 냄새가 배어 있었다. 나는 그 환함과 냄새에 화끈거리는 듯한 질투심을 느꼈다. 택시를 기다리는 동안 여기저기에서 침입자를 보는 듯한 시선으로 나를 쳐다보는 느낌이 들었다. ―하지만 이런 것들은 모두 흑과 백이 거꾸로 된 음화에 지나지 않으며 가면을 손에 넣기만 하면 이내 다시 양화로 되돌릴 수 있다고 생각하며 가만히 눈부신 햇살을 견뎌내고 있었다.

　찾고 있던 건물은 환상선(環狀線) 역 가까이에 매우 복잡하게 들어선 주택가의 안쪽에 있었다. 'K고분자화학 연구소'라고 그다지 눈에 띄지 않는 간판이 걸려 있는 것 외에는 그저 흔히 볼 수 있는 가정집이다. 문을 들어서자 바로 앞에 토끼장 세 개가 아무렇게나 쌓여 있었다.

　좁은 대기실에는 낡은 나무벤치와 굽이 달린 재떨이와 이미 달이 지난 잡지가 몇 권 놓여 있었다……. 왠지 후회가 되기 시작했다. 연구소라는 등 평판은 그럴듯하지만 이 정도라면 완전히 근처의 개인병원 의사와 조금도 다를 바가 없다. 환자의 약점을 이용해먹는 단순한 사기꾼에 지나지 않는 것은 아닐까. 뒤돌아보니 약간 더러워진 액자에 두 장의 사진이 끼워져 있었다. 한 장은 아래턱이 이지러진 들쥐같이 생긴 여자의 옆모습이고, 또 다른 한 장에는 아마도 성형수술을 받은 후의 모습인지, 조금은 보기 좋아진 얼굴이 어렴풋이 미소를 띠고 있다.

누적된 수면 부족이 무거운 덩어리가 되어 미간 속으로 퍼지기 시작하여, 더는 딱딱한 벤치에 앉아 있는 것이 참을 수 없게 되었을 때, 간신히 간호사가 이끄는 대로 다음 방으로 갔다. 차양 너머 빛이 하얗게 우윳빛으로 머물러 있었다. 창가 책상에는 주사기만 놓여 있지 않을 뿐 왠지 낯선 몇 개의 기구들이 위협적으로 나열되어 있고, 그 옆에는 카르테가 꽂혀 있는 정리함과 팔걸이 회전의자…… 맞은편에는 환자용 회전의자…… 조금 떨어진 곳에 철제 칸막이에 바퀴 달린 허리 높이 정도의 옷 바구니…… 말 그대로 잘 갖추어진 모양이 점점 더 나를 우울하게 만들어버렸다.

담배에 불을 붙였다. 재떨이를 찾으려고 일어서다가 문득 책상 위의 법랑 접시 안에 있는 것들을 보고 깜짝 놀랐다. 귀가 하나, 손가락이 셋, 손목이 하나에 눈꺼풀에서 입술에 이르는 볼 한 면이 한 장…… 방금 막 떼어놓은 듯한 생생한 모습으로 아무렇게나 놓여 있었다. 불쾌해지기 시작했다. 실물보다 더 실물 같았다. 똑같다는 것이 이만큼 끔찍한 느낌을 주리라고는 미처 생각도 못했다. 절단면을 보니 분명 플라스틱 모형 이외의 아무것도 아닌 것 같은데 울컥 송장 냄새라도 맡은 듯한 착각마저 든다.

갑자기 칸막이 뒤편에서 K씨가 나타났다. 뜻밖에도 부드러운 얼굴을 하고 있어 안도의 숨을 쉬었다. 약간 곱슬머리, 컵 밑면과 같은 두꺼운 테 없는 안경, 살집이 보기 좋은 아래 턱…… 게다가 K씨의 몸 주위에는 평소에 배어 있는 약품 냄새가 꽤나 친근한 듯이 자욱이 감돌았다.

하지만 이번에는 상대가 당황해할 차례다. 어이없는 표정으로 받아든 명함과 내 얼굴을 서로 번갈아 보면서 얼마간 할 말을 잊은 듯했다. "그럼, 당신은……." K씨는 우물거리며 다시 한번 명함을 들여다보면서 전화 때와는 또 다른 소극적인 자세로, "환자로서 오신 겁니까?"

분명 환자임에 틀림없다. 그러나 K씨의 기술이 아무리 뛰어나다 하더라도 이대로 나의 희망을 충족시켜줄 수는 없어 보인다. 기대할 수 있는 것은 기껏해야 조언 정도일 것이다. 그렇다고 해서 상대에게 상처를 주는 것도 할 짓은 아니다. K씨는 나의 침묵을 주눅이 들어서일 거라 판단한 모양인지, 위로하는 듯한 말로 계속해서, "어서 앉으세요…… 어떻게 되신 겁니까?"

"실험 중에 액체공기가 폭발해버려서 말이죠……. 평소에 늘 액체질소를 사용했기 때문에 잠시 방심하는 바람에 그만……."

"켈로이드 흉터입니까?"

"보시는 대로 얼굴 전체입니다. 켈로이드가 생기기 쉬운 체질인 것 같습니다. 진찰을 해준 의사도 어설프게 만졌다가는 오히려 자극이 되어 도질 뿐이라며 아예 포기해버렸을 정도입니다."

"하지만 입술 주위는 괜찮은 것 같은데요……."

나는 그 참에 선글라스를 벗어 보이고는, "덕분에 눈도 무사합니다. 근시용 안경을 쓰고 있었던 것이 천만다행이었죠."

"그나마 운이 좋았군요!" 마치 자신의 일인 양 흥분해서, "뭐니 뭐니 해도 눈과 입술이니까요……. 이것만큼은 움직여주지 않으면 무의미하죠. 아무리 모양만 만들어낸다고 하더라도 속임수가 통하지는 않습니다."

자기 일에 열심인 사내 같았다. 가만히 내 얼굴을 들여다보면서 아무래도 마음속으로는 이미 밑그림을 그려가는 중인 것 같았다. 상대를 실망시키지 않으려고 서둘러 화제를 바꾸어,

"논문 잘 읽어보았습니다. 아마 작년 여름이었죠……."

"네, 작년이었습니다."

"정말 놀랍습니다. 설마 이 정도로 정교하리라고는 생각지도 못했습니다."

K씨는 만족스러운 듯이 쭈글쭈글한 손가락 하나를 들어서 손바닥 위로 살며시 굴리면서,

"끈기가 필요한 일이죠. 지문 같은 것도 실물과 똑같죠. 덕분에 경찰에서 등록시켜준다느니 묘한 주문을 하기도 해

서 말예요."

"본을 뜨는 것은 역시 석고입니까?"

"아뇨, 점성 실리콘을 사용하고 있습니다. 석고는 아무래도 세부적인 작업이 힘들기 때문에…… 자, 손톱 부근의 거스러미 같은 미세한 부분까지 잘 나타나 있죠?"

조심스럽게 손끝으로 만져보니 끈적끈적한 것이 살아 있는 듯한 감촉이었고, 세공품이라는 것을 알면서도 '죽음'에 감염된 듯이 섬뜩한 기분이 들었다.

"…… 뭐랄까, 모욕감이 드네요……."

"아무튼 이런 것입니다. 인간의 몸이라는 것이……."

K씨는 득의양양한 듯이 다른 손가락을 들고는 잘린 부분을 아래쪽으로 해서 책상 표면에 수직으로 세웠다. 시체가 책상을 뚫고 손가락을 내민 것처럼 보였다.

"……그런데 이런 식으로 일부러 약간 더럽게 만드는 것이 요령입니다만, 보기 좋게 해달라는 환자의 말대로 하다가는 엉뚱하게 뒤죽박죽이 되어버립니다……. 예를 들면 이것은 가운데 손가락이니깐 제1관절의 뒤쪽에 이런 색을 넣어보았습니다. 언뜻 담뱃진으로 보이겠죠."

"붓으로 칠한 것입니까?"

"천만에요……."

K씨는 처음으로 소리 내어 웃었다.

"바르거나 해서는 이내 지워져버립니다. 다른 색의 재료를 밑에서부터 순서대로 덧칠해 나갑니다. 예를 들어 손톱 부분에는 초산비닐…… 필요하다면 손톱 때를 아주 약간…… 관절 부분이나 주름의 음영…… 정맥이 지나가는 부분에는 희미한 푸른 빛이 돌게 하는 식입니다."

"공예품 같네요. 누구라도 만들 수 있는 게 아니군요……."

"그건 그렇습니다." 조금씩 무릎을 흔들면서, "그러나 안면 세공에 비하면 이런 것은 아직 시작에 불과합니다. 뭐니뭐니 해도 얼굴이죠……. 첫째, 표정이라는 것이 있지 않습니까……. 0.1밀리미터 정도의 주름이나 융기라도 얼굴에 두게 되는 순간, 순식간에 의미심장한 뜻을 지니게 되니까요."

"하지만 설마 움직여지지는 않겠죠?"

"그것은 무리입니다."

K씨는 무릎을 벌려 돌려앉았다.

"외관을 만드는 것이 최선의 방법이지, 아무래도 운동성까지는 힘들 것 같습니다. 역시 움직임이 적은 부분을 골라서 국부적인 보완을 하는 수밖에 없습니다. 게다가 또 한 가지 통기성 문제도 있는데, 당신의 경우 실제로 보지 않고서는 알 수 없습니다만…… 제가 보기에 붕대 위에도 상당히 땀이 배어나고 있는 것 같은데…… 아마 땀샘은 다치지 않고 살아남아 있는 것으로 보입니다. 땀샘이 살아 있는 이상 통

30

기성이 없는 것으로 얼굴을 완전히 덮어씌울 수는 없습니다. 생리적으로 문제가 생길뿐만 아니라, 첫째는 호흡이 곤란하여 반나절도 참을 수 없을 겁니다. 적당한 것이 좋습니다. 노인이 어린애처럼 하얀 이를 가지고 있다면 우스꽝스럽겠지요. 그와 마찬가지로 오히려 수정한 것을 타인에게 들키지 않을 정도로 수정을 하는 편이 훨씬 효과적입니다……. 붕대는 직접 푸실 수 있습니까……."

"풀 수는 있습니다만, 저……." 상대가 생각하고 있는 듯한 환자는 아니라는 것을 어떻게 전하면 좋을까 궁리하면서, "아직 확실한 결심이 서지 않아서 고민 중입니다……. 이제 와서 그런 일시적인 방편까지 써서 얼굴의 상처에 구애받을 필요는 없지 않을까 해서……."

"그렇고말고요." K씨는 격려하듯이 강한 어조로 말하며, "신체 특히 얼굴의 손상은 단순히 형태상의 문제만으로 치부할 수 있는 것은 아닙니다. 오히려 정신위생학적인 영역에 속하는 것입니다. 그렇지 않으면 누가 선뜻 이런 올바르지 않은 듯한 일에 몰두할 수 있겠습니까. 저 자신조차도 의사로서 자존심이 있으니까요. 결코 모조품이나 만드는 직공 따위에 만족할 리는 없습니다."

"예, 압니다."

"어떠십니까?" 입술가에 비아냥거리는 듯한 기색을 내비치면서, "내 일을 공예품 같다고 한 것은 당신입니다."

"특별히, 그런 의미로 한 말은 아니었습니다."

"걱정하지 마십시오⋯⋯." K씨는 이해심 많은 교사와 같은 여유로움으로, "막상 하려고 하면 주저하는 것은 당신만이 아닙니다. 얼굴의 가공에 저항감을 가지는 것은 오히려 일반적인 생각이지요. 아마 근세 이후죠⋯⋯. 지금도 미개인은 아무렇지도 않게 얼굴을 가공해요⋯⋯. 이런 생각의 근거가 어디에 있는지 안타깝게도 전문가가 아닌 저로서는 잘 알 수는 없지만⋯⋯ 하지만 통계적으로는 꽤나 정확합니다. 외부의 손상을 예로 들어보면 안면 손상은 사지 손상에 비해서 거의 1.5배라는 수치가 나오는데도 불구하고, 실제로 치료를 원하는 사람은 사지의, 그것도 손가락이 절단된 사람이 80퍼센트 이상을 차지하고 있기 때문입니다. 분명 얼굴에 대해 터부시하는 점이 있습니다. 그 점은 의사 동료들조차도 큰 이견이 없습니다. 심지어는 제 직업을 돈 벌려는 고등 미용사 취급을 하기도 합니다⋯⋯."

"그러나 외관보다도 내용을 존중하는 것이 특별히 이상한 일은 아니죠⋯⋯."

"담을 그릇 없는 내용물을 존중하는 것 말입니까⋯⋯. 믿지 않으시겠죠⋯⋯. 나는 인간의 영혼은 피부에 있다고 굳게 믿고 있습니다."

"물론 비유적으로 말한다면야⋯⋯."

"비유 같은 게 아닙니다." 부드러우면서도 단정적인 어조로, "인간의 영혼은 피부에 있다⋯⋯. 글자 그대로 그렇게 확신하고 있습니다. 전쟁 중에 군의관으로 종군했을 때 얻은 절실한 체험이지요. 전쟁터에서는 손발이 떨어져나가거나 얼굴에 엉망으로 상처를 입는 것이 일상다반사였습니다. 하지만 부상당한 군인들에게 무엇이 가장 큰 관심사였다고 생각하십니까? 목숨을 부지하는 것도 아니며 몸의 기능이 회복되기를 바라는 것도 아닙니다. 무엇보다도 우선 외견이 원상태로 돌아올까 하는 것입니다. 처음에는 나도 웃어넘기고 말았지만 여하튼 가슴에 단 별 숫자와 건장함 이외에는 어떤 가치도 통용되지 않는 전쟁터니까요⋯⋯. 어느 날 얼굴에 심한 부상을 입은 것 외에는 그다지 문제랄 만한 것이 없는 병사 한 사람이 퇴원을 얼마 앞두고 갑자기 자살을 한 사건이 발생했습니다. 충격이었습니다⋯⋯. 그 뒤부터지요. 내가 부상당한 병사들의 모습을 주의 깊게 관찰하게 된 것은⋯⋯ 그리고 마지막에 하나의 결론에 도달했습니다. 외상, 특히 안면 부상은 마치 사진과 같이 그대로 정신적인 상처가 되어 남아 있다는 것, 너무나도 슬픈 결론이죠⋯⋯."

"그야⋯⋯그런 경우도⋯⋯있겠죠. 그러나 아무리 많은 예가 있다고 하더라도 정확한 이론상의 근거가 없는 이상 일반적인 법칙으로 간주할 수는 없다고 봅니다."

갑자기 참을 수 없는 짜증이 끓어올랐다. 나는 특별히 내 신상에 대해 상담을 하러 온 것이 아니다.

"당장 나 자신은 아직 그 정도로 심각한 상황은 아니고…… 아무래도 실례를 범한 것 같습니다. …… 괜히 모처럼의 귀중한 시간을 내주었는데 괜한 소리만 했네요……."

"저…… 기다리세요." 자신 있다는 듯 슬며시 웃기까지 하면서, "마치 강요하는 것처럼 들릴지도 모르겠지만 저 나름대로 확신이 있어서 드리는 말씀입니다. …… 만약 그대로 두면 당신은 분명 일생을 붕대를 감은 채로 보낼 것입니다. 현재 여기에 있는 자체가 붕대 속에 있는 것보다는 조금이라도 더 낫다고 생각한 증거니까요. 어찌 되었건 당분간은 상처 입기 이전의 당신 얼굴이 어느 정도 주위 사람들의 기억 속에 살아남아 있죠. …… 그러나 시간은 기다려주지 않습니다. …… 차츰 그 기억도 희미해져 가고…… 게다가 당신의 얼굴을 모르는 동료들도 점점 나타날 것이며, 결국에는 붕대라는 약속어음이 부도어음이 되어버리는…… 당신은 살아간다 하더라도 세상으로부터 매장되어버릴 것입니다."

"말도 안 되는 소리! 도대체 뭘 말하고 싶은 거요?"

"똑같은 신체장애자라도 손발이 불편한 사람이라면 주변에서 얼마든지 볼 수 있소. 맹인이나 농아들도 그다지 보기 어렵다고는 말할 수 없습니다. …… 그러나 어딘가에서 얼굴이 없는 사람을 본 적이 있습니까. 아마 없을 겁니다. 얼굴 없는 그들은 도대체 어디로 증발해버렸다고 생각하십니까?"

"모르겠습니다. 남의 일 따윈 관심 없어요!"

나도 모르게 목소리가 거칠어져 있었다. 마치 도난 신고하러 갔다가 실컷 설교만 듣고 자물쇠만 강매당한 것 같은 기분이다. 그러나 상대도 그냥 물러나지는 않았다.

"아무래도 잘못 이해하시는 것 같은데, 얼굴이라는 것은 결국 표정을 말하는 것입니다. 표정이라는 것은…… 어떻게 말하면 좋을까요. …… 요컨대 타인과의 관계를 나타내는 방정식 같은 것이죠. 자기 자신과 타인을 연결해주는 통로 말입니다. 그 통로가 무너진다거나 해서 막혀버린다면, 모처럼 그 곁을 지나가던 사람도 아무도 살지 않는 폐가라고 생각하고는 지나쳐버릴지도 모릅니다."

"상관없습니다. 억지로 들러달라고는 안 해요."

"즉 나는 내 길을 가겠다고 말하고 싶으시겠죠?"

"안 됩니까?"

"유아심리학에서도 정설로 되어 있습니다만, 인간이라는 존재는 타인의 눈을 통해서만이 자신을 확인할 수 있다고 합니다. 백치나 정신분열증 환자의 표정을 보신 적이 있습니까? 통로를 막아둔 채로 있으면 결국에는 통로가 있었다는 것조차 잊어버리게 됩니다."

나는 궁지에 몰리지 않으려고 제대로 된 대안도 없이 반격을 시도해보았다.

"당신 말도 맞습니다. 표정에 관해서는 그렇다고 칩시다. 그러나 모순된 이야기가 아닐까요. 얼굴의 어느 한 부분만을 임시방편으로 덮어두려고 하는 당신의 방식으로 도대체 어떻게 표정이 되살아난다는 것입니까?"

"걱정하지 마십시오. 그 점이라면 맡겨주셨으면 합니다. ……그 분야의 전문가니까요. 적어도 붕대보다는 나은 것을 해드릴 정도의 자신은 있습니다. ……아무튼 붕대를 풀어봐 주시겠습니까. 사진을 몇 장 찍어서 그것을 바탕으로 분할소거법으로 표정 회복에 필요한 요소를 등급 순으로 선별해낼 겁니다. 그중에서 가능한 한 운동성이 적은 고정하기 쉬운 장소를……."

"실례지만……." 이제 도망가고 싶은 생각밖에는 없었다. 체면도 팽개쳐버리고 그저 매달리듯이 애원하기 시작했다.

"그것보다도 그 손가락을 하나 주실 수 없을까요?"

과연 K씨도 어이없다는 듯이 손목을 무릎에 문지르면서 말했다.

"손가락이라니, 이……손가락 말입니까?"

"손가락이 안 된다면 귀라도 아님 뭐든지 괜찮습니다만……."

"하지만 당신은 얼굴의 켈로이드 때문에 오신 거 아니었습니까."

"죄송합니다. 안 된다면 어쩔 수 없죠……."

"알 수가 없군요. ……아무래도…… 꼭 드릴 수 없는 것은 아닙니다만…… 그러나 이래 뵈도 의외로 비싸답니다.

"······ 아무튼 하나하나마다 안티몬〔antimony, 질소족 원소의 하나〕의 형태를 취하지 않으면 안 되거든요. ······ 재료비만 하더라도 오륙 천 엔 정도니까요. ······ 최소한의 견적입니다······."

"괜찮습니다."

"이해가 안 되네요. 무슨 생각을 하고 계신지······."

알 턱이 없었다. 아무튼 우리가 주고받는 방식은 제대로 된 측량도 하지 않은 채 설치된 두 가닥의 레일과 같은 것이었다. 지갑을 꺼내 돈을 세면서 나는 오직 사죄를 반복할 수밖에 없었다.

주머니 속에서 인조 손가락을 흉기인 양 꽉 쥐고 밖으로 나오자 저녁노을과 그림자가 너무나도 선명해서 오히려 이쪽이 인공적으로 만들어진 것처럼 보였다. 좁은 골목에서 캐치볼을 하고 있는 소년들이 나를 보자 안색이 변해서는 담벼락에 붙어 섰다. 빨래집게에 귀가 집혀서 널려져 있는 듯한 얼굴들을 하고 있다. 붕대를 풀어 보여줬더라면 더욱 기겁을 할 것이 틀림없다. 정말로 붕대를 풀어헤쳐 그 종이공예와 같은 풍경 속으로 날아가버리고 싶은 충동에 사로잡혔다. 그러나 얼굴 없는 나는 이 붕대 감긴 얼굴에서 한 발짝도 나아갈 수가 없다. 주머니 속 모조 손가락을 번쩍 내들어 그 풍경을 힘껏 찢어버리는 모습을 떠올리면서, '생매장'이라는 K 씨의 야유를 어금니 꽉 물고 간신히 참아냈다. 뭐, 두고 보

자. 머지않아 내 얼굴이 본래의 얼굴과 전혀 구별할 수 없는 가짜로 포장되어버린다면, 아무리 인공적으로 만들어낸 풍경이라 하더라도 이미 나를 따돌릴 수는 없을 테니까…….

그날 밤…… 건네받은 모조 손가락을 양초처럼 책상 위에 세워놓고 나는 꼼짝도 하지 않은 채 진짜보다도 더 진짜 같은 그 '거짓'에 대해서 이것저것 끝없이 생각을 했다.

나는 그 너머로 조만간 자신이 그곳에 등장할지도 모르는 동화 속 가면무도회라도 상상하고 있었는지 모른다. 하지만 공상 속에서조차 '동화 속'이라는 조건부를 달지 않을 수 없었던 것은 실로 상징적인 것임에 틀림없지 않을까? 앞에서도 말했지만 나는 이 계획을 정확한 결단도 없이 작은 도랑을 건너는 정도의 가벼운 기분으로 선택했다. 그런 만큼 충분히 생각한 끝에 내린 결론은 아니다. 오히려 얼굴의 상실이 특별히 본질적인 것의 상실이라고 할 수 없다는 시종 일관된 자기방어적인 견해의 연장선상에서 무의식중에 내가 가면 그 자체를 가볍게 생각하려고 노력한 탓은 아닐까. 따라서 보는 관점에 따라 가면 자체가 문제가 아니라, 얼굴과 얼굴의 권위에 대한 결투장과 같은 의미를 지닌다는 편이 더 크게 작용하고 있었던 것 같다. 앞서 말한 붕괴된 바흐나 당신에게 거절을 당했을 때, 이곳까지 쫓겨 온 기분이 들지 않았다면 훨씬 아무렇지 않게 얼굴을 놀려주고 싶은 기분마저 들었을지도 모른다.

하지만 그러면서도 마음 저 깊은 곳에서는 컵에 떨어뜨린 먹물처럼 거뭇거뭇하게 그림자를 드리우는 것이 있었다. 예의 얼굴은 인간 상호 간의 통로라는 K씨의 사고방식이었다. 지금에 와서 생각해보면, 만약 내가 K씨에게서 다소나마 불쾌한 인상을 받았다고 한다면 그것은 그의 독선이나 치료의 강매 탓이 아니라 역시 그 사상 때문이었으리라. 그러한 사고방식을 인정한다면 얼굴을 잃어버린 나는 영원히 통로가 없는 독방에 갇혀버리는 꼴이 되고, 따라서 가면도 아마 심각한 의미를 짊어지게 된다. 내 계획은 인간의 존재를 건 탈옥을 시도하게 되고, 따라서 현상도 그것에 걸맞은 절망적인 상황이 되는 것이다. 정말로 두려운 상태라고 하는 것은 무섭다고 자각하게 되는 상태일 것이다. 억지 고집으로라도 결코 받아들일 수 없는 사고방식이다.

그야 나 역시 인간 상호간에 통로가 필요하다는 정도는 충분히 인정한다. 인정하기 때문에 이렇게 당신에게 글을 쓰는 것이다. 하지만 얼굴만이 과연 유일무이한 통로인 것일까. 그건 믿을 수 없다. 리올로지[rheology, 물질의 변형과 움직임을 연구하는 과학]에 관한 내 논문은 아직 얼굴을 본 적도 없는 인간이라 하더라도 충분히 잘 전달되고 이해된다. 물론 이론만 내세운 논문으로 인간의 교류 문제를 처리해버리겠다는 의도는 아니다. 지금 당신에게 구하려 하는 것은 이와 완전히 다른 별개의 것이다. 영혼이라든가 마음이라고 하는, 윤곽은 확실치 않지만 그보다 훨씬 풍부한 인간관계의 기호다. 그렇다 해도 체취만으로 자기표현을 하는 야수의 관계보다는 훨씬 복잡하므로 얼굴의 표정 정도가 아주 적절한 전달 경로일지도 모르겠다. 마치 화폐가 물물교환에 비하면 순조롭게 발전된 교환제도인 것처럼. 하지만 그 화폐라 하더라도 결국은 하나의 방편에 지나지 않아 어떤 조건에서나 만능이라고는 할 수 없다. 어떤 경우에는 어음이나 우편환이, 또 다른 경우에는 보석이나 귀금속이 오히려 편리한 경우도 있다.

영혼이나 마음 역시 마찬가지로 얼굴로밖에 통용될 수 없다고 생각하는 것은 습관에서 오는 일종의 선입견은 아닐까. 백 년 동안 얼굴을 마주하고 있는 것보다 시 한 편, 책 한 권, 레코드 한 장이 훨씬 깊은 심적 교류의 방법이 될 수 있는 경우는 결코 드문 일은 아니다. 첫째, 얼굴이 불가결한 것이라고 한다면 맹인에게는 인간의 자격이 없다는 말이 되지 않을까. 그런 식으로 얼굴의 습관에 젖는다면 오히려 인간 상호간의 교류 범위를 좁게 되어 틀에 박힌 결과를 낳게 되지는 않을까. 나는 오히려 그것마저 걱정하고 있었다. 그 좋은 예가 바로 피부색에 대한 어리석은 편견이다. 검다든가 희다든가 황색이라든가 단지 그 차이만으로 기능을 정지시켜버리는 불완전한 얼굴에다 영혼의 통로라는 막중한 임무를 맡기는 것은 그야말로 영혼을 등한시하는 태도라고 밖에 할 수 없는 것이다.

    (덧붙임―지금 다시 읽어보니 얼굴에 얽매이지 않으려고 한 나머지 나는 몇 가지 뻔한 변명을 늘어놓았다. 예를 들면 내가 무엇보다도 우선 당신의 얼굴을 통해서 당신을 처음 봤다는 틀림없는 사실. 그리고 지금도 당신과의 거리를 생각할 때 척도가 되어버리는 것은 다름 아닌 당신 표정의 아득한 거리인 것이다. 그렇다. 나는 좀 더 일찍부터 서로의 입장이 반대가 되어서 얼굴을 잃어버린 것이 당신이었을 경우를 솔직히 상상해보아야 했을지도 모른다. 얼굴을 과소평가하는 것도 과대평가하는 것도 작위적이라는 점에서 달라지는 것은 없다. 그렇게 말한다면 전에 누님의 가발도 나로서는 얼굴에 얽매이고 싶지 않은 기분을 설명하려는 예로 인용할 생각이었던 것 같은데, 과연 적당한 것인지 어떤지는 생각해보니 몹시 의심스럽다. 요컨대 사춘기에 있을 법한 화장에 대한 관심과 반발에 지나지 않고 얼굴에 대해 연연해하는 것의 적절한 예가 되지 않을까. 아니면 나는 누님이 어딘가를 향해서 얼굴의 문을 열려고 하는 사실에 은근히 질투를 느끼기 시작했는지도 모른다.
    이야기가 나온 김에 한 가지 더. 언제였던가, 신문이었는지 잡지에서였는지, 일본계 혼혈인 한국인이 좀 더 한국인답게 보이기 위해서 일부러 성형수술을 받았다는 의아한 기사를 읽은 적이 있다. 이것은 분명 얼굴의 복권(復權)에 대한 주장이지만, 편견에 동의한다는 것은 아무리 억지를 써도 말할 수 없을 것이다. 결국 나는 알고 있는 것이 아무것도 없었던 것이다. 기회가 있으면 그 한국인이 얼굴을 잃어버린 나에게 어떤 충고를 해줄지 꼭 들어보고 싶다.)

드디어 나는…… 전혀 진전 없는 얼굴을 둘러싼 자문자답에 지쳐서…… 그렇다고 해서 모처럼 시도한 계획을 꼭 중단하지 않으면 안 된다는 이유도 없이…… 오로지 기술적인 관찰에 전념하기 시작했다.

기술적으로도 그 모조 손가락은 여러 가지 흥미로운 점을 갖고 있다. 보면 볼수록 너무나도 잘 만들어졌다. 마치 살아 있는 손가락만큼 많은 것을 말해준다. 피부의 팽팽한 정도로 봐서는 삼십 세 전후라고나 할까? 편평한 손톱…… 쭈글쭈글한 손가락 마디, 깊게 패인 관절의 주름…… 상어 아가미와 같이 나열된 네 개의 작은 벤 자국…… 아마도 가벼운 수작업에 종사했던 사람이었음에 틀림없다……. 그렇다 하더라도 이 추악함은 대체 어찌 된 영문일까…… 역겹다……. 살아 있는 생물에게도 죽어 있는 것에도 없는 일종의 특별한 추악함이다! ……아니, 어딘가가 미쳐버렸다고 할 수도 없고…… 오히려 너무나도 충실히 재현된 탓일까…….(그렇다면, 내 가면도) ……그래서 말하지 않은 것은 아닌데, 모양에 지나치게 얽매이게 되면 오히려 현실에서 동떨어져버리는 결과가 될지도 모른다. ……얼굴에 얽매이는 것도 좋지만 우선 이 흉한 얼굴을 보고 나서 해주길 바란다!

과연 너무나도 쏙 빼닮은 모방이 오히려 비현실적이라는 것은 말 그대로일지도 모른다. 그러나 그렇다면 과연 형태가 없는 손가락을 떠올리는 것이 가능한 걸까. 길이가 없는 뱀, 용적이 없는 그릇, 각이 없는 삼각자…… 그런 것이 존재하는 별에라도 가지 않는 이상 우선 눈으로 볼 수 없을 것이다. 그렇다면 표정 없는 얼굴이라고 해서 예외일 수는 없다. 언젠가 얼굴이라 불리는 일이 있을지도 모르지만 이미 얼굴이라고 할 수 없을 것이다. 역시 가면에도 그 나름대로의 존재 이유가 있다는 것이다.

그렇다면 혹시 동물성에 문제가 있는 것일까. 처음부터 움직일 수 없는 '형태'가 형태라는 이름을 내세우는 것이 우스울지도 모른다. 이 손가락일지라도 움직일 수만 있다면 훨씬 나아 보일 것이다. 시험 삼아 그 손가락을 들어서 움직여보았다. 역시나 책상 위에 세워두었을 때보다는 꽤 나아 보였다. 하지만 그 점에 대해서라면 쓸데없는 걱정이다. 그렇기 때문에 나는 처음부터 움직이는 가면이 아니면 안 된다고 강하게 주장한 것이다.

그러나 그렇다 해도 아직 무언가 석연치 않은 것이 있었다. 도대체 무엇이 이처럼 신경을 쓰게 하는 것일까. 내 손가락과 비교해보면서 모든 주의를 집중해서 응시했다. 차이가 있는 것은 확실하지만……절단된 부분 때문도 아니고, 움직임의 문제도 아니라고 한다면……피부의 질감일까…… 그럴지도 모른다. 색이나 모양만으로는 완전히 속일 수 없다. 살아 있는 피부에만 있는 고유한 무엇인가가…….

별지 삽입 I —표피의 질감에 대해서

인간의 표피는 색소를 포함하지 않는 유리알 같은 물질로 보호되어 있는 것으로 생각된다. 따라서 표피의 질감은 그 표면에서 반사된 광선과 일단 그곳을 통과하여 색소 면에서 재반사된 광선과의 복합적인 효과가 아닐까. 그런데도 이 모조 손가락은 직접 색소면이 노출되어버렸기 때문에 그 효과는 인정되지 않는다.

표피의 유리알 같은 물질의 성분 및 광학적 성질에 대해서 전문가에게 문의해볼 것.

별지 삽입 II — 당면 연구 과제는 다음과 같다
—마모성 문제
—탄성 및 신축성 문제

—고정시킬 수단

—경계선 처리

—통기성 문제

—원형의 입수와 그 처리

하긴 이런 것들을 아무리 세밀하게 주의를 기울여 기록해도 당신을 지겹게 만들어버린다면 아무런 의미가 없어진다. 단지 내 마음과는 상관없이 다소 독주한다는 기분으로 만들어간 가면의 생성 과정에 대해서만은 적어도 분위기 정도는 알아두었으면 하는 생각이다.

우선 표피의 유리알 같은 모양에 대해서 말하면, 그것은 케라틴 keratin, 단백질의 하나로서 모발, 손발톱, 피부 등의 구조단백질의 통칭. 각질이라고도 한다 이라고 불리는 미량의 형광물질을 포함한 각질(角質) 단백질 일종이었다. 또 경계선 처리에 대해서도 가면의 가장자리 두께를 가능한 한 잔주름의 깊이 이하로 하고, 나머지는 적당히 가짜 수염으로 처리한다면 어떻게는 문제를 해결해나갈 수 있을 것으로 보였다. 더욱이 최고의 난관이 예상되는 신축성 문제만 하더라도 표정의 메커니즘을 생리학적으로 생각해보면 결코 불가능한 것도 아니다.

표정의 기본은 두말할 필요 없이 표정 근육이다. 표정 근

45

육에는 각각 일정한 방향성이 있고 그 방향에 따라서 신축이 이루어진다. 거기에 다시 일정한 방향성을 가진 피부 조직이 덮여 있고 양자의 세포 섬유는 거의 직각으로 교차하고 있다. 도서관에서 빌려온 의학서에 따르면 그 피부 섬유 배열을 '랑거선'이라고 부른다. 이 두 가지의 방향을 조합시켜서 각각의 고유한 주름이나 고유한 음영이 만들어진다. …… 따라서 가면에게 살아 있는 움직임을 주려고 한다면 '랑거선'에 맞춰서 섬유다발을 겹쳐가면 된다. 다행히 어떤 종류의 플라스틱은 방향성을 주는 순간에 강한 신축성을 나타낸다. 수고만 아끼지 않는다면 이것으로 거의 해결된 것이나 다름이 없다.

서둘러 실험실 구석에서 편평상피세포(扁平上皮細胞)의 탄성 테스트를 시작했다. 이에 대해 동료들은 굉장히 관대했다. 전혀 의심받지 않고 마음껏 설비를 이용할 수 있었다.

그러나 '원형의 입수와 그 처리' 항목에 대해서만은 아무래도 기술적인 처리만으로는 불가능해 보였다. 원형, 즉 최초의 본뜨기는 피부의 표면을 재현하고자 하는 이상 싫더라도 누군가 타인의 얼굴을 빌리지 않으면 안 된다. 물론 타인에게 빌리는 것은 피지선이나 땀샘과 같은 아주 미세한 피부의 표면만으로 그것을 내 골격에 맞춰서 변형시키므로 반드시 타인의 얼굴을 그대로 내걸고 다니는 것은 아니다. 타인의 얼굴의 판권을 침해할 우려는 없다고 할 수 있다.

그러나 그렇게 되면…… 꽤나 심각한 의문이 생기는데…… 그 가면은 결국 본래의 내 얼굴과 그다지 다를 바가 없지 않을까? 어떤 숙련된 기술자가 두개골 위에 살을 붙여가면서 살아 있을 때와 똑같은 용모를 재현시킨다. 그것이 사실이라면, 용모를 결정하는 것은 결국 그 기본이 되는 골격이고, 뼈를 깎는다든가 표정의 해부학적 원칙을 무시—그것은 이미 표정이라고는 부를 수 없는—한다든가, 그밖에 선천적으로 타고난 자신의 얼굴에서 벗어나는 것은 절대로 불가능하다는 말이 된다.

이러한 생각이 나를 혼란스럽게 만들었다. 아무리 정밀하게 만든다 하더라도 내가 나 자신과 똑같은 가면을 쓰고 있다는 것은 일부러 가면을 쓴 의미가 전혀 없어져버리는 것은 아닐까…….

다행히 고등학교 동창 중에 고생물학을 전공한 친구가 있다는 것이 떠올랐다. 고생물학자라면 발굴한 화석에 살을 붙이는 복원 작업도 아마 그 일에 포함될 것이다. 수첩을 찾아서 다행히 그대로 대학에 남아 있다는 사실을 알았다. 나는 간단히 전화만으로 해결할 생각이었는데 졸업한 지 꽤 지났고 또 고생물학 같은 걸 연구하고 있어서 오히려 사람이 그리워졌는지, 아무튼 당연하다는 듯이 어딘가에서 만나자고 하면서 도무지 뒤로 물러설 기미가 보이지 않았다. 나도 얼굴에 붕대를 감은 데서 오는 난처함에 대해 무심코 저항감을 느꼈지만 거절하지 못하고 응해버렸다. 그러나 이내 크게 후회를 했다. 이 무슨 쓸데없는 고집이란 말인가. 붕대만으로도 어지간히 호기심을 불러일으킬 텐데 그 붕대를 감은 남자가 자신의 전문도 아닌 얼굴의 해부학이나 살 붙이는 기법 등에 대해서 시시콜콜 캐묻기 시작하면 실로 빈 집에 하루 종일 복면을 쓴 채로 서성이는 것과 같을 것이다. 이런 거북한 느낌을 줄 정도라면 오히려 처음부터 거절하는 편이 나았을 텐데…… 게다가 나는 사람들이 다니는 거리 같은 장소를 너무 싫어한다. 아무리 조심해서 아무렇지도 않은 시선을 보낼지라도, 당하는 입장이 아니고는 도저히 알 수 없는 부식성(腐蝕性)이라는 무서운 독을 바른 침이 숨겨져 있다. 거리는 나를 녹초가 되어버리게 한다. …… 그렇지만 취소할 수 있는 기회는 이미 놓쳐버리고 말았다. 나는 치욕이라는 기름 투성이 걸레가 되어 마지못해 약속 장소를 향해 나갈 수밖에 없었다.

익히 잘 알고 있는 대학가의 한 모퉁이라서 망설이지 않고 약속 장소인 커피숍 정면에서 택시를 세우고 가게 문 앞까지 거의 남의 눈에 띄지 않게 도착했다. 그러나 친구가 당황하는 모습은 오히려 내 쪽에서 동정할 정도여서 여봐란듯이 나는 오히려 짓궂을 정도의 침착성마저 보였다. 아니 침착했다고 하기에는 어폐가 있다. 아무튼 내가 존재하고 있는 것만으로 같이 있는 사람으로 하여금 불쾌감을 느끼게 하는 들개

와 같은 비참함을 아주 조금이라도 좋으니 상상해보라. 죽음
의 문턱에 있는 늙은 개의 눈과 같은 절망적인 고독감이다.
윙~윙 하며 레일을 타고 울려오는 심야의 선로공사 소리와
같은 허무함이다. 붕대와 선글라스 안쪽에서 아무리 표정을
지어도 어차피 상대방에게는 하나도 전해지지 않는다는 생
각이 나를 더없이 삐뚤어지게 했는지도 모른다.

"놀랐지?" 나는 듣는 쪽의 심리 상태에 따라서 어떤 상태
로든 들릴 수 있는 한밤의 바람과 같은 목소리로, "액체공기
를 모조리 뒤집어쓰는 바람에. 켈로이드가 생기기 쉬운 체질
인가 봐…… 음, 꽤 심하지…… 얼굴 전체가 마치 거머리 소
굴 같아…… 붕대도 시원찮지만 그냥 그대로 보이는 것보다
는 아직 나을 것 같아서 말야……."

상대는 당황한 표정으로 뭔가 중얼거렸지만 잘 들리지 않
았다. 한 삼십 분 정도 전에 몇 번이나 들뜬 목소리로 만나면
바로 술이라도 마실 만한 곳으로 장소를 옮기자는 등 약속
다짐을 한 것이 생선가시처럼 목 깊숙이 걸려 있었는지도 모
른다. 하지만 특별히 기분 나쁘게 할 목적이 아니었기 때문
에 이내 화제를 바꾸어서 용건을 꺼냈다. 그가 이 구조선으
로 옮겨 탄 것은 두말할 필요도 없다.

그의 설명을 요약하면 대략 이렇다. 아무리 오랜 기간 동
안 수련을 쌓은 고수일지라도 복원에 의해 원형을 충실히 재
현한다는 것은 지나친 과장으로, 뼈의 해부학적 구조에서 정

확하게 추측할 수 있다고 한다면 기껏해야 힘줄의 위치 정도라고 한다. 따라서 예를 들면 특히 피하조직이나 지방층이 발달된 고래의 경우는 골격만을 근거로 하여 재구성하면 마치 개나 바다표범을 교배시킨 것 같은 전혀 닮지 않은 괴물이 되어버린다는 것이다.

"그렇다면 얼굴의 경우 살을 붙이는 데에 따라 그 결과에 상당한 오차가 있다고 봐도 좋겠네?"

"그런 곡예가 가능하다면 신원불명의 백골 따위는 존재할 수 없겠지. 고래만큼은 아니라 하더라도 인간의 얼굴이라는 것은 아무튼 미묘한 것이니까. 아마도 몽타주 사진 정도만큼도 비슷해질 수는 없을걸. 그렇지 않겠어. 골격에서 절대적으로 피할 수 없는 것이라면 첫째 미용성형이라는 것이 성립될 리가 없지……."

여기서 그는 내 붕대를 힐끔 쳐다보고는 언짢은 듯이 말을 더듬거리다 그대로 입을 다물어버렸다. 그가 무엇을 꺼렸는가는 새삼 물어볼 필요도 없었다. 아니 그가 뭘 생각했는지는 아무래도 상관없다. 시시한 것은 그 어색함을 숨기려고도 하지 않고 꽤나 미안한 듯이 얼굴을 붉혔다는 것이다.

(덧붙임—이 수치심의 정체는 도대체 무엇일까? 여기서 다시 한번 예의 가발 소각 사건을 떠올려야 할지도 모른다. 이번에는 그 경우와는 입장이 완전히 반대가 되어

내 쪽이 가발을 보여 상대를 낯 뜨겁게 했지만, 그만큼 한 층 더 마음에 걸려 견딜 수 없는 것이다. 의외로 그 주변에는 얼굴에 관한 수수께끼를 풀 만한 뜻밖의 열쇠라도 숨겨져 있는 것은 아닐까.)

아무리 생각해도 둔한 남자다. 모처럼 이쪽이 아무런 문제 없다는 듯이 일반적인 화제로 끝내려고 했는데도, 스스로 발을 헛디뎌서 얼굴을 붉히고 있으니 이쪽도 더는 뭐라 할 재간이 없다. 그렇다고는 해도 계획에 직접 필요한 것은 대략 이것으로 알아냈으니 만난 뒤의 기분은 상대에게 맡기면 되겠지만, 아무래도 수치심과 같은 감정이 드는 것은 자칫하면 구설수에 오르기 쉽다. 열쇠구멍을 들여다보는 듯한 모습으로 말을 퍼뜨리면 내 쪽이 난처해진다. 게다가 어느새 상대의 수치심이 나에게 감염된 것만 같았다. 결국 참을 수 없는 기분으로 하지 않아도 될 변명을 하기 시작했다.

"자네가 무엇을 생각하고 있는지 대강 짐작할 수 있어. 내 얼굴의 붕대와 내 질문을 연결시켜보면 대충 상상할 수 있을 테니. 그러나 미리 말해두지만, 그것은 정말 오해야. 이제 와서 얼굴의 상처로 고민할 나이도 아니고……."

"자네야말로 오해하고 있어. 도대체 내가 무슨 상상을 하고 있단 말이지."

"오해라면 다행이네. 하지만 자네 역시 무의식중에라도

얼굴로 타인을 판단한 적이 있을걸? 자네가 나를 염려하는 것은 오히려 당연하다고 생각해. 그러나 잘 생각해보면 신분증명서가 반드시 본인을 증명해준다고는 할 수 없거든. 나는 이런 경험 덕분에 여러 가지를 생각했다고나 할까. 아무래도 우리들은 신분증명서에 지나치게 얽매여 있지는 않을까. 그 덕에 위조나 개조를 해서 신세를 망치는 병신도 나오곤 하지."

"동감이야. 확실히…… 고쳐 만드는 것은 좋지만 정말로…… 짙은 화장을 즐기는 여성에게는 히스테리가 많다고 하던데……."

"그런데 만약 인간의 얼굴이 눈도 코도 입도 없는 달걀같이 밋밋한 것이었다면……."

"음. 구별할 수 없겠지."

"도둑도 경찰도…… 가해자도 피해자도……."

"게다가 내 아내도 이웃집 아내도 말야……." 그는 구조를 요청하듯이 담배에 불을 붙이며 작은 소리로 키득대며, "그거 참 재미있군. 재미있긴 하지만 약간 문제도 있네. 그래서 대체 인생이 편리하게 될 것인지 그렇지 않으면 불편하게 될 것인지……."

나도 함께 웃으며 이쯤에서 끝냈어야 했다. 그러나 얼굴을 중심으로 한 원운동에는 이미 제동이 걸리지 않는 탄력이 붙어버렸다. 원심력이 로프를 끊어버리기까지는 위험하다는 것을 알고도 계속해서 선회할 수밖에 없었다.

"어느 쪽으로도 안 되지. 어느 쪽인가 한쪽이라는 건 가장 먼저 논리적으로도 성립될 수 없지 않은가. 대립이 없는 이상 비교도 있을 수 없지."

"대립이 없게 되면 그것은 퇴화지."

"그렇다면 뭔가? 자네 생각대로라면 가령 피부색의 차이가 역사에 그 어떤 이익을 가져다줬단 말인가? 나로서는 그런 대립 의식 따위는 절대 인정할 수 없다네."

"이런. 자네는 민족문제를 논하고 있는 건가. 그건 지나치게 확대 해석하는 게 아닐까."

"가능하다면 얼마든지 확대하고 싶네. 이 세상의 있을 수 있는 모든 얼굴에까지 말야. …… 단지 이 얼굴로서는 말하면 할수록 끌려가는 자의 노래 정도밖에는 안 되니깐."

"민족문제에 한해서만 말하자면 역시 무리겠지. 얼굴에만 모든 책임을 덮어씌운다는 것은……."

"그럼 묻겠는데, 다른 천체에 살지도 모르는 외계인을 상상할 때조차, 우선 그 용모부터 추측한다는 것은 도대체 뭐지?"

"이건 또 전혀 딴 이야기가 되어버렸구먼……." 그는 세 모금밖에 피지 않은 담배를 재떨이에 꾹꾹 눌러 끄면서, "요컨대 호기심 때문이라고 해석한다면 그것으로 끝나겠지"라고 말했다.

갑자기 변한 상대의 어조가 지니는 의미를 통감하면서도, 접시돌리기에서의 접시와 마찬가지로 돌리는 것을 멈추는 순간 나의 가짜 얼굴은 있어야 할 위치에서 떨어져 나가버리는 것이다.

"잠깐, 저 그림을 한번 봐."

그는 여전히 질리지도 않고 르네상스풍 초상화의 복제인 듯한 보기에도 엉성한 벽의 장식을 가리키며, "자네는 저 그림을 어떻게 생각해?"라고 물었다.

"어떻게라니? 어설피 대답했다가는 다시 당할 것 같지만, 아무튼 시시하구만."

"그럴 테지. 그런 식으로 얼굴에 후광을 더한다는 것은 하나의 사상일 뿐이야. 허위와 기만의 사상 말야. 이런 사상 덕분에 얼굴이 거짓말하는 법을 배웠지⋯⋯."

상대의 얼굴에 기묘한 웃음이 피어올랐다. 이미 거리낌조차 없어진, 하찮은 사물을 보는 듯한 아득한 웃음이었다.

"틀렸어, 난. 아무리 그런 식으로 허세를 부려도 이해하기 전에는 아무것도 느낄 수가 없으니. 공통된 언어가 없다고나 할까⋯⋯ 고생물 따위를 연구하고 있지만, 일단 미술에 관해서는 이래 뵈도 어엿한 모던파거든."

아니 불만을 늘어놓아도 소용없다. 오히려 그러한 눈빛에 빨리 익숙해지는 것이 훨씬 나은 결말을 얻을 수 있을지도 모른다고, 그런 기대는 나를 나약하게 만들 뿐이다. 게다가 필요한 정보는 완전히 입수했고 본래 이러한 굴욕을 헤쳐나가는 것을 목적으로 시작된 계획이었으니까.

그보다는 그 고생물학자를 마음속 깊이 증오하게 된 것은 모처럼의 먹이라고 생각했던 것이 사실은 먹을 수 없는 것에 지나지 않았다는 것을 알게 되었을 때였다. 아니, 식료품임에 틀림없어 보이지만 공교롭게도 조리법을 전혀 몰라서 눈앞에 두고도 먹지 못하는 꼴이었다.

같은 골격에서 출발하더라도 살을 붙이는 작업을 하면서 발생하는 오차로 인해 상당한 차이가 생길 거라는 것은 확실히 가면의 가능성을 한걸음 더 나아가게 했다. 그러나 바꿔서 말하면, 토대 여하와는 상관없이 어떤 얼굴이라 하더라도 원하는 대로 되지는 않을 것이다. 마음대로 골라잡을 수 있다면 아무래도 간단하고 재미있게 보이지만, 언젠가 그 속에서 어떤 한 가지를 선택하지 않으면 안 된다. 무수한 가능성 중에서 걸러서 자신의 얼굴을 어떤 한 가지로 결정하지 않으면 안 되는 것이다. 얼굴을 가늠하는 척도로 도대체 어떤 것이 좋을까.

특별히 얼굴에 각별한 의미를 부여할 생각은 없으므로 어떤 얼굴이라 하더라도 상관없겠지만…… 기왕 만들 바에는 일부러 심장병 때문에 퉁퉁 부은 얼굴로 할 이유는 없고…… 그렇다고 해서 설마 영화배우를 모델로 쓸 리도 만무하다. 이 자유로움은 언뜻 보기에 별거 아닌 것 같아 보이면서도 실은 매우 까다로운 문제였다.

특별히 이상적인 얼굴이라고 하는, 그런 무리한 주문을 할 리가 없다. 또 그런 것이 존재할 리도 없다. 그러나 선택한 이상은 뭔가 표준이 될 만한 것이 필요하다. 적어도 이것은 곤란하다는 식의 부적합한 얼굴의 표준이라도 있다면 그런 대로 뭔가 되겠지만……주관적인 것이든 객관적인 것이든 전혀 가늠도 못 한 채……결국에는 반년 가까이나 질질 끌어 결론을 미루게 되었다.

(장외주―이것을 단순하게 표준의 애매함만으로 치부해서는 안 된다. 오히려 표준을 거부하려고 하는 내 마음속의 충동도 계산에 넣어야 할 것이다. 표준을 고른다는 것은 즉 타인으로의 지향에 몸을 맡겨버린다는 것이다.

그러나 인간은 자신을 타인과 구별하고자 하는 반대의 소망도 동시에 갖고 있다.

그리고 이 두 가지는 아마도 다음과 같은 관계에 있을

것이다.

$$\frac{A}{B} = f\left(\frac{1}{n}\right)$$

A …… 타인 지향률 B …… 타인 저항률 n …… 연령
f …… 자아 점성도(즉 이 수치의 저하는 자기 자신의 확립인 동시에 자기 가치가 오른다는 것이다. 대체로 연령에 반비례하지만 그 수치의 비율은 성별·성격·직업 등에 따라서 상당한 개인차가 있다.)

즉 연령에 국한해서 보더라도 나 자신의 자아 점성도는 상당히 저하되어 있고, 이제 와서 얼굴을 바꾼다는 자체에 강한 저항감을 느끼고 있음에 틀림없다. 그렇게 말하면 짙은 화장을 한 여성은 히스테리컬하다는 그 고생물학자의 의견도 꽤나 세상물정 모르는 말이다. 정신분석학적으로 말하면 히스테리라고 하는 것은 일종의 유아화 현상이다.)

그건 그렇고, 그동안 그저 수수방관하고 있었던 것은 아니다. 편평상피(扁平上皮)의 재료 테스트와 같은…… 그런 일에 매달려 있기만 하면 아무리 대결을 질질 끌어도 그럴듯한 핑계가 되어줄 듯한…… 오로지 기술적인 작업이 산더미같이 쌓여 있었다.

특히 그 편평상피에는 예상보다 훨씬 많은 시간이 소요되었다. 양적으로도 피부의 주요 부분이었지만, 그보다도 피부의 질감을 나타내는 것에 성공 여부가 달려 있었다. 연구소 동료들의 눈치를 볼 것도 없이 꽤나 대담하게 설비나 재료를 이용했다고 자처하는데, 그래도 꼬박 석 달이나 걸렸다. 적어도 그동안에는 얼굴의 모양을 결정하지 않은 채 가면의 계획을 진행시킨다는 모순에도 그다지 신경 쓰지 않았다. 하지만 언제까지 타인의 처마에서 비를 피하고 있을 수는 없는 것이다. 이 시기가 지나가 상대적으로 일이 잘 진척되어 나는 결국 궁지에 몰리게 되었다.

표피의 케라틴 층으로는 아크릴계 수지가 적당하다는 것을 발견했다. 진피는 상피와 같은 재료를 해면(海綿) 상태로 거품을 일으켜 고정시켜두면 그것으로 충분하다. 또한 지방층은 거기에 다시 액상 실리콘을 넣어서 피막으로 감싸주는 것만으로도 문제없이 합격될 것 같다. 덕분에 해가 바뀌고 두 번째 주일이 될 때가 되어서는 재료에 관해서는 모든 준비가 갖추어졌다.

이렇게 된 이상 이미 핑계란 있을 수 없다. 어떤 얼굴로 할 것인지 아무튼 결정하지 않으면 앞으로 단 한 걸음도 나아갈 수가 없다. 그러나 아무리 생각해보아도 내 머릿속은 단지 다양한 얼굴의 견본이 가득한 박물관의 창고와 같이 어수선할 뿐이었다. 하지만 언제까지 꽁무니를 빼본들 결말이

날 일이 아니다. 용기를 내어서 하나하나 부딪혀가는 수밖에 방법이 없다면 참고삼아 창고의 보관목록을 빌려보기로 했다. 그런데 그 목록의 1페이지에는 〈분류법의 이해〉라고 뜻밖의 친절한 지시가 나와 있어서 가슴 두근거리며 읽었다.

1. 얼굴의 가치 규준은 어디까지나 객관적인 것으로 사사로운 감정에 현혹되어 가짜를 구입하는 실수를 범해서는 안 된다.
2. 얼굴에 가치 규준 따위는 없다. 있다면 즐거움과 불쾌함뿐이며 선택의 규준은 어디까지나 기호의 세련미에 따라서 배양되어야 한다.

예상한 대로다. 흑이면서 동시에 백이기도 하다는 이런 충고였다면 차라리 없는 편이 낫겠다. 게다가 비교해서 읽어보는 동안 그 어느 쪽도 똑같이 정당성이 있는 것같이 느껴져 사태는 점점 대립 정도가 깊어지기만 했다. 결국에는 이런저런 얼굴이 존재한다는 것을 생각하는 것만으로도 기분이 나빠질 정도여서 왜 그때 차라리 계획을 중지하지 않았는지 아직까지도 의문이다.

다시 초상화에 대해서—고생물학자는 가볍게 웃고 말았
지만 역시 무시하고 지나칠 수가 없다. 미술학적으로는 제쳐
두고라도 초상의 개념에는 여전히 문제를 제기할 만한 철학
이 있다고 생각한다.

　예를 들어 초상이 보편적인 표현으로서 성립되려면 우선
그 전제로서 인간의 표정에 보편성이 인정되어야 할 것이다.
즉 같은 표정의 맞은편에는 반드시 같은 풍경이 보일 것이라
고 대다수의 인간이 공통적으로 믿는다는 전제가 필요한 것
이다. 그 신념을 지탱하는 것은 물론 얼굴과 마음이 일정 부
분 상관성을 가지고 있다는 경험적인 인식임에 틀림없다. 하
지만 경험이 항상 진실하다는 보증은 어디에도 없다. 그렇다
고 해서 경험이 항상 거짓덩어리라는 단정도 마찬가지로 불
가능하다. 오히려 손때 묻은 경험이 많으면 많을수록 항상
몇 퍼센트 정도의 진실을 포함하고 있다고 여기는 편이 타당
하지 않을까……. 그에 관한 한 객관적인 가치 기준의 주장
에 대해서도 전면적으로 부정해버릴 수만은 없다고 본다.

　반면 그 같은 초상화가 시대의 흐름에 따라 성격도 변화되
어 얼굴과 마음의 고전적인 조화에서 오히려 조화가 결여된
개성의 표현으로 시점이 이행되어 결국에는 피카소의 '팔면

상(八面相)'이나 파울 클레의 '거짓 얼굴'에 이르기까지 무참하게 붕괴되었다는 사실도 무시할 수는 없을 것이다.

그러면 도대체 어느 쪽을 믿으면 좋을까? ……내 개인적인 희망을 말하자면 물론 후자의 입장이다. 강아지 품평회도 아니고 얼굴에 객관적인 기준을 부여한다는 것은 뭐라 해도 너무나도 유치한 일인 것 같다. 나 역시 소년 시절에는 저렇게 되고 싶다는 이상적인 인격을 어느 특정한 얼굴과 결부시켜 생각해본 적도 있다.

(장외주─즉 높은 자아 점성도에 의한 높은 타인 지향성이다.)

자연스럽고 로맨틱하며 반일상적인 용모가 흐릿한 렌즈를 통해서 형상을 맺고 있다……. 그러나 언제까지나 그런 꿈에 젖어 있을 수는 없는 것이다. 어떤 약속어음보다도 역시 현금이 가치가 있다. 지금 갖고 있는 얼굴로 지불할 수 있는 만큼을 지불하는 수밖에 없다. 남자의 화장이 탐탁지 않은 것도 결국은 자신의 맨얼굴에 책임을 질 수 없는 것에 대한 반발이 아닐까(본래 여자는…… 여자의 화장은…… 생각하건대 현금이 바닥나버려서 그런 건 아닐까……).

도대체 결론이 나지 않은 채로…… 감기 들기 직전의 불안정한 기분으로…… 그러나 이 고민은 얼굴의 표면에만 관련된 것이어서 그 외의 부분에 대한 기술적인 처리는 이와 상관없이 계속 독주했다.

　재료의 다음 단계는 드디어 가면의 안쪽 본을 뜨는 일이었다. 아무리 마음대로 알아서 한다고는 했지만 연구소 안에서 그 일까지는 할 수 없어 도구 일체를 집으로 가져와 서재에서 일하기로 했다. (아아, 당신은 내가 작업에 열중인 모습을 얼굴의 상처를 감추려는 것으로 보고 눈물을 머금고 도와주려고 했지. 확실히 감추려고 했지만, 그러나 당신이 생각한 정도로 열심히 한 것은 아니다. 나는 서재의 문을 닫아둔 채 자물쇠까지 채워 야식을 가져다주려는 당신의 친절함조차 거절하고 말았다.)

　굳게 닫힌 문 안쪽에서 내가 열중했던 일이라는 것은 이런 것이었다. 우선, 얼굴이 완전히 들어갈 정도의 세숫대야를 준비하고 알긴산(alginic산. 다당류의 하나)의 칼륨염과 석고와 인산소다, 실리콘의 혼합액을 섞어 모든 표정 근육의 긴장을 완전히 푼 상태에서 재빨리 그 속에 얼굴을 담근다. 3분에서 5분이면 용액이 고무 상태의 알긴산칼슘으로 변화한다. 그 사이에 설마 숨이 멎을 리는 없지만, 가는 고무관을 입에 물고 그 끝이 세숫대야 바깥으로 나가 있도록 했다. 몇 분 동안이나 카메라 앞에서 노출된 상태로 가만히 표정을 고정시키지 않으면 안 되는 상황을 상상해보길 바란다. 꽤나 힘든 일이다. 코가 근질근질하고 눈 밑에 경련이 일어나고 실패를 반복한 끝에 간신히 어느 정도 마음이 흡족할 만한 것을 고른 것은 결국 시작한 지 나흘째가 되어서였다.

이 일이 끝나자 다음은 그 안쪽을 니켈로 진공도금하는 작업이다. 이것은 도저히 집에서는 불가능했기 때문에, 연구소로 가져가서 남의 눈을 피해서 완성했다.

그러고 나서 드디어 최후의 마무리 작업이다. 그 날 밤 당신이 잠든 것을 지켜본 후에 휴대용 가스레인지에 암모니아와 납의 합금을 넣은 철제 냄비를 올렸다. 녹은 암모니아는 우유를 많이 넣은 코코아와 같은 색을 띠고 있었다. 도금을 한 알긴산의 틀 속에 살짝 흘려 넣자 하얀 증기 입자가 조용히 끓어올라 거품을 일으켰다. 투명한 푸른색 연기가 호흡을 위한 고무관의 구멍에서, 계속해서 틀 주위 곳곳에서 위세 좋게 뿜어올랐다. 알긴산이 타고 있는 것이리라. 냄새가 너무 지독해서 창문을 열어두니 얼어붙은 1월의 찬바람이 갑자기 내 코를 손톱 끝으로 긁는 듯했다. 굳어버린 안티몬을 거꾸로 뒤집어 틀에서 떼어내고 연기가 나고 있는 알긴산의 받침대를 물을 담은 세숫대야에 넣어 껐다. 둔탁한 빛으로 가득 찬 은백색의 거머리 소굴이 내 피부색의 거머리 소굴을 책상 위에서 물끄러미 쳐다보고 있었다.

하지만 바로 그것이 내 얼굴이라고는 도저히 믿을 수가 없었다. 아니야……이건 너무 달라……이것이 항상 거울을 통해서 혐오할 만큼 익숙해져버린 거머리 소굴이라고는 도저히 생각할 수가 없다……. 하기야, 이 안티몬제의 얼굴 틀과 거울에 비친 자신은 좌우가 완전히 반대였으니 어느 정도의 위화감은 어쩔 수 없을지도 모르지만……그렇다고 해도 이 정도의 차이라면 사진을 통해서 이미 몇 번이나 경험했고 새삼 다시 꺼낼 얘기도 아니다.

그렇다면 문제는 색채일까? 도서관에서 발견한 앙리 브랑이라는 프랑스 의사가 쓴 《얼굴》이라는 책에 따르면 얼굴의 색과 표정 사이에는 우리가 상상하는 그 이상으로 밀접한 관계가 있다고 한다. 가령 같은 석고의 데드마스크〔죽은 자의 얼굴에서 본을 떠 만든 안면상〕도 채색의 가감 하나로 남자가 되기도 하고 여자가 되기도 한다는 것이다. 또 여자로 변장한 남자가 흑백사진으로 촬영하자 그 정체가 명확히 드러났다며 그 예도 제시하고 있다. 그렇게 생각해보면 확실히 그런 생각이 들기도 한다. 이 안티몬의 얼굴 틀은 빛을 통해 비춰 보지 않으면 잘 알 수 없을 정도의 미묘한 융기……이 정도였다면 가면이니 뭐니 하며 쑥덕거릴 일도 전혀 없을 것 같은…… 희미한 요철……순간 나는 환영에 떨며 혼자서 씨름을 하고 있었던 것은 아닐까 하는 생각이 들 정도였다. 그러나 이 금속제의 거머리 소굴도 붉은 기가 도는 피부색으로 물들어버리면 한 사람 분의 흉측함을 발휘해 보일지도 모른다……. 분명 그러할 것이다……. 정말이지 인간이 금속으로 만들어지지 않았다는 것은 두고두고 안타까운 일이 아닐 수 없다…….

하지만 채색이 그만큼 중요하다고 한다면 마지막으로 살 붙일 때의 착색은 매우 신중하게 하지 않으면 안 된다. 나는 맹인이 감촉을 즐기는 듯한 기분으로 아직 온기가 남아 있는 안티몬 얼굴 틀의 표면을 조심스럽게 다루면서 한 작업의 마무리가 이내 계속해서 다른 난관을 준비하게 되는 이 가면 제작의 어려운 점을 온몸으로 절절히 느꼈다. 참으로 기막힌 도전이다. 일의 양이나 소요된 시간으로 말한다면 이미 상당한 지점까지 도달해도 좋으련만, 생각해보면 중요한 얼굴 틀의 선택조차 아직 손도 못 댄 상태다. 게다가 다시 착색이라는 새로운 난관까지 더해졌다. 이래 가지고 언제 타인의 얼굴 속에서 내가 재생하는 그런 꿈이 실현될 수가 있을까…….

아니, 반드시 나쁜 징조만은 아니다. 이런 불과 몇 밀리미터 안 되는 나머지 융기물 때문에 마치 피부병을 앓는 들개처럼 쫓겨 다녀야만 하는, 얼굴이 지니는 불합리한 역할을 합금 거머리 소굴의 주름 사이를 누비며 이것저것 생각하는 동안 갑자기 안개가 걷힌 듯이 나는 중대한 적의 급소를 발견했다.

이 금속제 거머리 소굴은 그 자체로서는 물론 가면의 안쪽을 만드는 음화적(陰畵的)인 존재로 쓰일 수밖에 없다. 말하자면 가면으로 덮일 부정적인 존재인 것이다. 하지만 그것뿐일까……. 분명 부정적인 존재임에는 틀림없지만 그러나 이것을 토대로 하지 않고서는 없어질 가면이라 하더라도 마찬가지로 존재 불가능한 것이다……. 즉 이 합금의 토대는 가면이 말살해야 할 목표인 동시에 가면을 형성하는 출발점이기도 한 것이다.

좀 더 구체적으로 생각해보자. 예를 들어 눈 부분에 대해서 말하자면 위치나 모양, 크기를 바꾸지 않고 그대로 이용할 수밖에 없다. 굳이 손질을 한다면 눈 위치를 경계선으로 해서 위쪽 이마를 약간 앞으로 돌출시킬 것인지, 반대로 아래쪽만을 튀어나오게 할 것인지, 그것도 아니면 전체를 돌출시켜 눈을 옴팡한 눈으로 할 것인지, 이런 경우밖에는 없다. 코나 입에 대해서도 같은 방식으로 할 수 있으며, 얼굴 틀의 선택은 아무래도 지금까지 생각한 것처럼 애매한 것은 아닌 것 같다. 제약이라고 한다면 제약일지도 모르지만 뭐든지 백엔이라는 식의 적당히 넘어가는 자유로움에 비하면 이 편이 훨씬 나한테도 잘 맞는다. 아무튼 이것이라면 무엇을 해야 할지 대충 짐작이 간다. 비록 시행착오를 거듭하게 되더라도 우선 실제로 살 붙이기를 시도해보고 어떤 타입이 가능한지를 실물로 직접 접해보면서 검토해나가면 된다. 확실히 나에게 어울리는 방식이다. (과학자라기보다 차라리 단순 기술자에 지나지 않는다는 나에 대한 동료들의 비난도 아주 틀린 말은 아닌 것 같다.)

나는 그 합금의 토대 위에서 모든 각도로 손가락을 대어보고 두 손으로 덮어보기도 하고 가려보기도 하면서 어느새 몰두하고 있었다. 정말로 미묘한 일이다. 손가락 하나 정도의 광기로 형제나 사촌 이상의 타인으로 바뀌어버리다니…… 손바닥 한 장의 변형으로 생판 모르는 타인이 될 것이다……. 가면 제작을 시작한 이후 내가 이 정도로 적극적인 기분이 된 것은 아마도 이것이 처음이었으리라.

……그렇다. 확실히 그날 밤의 경험은 이 일 전체 중에서 상당히 중요한 고개였다. 그다지 험한 고개도 아니고 높이 솟아 있지도 않았지만, 수원지(水源池)의 물에 일정한 방향을 주어 머지않아 강의 흐름을 바꾸어놓을 정도의 영향력을 가진 중요한 지형상의 한 지점이었다고 생각한다.

적어도 이것을 계기로 지금까지는 평행선에 지나지 않았던 얼굴의 선택 기준과 기술적 처리 문제 사이에서 뚜렷하지

는 않지만 물꼬가 트인 것은 사실이니까. 즉 안티몬의 얼굴
틀은 특별한 방법상의 전망 따위는 가지고 있지 않지만 구체
적인 작업을 반복해 나아가기만 한다면 언젠가 가능성이 열
릴 거라는 사실은 든든한 격려가 되었다. 그래서 나는 다음
날 아침부터 서둘러 점토를 사오고 살 붙이는 연습을 시작했
다. 목표는 정해지지 않았지만 아무튼 대충 감으로 더듬어
간다는 것이다. 표정 근육의 해부도를 참조하면서 점토의 얇
은 조각을 한 장 한 장씩 정성껏 쌓아가는 작업은 마치 한 사
람의 탄생을 내부에서 참관하는 듯한 극적인 긴장감의 연속
이었고, 게다가 도무지 파악하기 어려운 선택의 기준조차 젤
라틴이 차가워져 굳어가는 듯한 느낌으로 점차 손의 감각에
맡겨 형태를 잡아가야 할 것 같았다……. 마치 소파에 앉아
서 범인을 찾아내는 천재형의 탐정도 있고 부지런히 돌아다
니며 증거를 찾는 평범한 탐정도 있듯이, 역시 나에게는 손
작업이 무엇보다도 내 성격에 맞는 것 같다.

　앞서 잠깐 언급했던 앙리 브랑의 《얼굴》이라는 책에 새삼
관심을 갖기 시작한 것도 바로 이 무렵이었다. 이전에 봤을
때는 그럴듯한 분석을 제법 학자다운 분류습관 정도로만 받
아들였는데, 이번에는 구체적인 실행이 필요한 만큼 그런 해
석이 어떤 도움이 될지 오히려 화가 나기조차 했다. 하지만
얼굴이 만들어지는 과정을 실제로 손끝으로 더듬어보고 나
서야 앙리 브랑의 형태론에서 단순한 표본 이상의 것을 결국

발견해냈다. 잘 알고 있는 지역의 지도가 낯선 외국의 지도와는 전혀 다르게 보이는 것 같은 것이리라.

앙리 브랑의 분류를 요약해보면 대략 다음과 같다.

우선 코를 중심으로 해서 코와 턱 끝부분의 거리를 반경으로 한 큰 원을 그리고, 다음으로 코와 입술의 거리를 반경으로 한 작은 원을 그린다. 이 두 관계에 기초해 중심돌기형과 중심함몰형으로 나누고, 다시 각각을 골질과 지방질로 구별하여 모두 네 개의 기본형으로 나눈다.

1. 중심함몰형, 골질 — 이마, 볼, 턱에 강한 육질의 융기
2. 중심함몰형, 지방질 — 이마, 볼, 턱에 부드러운 지방질의 살집
3. 중심돌기형, 골질 — 코를 중심으로 날카롭고 뾰족한 얼굴
4. 중심돌기형, 지방질 — 코 중심으로 부드럽게 앞쪽으로 융기

물론 이것만으로 모든 타입이 표현된다는 것은 아니다. 이 네 가지의 줄기가 한층 상반된 요소의 합성이나 부분적인 강조, 세부적인 음영 등에 의해 무수한 소분류로 다시 나뉘게 된다. 그러나 나로서는 그 정도의 미세함까지는 생각할 필요

가 없다. 아무튼 조직을 한 장 한 장씩 아래서부터 쌓아가는 것이므로 계산대로 진행될 리도 없다. 기본만 잊지 않으면 나머지는 흘러가는 대로 맡기면 된다.

그런데 위의 네 가지 기본형을 이른바 심리형태학적 방법에 비춰보면 다음과 같다. 처음 두 가지는 내향형이고 나중의 두 가지는 외향형이다. 또 홀수 번호 항목은 외부세계에 대해 적대적이거나 대항적이고, 반대로 짝수 번호 항목은 융화 내지는 조화적인 경향을 지닌다. 이 두 가지 분류조합에 따라 각각 형태의 특징적 성격이 결정된다.

그리고 이 분류법상에 역시 앙리 브랑의 '표정계수(表情係數)'라고 하는 사고방식을 중복 적용시켜보면 문제가 한층 더 실제적으로 정리된다— '표정계수'라는 것은 서른 남짓 되는 표정 근육 중에서 운동성이 큰 순서대로 열아홉 개의 운동점을 골라내서 그 하나하나가 표정에 미치는 영향을 양적으로 나타낸 것이다. 이 산정 방법 또한 재미있다. 약 만이천 개의 모델의 웃음과 곤혹스런 표정을 연속 촬영해서 그것을 그물코 투영법에 따라 지도와 같은 등고선으로 분할하면서 각 운동점의 움직임 평균치를 잡았다고 한다. 그 결론을 요약하면 다음과 같다. 표정계수의 농도는 콧망울에서 입술 양끝에 걸친 삼각지대가 가장 높고, 다음은 입 주위에서 광대뼈에 걸친 부위, 눈꺼풀 아랫부분, 그리고 미간 순으로 차츰 엷어져 이마가 가장 희박한 장소가 된다. 즉 표정의 기능은 얼굴 아래쪽 반, 그것도 입술 주위에 집중되어 있다.

이상은 부위에 따른 계수의 분포지만 다시 이것은 피하조
직의 상태에 따라서 영향을 받고 수정하게 된다. 피하조직의
두께에 비례해서 농도가 저하되어 가고…… 단지 계수가 희
박하다는 점과 무표정은 반드시 일치하지 않는다. 농도가 높
더라도 무표정인 경우가 있을 수 있으며 농도가 낮더라도 표
정이 풍부한 경우도 충분히 있을 수 있다. 즉 농도가 높은 무
표정도 있을 수 있으며 농도가 낮은 무표정도 있을 수 있다.

(덧붙임—시험 삼아 앙리 브랑의 분류법을 우리 얼굴
에 적용시켜보고자 한다. 우선 당신의 얼굴은 어느 쪽이냐
하면 역시 중심돌기형으로 봐도 좋을 것이다. 피하조직은
다소 지방질이므로 경향으로서는 네 번째 항목의 코를 중
심으로 부드럽게 앞쪽으로 융기한 타입이다. 심리형태학
적으로는 외향적이고 조화롭다. 표정계수는 다소 낮은 편
이고 망설임이 적은 안정된 표정이다.

어떤가. 이 정도면 꽤 정확하게 맞춘 것 같은데. 그러고
보니 당신은 학창 시절에 별명이 '보살'이라고 했지. 나는
처음 그 별명을 들었을 때 갑자기 웃음이 터져 나왔지
만…… 무엇이 그렇게도 우스웠던지…… 생각해보면 나
는 보살이든지 아니면 당신에 대해서 뭔가 엄청난 착각을
한 것 같다. 외견상으로는 당신은 어떤 불상과도 전혀 닮

지 않은 얼굴이다. 그런 속되지 않고 은근한 맛 따위는 약으로 쓰고 싶어도 없다. 오히려 개성이 강한 감각적인 얼굴이라고 하는 편이 나을 것이다. 하지만 일단 안쪽에서 다시 보면 브랑의 분류에서 나타나는 바와 같이 정말 당신은 보살상이다. 외향적이고 조화롭다는 것은 예를 들어 두께 1미터의 생고무 벽과 같은 것이리라. 매우 탄력성 있고 부드럽지만 결코 상처를 입지는 않는다. 불상의 모습을 반안미소(半眼微笑)라고 하지만, 그야말로 싸우지 않고도 이길 수 있는 얼굴이다. 멀리서 보면 분명 끌어들이는 듯한 미소를 머금고 있으면서 가까이 갈수록 그 미소는 마치 안개로 변하여 내 눈을 가로막아버린다. 당신에게 '보살'이라는 별명을 지은 사람에게 새삼 진심으로 경의를 표하고 싶다.

······ 언짢게 들렸을까? 어딘가에 가시가 섞여 있었다면 그것은 어디까지나 내 탓일 뿐이지 당신에게는 어떤 책임도 없다. 타인의 상냥함이 오직 고통으로만 느껴지는 그런 부담감 같은 것도 있으니······.

그럼 다음으로 내 얼굴은······ 아니 그만두자······ 잃어버린 얼굴에 대해서 이제 와서 운운해봤자 소용이 없다. 그것보다 예를 들면 사라카바 족과 같이 이미 분류된 어느 항목에도 해당되지 않을 정도로 변형·가공되어버린 얼굴의 내면에 대해서는 도대체 어떤 식으로 생각하면 좋을지,

기회가 된다면 한번 브랑 씨의 설명을 들어보고 싶다.)

그리고 기대에 어긋나지 않게 내 손가락 끝은 머리만으로는 도저히 이루어낼 수 없는 성과를 멋지게 보여주었다. 대략 열흘 정도 걸려서 네 가지의 기본형을 각각 대강 시험해본 결과, 그 중 두 개는 실격으로 판정 났고 나머지 두 개 중 하나를 선택하면 되는 과정까지 좁혀온 셈이다.

우선 가장 먼저 실격된 것은 "코를 중심으로 부드럽게 앞쪽으로 융기"라는 네 번째 항목 형태였다. 이 형태는 가장 계수농도가 높은 부분에 지방층이 싸여 있기 때문에 그만큼 안정도도 높아서 한번 완성되면 그것밖에 없다는 너무나도 융통성 없는 얼굴이다. 그만큼 처음부터 완성품을 치밀히 계산하지 않으면 안 되고 제작과정도 복잡하다……. 아쉬운 점도 있지만 일단 보류해두기로 했다.

(덧붙임의 덧붙임―이 내용의 바로 앞부분의 덧붙임에서 마치 사연이라도 있는 듯했지만 맹세코 다른 뜻은 없다. 첫째, 본문과 덧붙임 사이에는 거의 석 달 가까이나 공백이 있기 때문에…….)

다음은 "이마, 볼, 턱에 강한 육질의 융기"라는 첫 번째의 중심함몰형. 심리형태학적으로 말하면, 즉 내향적이고 대립

적이며 게다가 안정감이 결핍된 표정이라 할 수 있다. 아무리 좋게 보려고 해도 한 번도 손해본 적 없는 고리대금업자와 같은 인상이다. 적어도 호감을 주는 가면의 형태는 아닌 것이다. 그렇게 전적으로 인상이 좋지 않아서였지만 도무지 마음에 들지가 않아서 중지해버렸다.

자, 이런 식으로 골라내고 남은 것은 이제 두 가지인데—

"이마, 얼굴, 턱에 부드러운 지방질의 살집"······심리형태학적으로 바꿔 말하면 내향적이고 조화로우며, 또는 자제력이 있는 내성적인 이미지의 얼굴이다. "코를 중심으로 날카롭고 뾰족한 얼굴"······심리형태학적으로 바꿔 말하면, 외향적이며 조화롭지 못하고 또는 행동력 있는 의지적인 얼굴이다.

나는 이제야 앞이 보이는 듯한 느낌이 들었다. 똑같은 선택이라 하더라도 넷과 둘은 엄청난 차이가 있다. 넷은 단순히 둘의 두 배가 아니라 사실은 여섯 개의 비교를 위한 대비가 포함되어 있었다. 즉 육분의 일의 노력만으로 완성해낼 수가 있다. 게다가 이 두 가지는 꽤나 차이점이 확연하고 대조적인 형태여서 혼동하기 쉽고 판정하기 어렵다는 어려움은 없다. 지금까지 해왔던 그대로 아무튼 살을 붙이는 작업 테스트를 반복해 나아가기만 하면 언젠가는 목적한 얼굴을 완성할 수가 있다.

　이 두 가지 형태를 비교 검토하는 데 한동안 나 자신을 잊어버릴 만큼 열중했다. 그러나 토대가 되는 얼굴의 틀이 하나뿐이어서 그때마다 부수고 다시 만들어야 한다는 점이 꽤나 불편했다. 문득 폴라로이드카메라가 떠올라 구입했다. 셔터를 누르면 바로 그 자리에서 현상할 수 있는 것이다. 동시에 늘어놓고 비교할 수 있을 뿐만 아니라 제작 과정까지 그때그때 기록해서 보존할 수 있다는 편리함도 있다.

　그렇다. 그 무렵 내 심장은 껍데기를 벗고 날갯짓하려는 번데기의 예감이 들어, 마치 매미처럼 계속 울어댔다. 머지않아 다시 막다른 길에 들어설지도 모른다는 것은 생각지도 못한 채……

　어느 날 남풍이 불고 하늘이 흐리고 난방 장치가 답답할 정도로 덥게 느껴진 적이 있다. 달력을 보니 벌써 두 달 하고도 중순이 지났다. 정말이지 당황스러웠다. 가능하면 추운 동안에 완성시키고 싶었다. 가면은 질감이나 운동성 면에서라면 거의 완벽한 수준까지 왔다고 생각하지만 통기성 처리는 역시 해결하기가 어려웠다. 땀을 흘리는 계절이 되면 여러 가지로 상황이 좋지 않다. 고정하기도 어렵고 생리적인 문제점도 예상된다……. 하지만 S아파트에 아지트를 발견한 이 글의 처음 부분에 이르기까지는 그로부터 다시 삼 개월이나 빙 돌아가지 않으면 안 된다.

도대체 무슨 이유로 그렇게 돌아가지 않으면 안 되었던 것일까. 언뜻 보기에 일은 꽤나 순조롭게 진행되고 있었다. 나는 두 가지 형태를 각각 허공에 그릴 수 있을 만큼 익숙해졌고, 어느 한쪽의 형태에 속하는 얼굴을 보면 바로 각 요소를 분해하여 상상 속에서 수정할 수 있을 정도까지 되었다. 자, 재료는 갖추어졌으니 어느 쪽이든 좋을 대로 고르면 된다. 하지만 아무리 둘 중에 하나라 하더라도 기준이 주어지지 않으면 역시 고르기가 힘들다. 아무리 빨강이냐 흰색이냐 하며 다그쳐도 그것이 기차표 색깔인지 깃발 색깔인지도 모른 채 고를 수는 없는 것이다. 아, 또다시 기준 타령인가! 역시 발로 걷기만 해서는 풀 수 없는 그런 수수께끼인 것일까. 물론 이전과 지금과는 기준의 의미가 다르다. 그러나 선택 대상이 확실한 만큼 조바심도 더 났다. 조화형은 조화형 대로 장점이 있고 부조화형은 또 그것만의 장점이 있다. 여기에 가치 판단을 개입시킬 여지는 없다. 알면 알수록 나는 그 두 가지에 거의 차이를 둘 수 없을 만큼 흥미와 관심을 갖기 시작했다. 선택의 여지가 없게 되자 차라리 주사위로 정해버릴까 하고 생각한 적도 한두 번이 아니다. 하지만 얼굴에 약간이나마 형이상학적인 의미가 있는 이상 그런 무책임한 행동은

할 수가 없다. 지금까지의 검토 결과만으로 놓고 보더라도 용모가 심리나 성격과 다소 연관성을 지니고 있다는 점은 어쩔 수 없이 인정할 수밖에 없다.

…… 하지만 거머리에 마구 뜯어 먹혀 구멍이 나버린 자신의 얼굴 잔해를 떠올리는 순간, 얼굴에 어떤 의미도 일절 부여하지 않겠다고 나는 순간 흠뻑 젖은 개처럼 거칠게 몸을 떨었다―심리나 성격이 도대체 무엇이란 말인가! 연구소에서 작업할 때 그런 것이 언제 무슨 도움이 되었던가. 어떤 성격의 인간이더라도 $1+1=2$라는 사실에는 변함이 없다. 얼굴이 그 인간을 가늠하는 척도가 되는 매우 특수한 경우…… 예를 들면 배우·외교관·접대부·비서·사기꾼…… 따위의 직업이 아닌 이상, 성격은 나뭇잎 테두리 모양 이상의 그어떤 의미도 있을 수 없다. 그래서 과감히 10엔짜리 동전을 던져보기로 했다. 그러나 너무 많이 던져서 앞 뒤 평균하면 결국 같은 수가 되어버릴 뿐이다.

다행인지 불행인지 얼굴 틀(형태)에 대한 결론을 내리지 못한 상태에서 아직 해야 할 작업이 한 가지는 남아 있었다. 완성하는 데 사용할 얼굴의 표면을 입수하는 일이다. 이것은 성질상 두 번 다시 접촉할 가능성이 없는 생판 남인 타인에게 사들일 수밖에 없어서 심리적으로도 상당히 부담이 큰 것이었기 때문에, 어지간히 궁지에 몰린 상황이 아니면 좀처럼 시도할 기분이 들지 않았다. 이 남아 있던 작업이 바로 안성맞춤이었던 것이다. 하긴 일을 끝내는 순간 피할 수 없는 최후통첩을 받으리라는 것은 잘 알고 있었지만, 독으로써 독을 제거한다는 비유 그대로 두 가지 독이 서로 상쇄하여 나는 잠깐 동안이나마 평온해질 수 있었다. 3월 첫째 주 일요일에 모형을 뜨는 도구 일체를 가방에 넣고 아침부터 전차를 타고 드디어 거리로 나가기로 했다.

교외로 나가는 전차는 꽤나 붐비는 듯했지만 상행선은 아직 비교적 한산했다. 그래도 몇 개월 만이라 하더라도 이런 붐비는 장소에 있는 것은 역시 견디기 힘든 고통이었다. 어느 정도 각오는 했지만 출입문 옆에서 밖을 내다보며 선 채로 차 안을 뒤돌아볼 수조차도 없었다. 어디 그뿐인가, 더워서 답답할 정도로 난방 장치가 잘 되어 있는데도 외투 깃을 귀까지 세워서 푹 덮은 채, 스스로도 참 어이가 없다고 생각하면서도 죽은 시늉을 하고 있는 벌레처럼 꿈쩍도 할 수가 없었다. 이런 상태로 전혀 모르는 타인에게 말이나 걸 수 있을까. 전차가 멈출 때마다 문 손잡이를 꼭 쥐고 되돌아가고 싶은 나약함과 싸우지 않으면 안 되었다.

그렇다고는 하지만 도대체 무엇을 그토록 두려워하는 것일까? 특별히 누군가에게 비난받은 것도 아닌데 마치 죄인

이 된 것처럼 쓸데없이 겁에 질려 움츠려 있었다. 만약 표정이 인격에 그 정도로 중요한 것이라면 전화로밖에 말한 적이 없는 사람에게는 인격이 인정될 수 없기라도 하단 말인가? 어둠 속에서는 모든 인간이 서로 두려워하며 의심하고 적대시할 수밖에 없기라도 한 것일까? 멍청한 소리다. 결국 얼굴이라는 것은 눈, 입, 코, 귀가 있어서 각각의 기능이 자유롭게 제 기능을 다하기만 하면 그것으로 충분하다. 타인에게 보이려고가 아니라 자기 자신을 위한 것이니까. (아니, 그런 걸 걱정하는 것이 아니다……라고 또 다른 나는 멋쩍은 듯이 변명을 늘어놓았다……. 단지 표정 없는 얼굴을 일부러 보여주고 별 볼일 없는 타인을 당황하게 할 필요도 없지 않을까 해서 좀 조심할 뿐이다…….) 그러나 정말로 그뿐이었을까. 내 선글라스는 특별 주문한 것으로 보통사람들 것보다 약간 짙은 색이어서 누구나 내 시선을 느껴 당황한다거나 할 걱정은 조금도 없다…….

전차가 커브를 돌고 내가 서 있는 쪽이 서쪽을 향하게 되면서 출입문의 유리에 뒷좌석에 아이와 함께 앉아 있는 가족이 비쳤다. 뭔가 차내 광고―나중에 보니 욕조 할부 광고였다―를 가리키면서 열심히 얘기를 나누는 젊은 부모 사이에서 다섯 살쯤 되는 남자아이가, 남색 리본이 달린 두꺼운 모직 모자의 차양 아래로 당장이라도 떨어질 듯한 눈매로, 뚫어지게 나를 쳐다보고 있는 것이다. 경이로움, 불안감, 공포,

발견, 의혹, 당혹, 도취……와 호기심의 모든 것을 그 작은 눈동자 아래로 가득 채워서 거의 무아지경에 빠져 있는 것만 같았다. 나는 점차 냉정을 잃기 시작했다. 타인을 생각도 하지 않고 잠자코 있는 부모도 너무하다 싶었다. 갑자기 뒤돌아서자 역시나 아이는 놀란 듯 움찔하며 엄마 소매에 매달렸고 부모 역시 팔꿈치로 툭 치면서 아이의 부주의를 나무랐다.

……잠자코 그 부모의 앞에 다가서서 당황해하는 모습을 뒤로 하고 안경과 마스크를 벗고 붕대를 풀어서 보여준다면 어떻게 될까. 당혹감은 낭패로 변하고 애원까지 하게 될지도 모른다. 그래도 상관없이 계속해서 푼다. 좀 더 효과를 높이기 위해서 마지막에는 한 번에 쥐어뜯어 버린다. 붕대의 끝에 손가락을 대고 단숨에 아래로 벗겨버린다. 드러난 얼굴은 지금까지의 내 얼굴과는 전혀 다른 것이다. 아니 내 얼굴과 다를 뿐만 아니라 이미 인간의 얼굴과는 전혀 다른 것이 되어 있겠지. 청록색이라든가 황금색 그것도 아니면 속이 훤히 들여다보이는 납의 순백색과 비슷할 것이다. 그러나 상대는 그 이상을 확인할 여유조차 없다. 신(神)인가, 아니면 악마인가 스쳐지나간 인상을 정리할 틈도 없이 이내 아이와 가족은 모두 돌이나 납, 그렇지 않으면 곤충 같은 것으로 변신해버릴 것이다. 이어서 몰래 내 모습을 본 다른 승객들도 같이 변신해버리고 만다…….

문득 차 안이 크게 술렁거려서 정신을 차렸다. 어느새 목적지 역에 도착했다. 쫓기듯 내리면서 나는 쓰러질 듯한 피로를 느꼈다. 플랫폼 끝에 벤치가 있었다. 내가 걸터앉자 모두들 꺼려서 그런지 어느 누구 하나 함께 앉으려는 사람이 없어 혼자 전세 낸 꼴이 되었다. 소용돌이치는 승객의 흐름을 멍하니 바라보면서 너무나도 한탄스러운 나머지 울음이 터져 나올 것 같은 지경이었다.

조금은 사태를 쉽고 만만하게 생각한 것 같다. 이처럼 냉혹하고 이기적인 군중 속에서 나에게 얼굴을 팔아줄 만한 호인이 과연 있을까? 그리 가능성 있어 보이지 않는다. 누군가 한 사람을 골라서 말을 건넨다 하더라도 아마 지하철 역에 있는 모든 사람이 분명 비난하듯이 일제히 나를 노려볼 것이다. 역의 지붕에 장식되어 있는 대형시계……모든 사람에게 공통된 시간……그래도 얼굴을 가진 자들의 무관심은 무엇이란 말인가?……얼굴을 가지고 있다는 것이 뭔가 그만큼 중대한 자격이 될 수 있다는 것일까……보여지는 것이 볼 권리의 대가이기라도 하단 말인가?……아니 무엇보다도 안타까운 점은 내 운명이 너무나도 특별해서 지극히 개인적인 일에 지나지 않는다는 것이다. 굶주림, 실연, 실업, 병, 파산, 천재지변, 범죄와 같은 것과는 달라서 나의 고통에는 타인과 공유할 수 있는 요소가 전혀 없다. 내 불행은 어디까지나 나 한 사람에 국한된 것이어서 타인과의 공통 화제는 결코 될 수가 없다. 따라서 누구든지 아무렇지 않게 나를 무시해버릴 수가 있다. 그리고 난 그러한 무시에 대해 항의조차 할 수 없다.

……어쩌면 그때 나는 괴물로 변해가고 있었던 것은 아닐까. 날카로운 손톱을 세우고 전기톱과 같은 오싹한 기운을 퍼뜨리면서 등골을 타고 오르던 놈이 괴물의 마음은 아니었을까. 분명 그랬다. 그때 나는 괴물로 변해가고 있었던 게 틀림없다. 승복이 승려를 만들고 제복이 군인을 만든다고 토마스 칼라일(Thomas Carlyle)은 말했지만, 괴물의 마음도 아마 괴물의 얼굴에 따라서 만들어질 것이다. 괴물의 얼굴이 고독을 불러오고 그 고독이 괴물의 마음을 만들어낸다. 만약 그 얼어붙은 고독이 나중에 조금이라도 온도가 내려갔더라면 내가 세상과 연결되어 있는 모든 연줄을 요란하게 끊어버리고, 나는 체면 따위와는 상관없는 괴물이 되었을 것이다. 내가 괴물이 되었다면 도대체 어떤 종류의 괴물이 되어서 어떤 일을 했을까. 괴물이 되어보지 않아서 알 수 없는 일이지만 상상만 해도 끔찍하리만큼 두렵다.

(장외주―프랑켄슈타인 같은 괴물에 관한 소설은 흥미롭다. 보통 괴물이 접시를 깨면 그것은 괴물의 파괴 본능으로 간주하기 쉽지만, 이 작가는 반대로 접시가 깨지기 쉬운 성질을 가졌기 때문이라고 해석한다. 괴물로서는 단지 고독에서 벗어나고자 하는 바람뿐이었는데 희생자의 나약함이 어쩔 수 없이 그를 가해자로 만들어버린다. 그렇

다면 이 세상에서 깨지는 것, 부서지는 것, 타버리는 것, 피를 흘리는 것, 숨이 끊기는 것……이러한 모든 행위가 존재하는 한, 괴물은 그 모든 것을 끝없이 계속 저지를 수밖에 없게 된다. 애초에 괴물의 행위에 발명 같은 것은 있을 수 없다. 프랑켄슈타인이야말로 희생자들의 발명품에 지나지 않았으니까…….)

아니, 말로 내뱉지는 않았지만 나는 이미 울부짖고 있었다. ……제발…… 그런 눈으로 쳐다보지 말아줘!……언제까지나 그런 눈길을 받는다면 정말로 괴물이 되어버릴지도 모른다!……끝내 견디지 못하고 동굴을 향해 도망치는 괴물과 같이 인간의 밀림을 헤쳐나가 나는 바로 근처에 있는 영화관―괴물로서는 유일한 안식처이다. '암흑'의 매장―으로 필사적으로 달려갔다.

어떤 영화가 상영되고 있었는지는 잘 기억나지 않는다. 나는 2층 구석에 자리를 잡고 온기가 전해지는 인공의 어둠을 목도리처럼 단단히 둘러싸맸다. 드디어 구멍을 발견한 두더지같이 서서히 침착함을 되찾기 시작했다. 영화관은 무한히 뻗어 있는 터널 같았다. 이곳에서 나는 앉은 채 질주하는 자동차라고 상상했다. 나는 어둠 속을 헤쳐 마구 달려댔다. 이 정도의 속도로 날아간다면 어떤 세상이라 하더라도 뒤쫓아 올 수 없을 것이다. 나는 놈들을 그냥 목각인형으로 만들어

버렸다. 영원한 밤의 세계에 한 발 앞서 가버린다. 그리고 별
빛과 야광충, 이슬방울밖에 없는 나라의 왕이라 자칭한다.
……그런 아이들 낙서 같은 공상을 나는 마치 훔쳐 먹기라
도 하듯이 남모르게 음미하며 즐겼다. 아무리 보잘것없는 어
둠의 일각이라 하더라도 그것을 조롱한다든가 해서는 안 된
다. 우주적 규모에서 생각한다면 어둠이야말로 현실 세계의
대부분을 차지하는 요소이기 때문에…….

문득 앞줄 좌석이 이상하게 흔들리기 시작했다. 비스듬히
바로 앞의 어둠 속에서 흥, 흥 하는 여자의 코웃음소리가 들
려왔다. 쉬잇 하는 남자의 제지하는 소리가 들리더니 진동이
멈췄다. 손님은 뜸했고 음악이 최대 음량으로 장내를 흔들어
대고 있었기 때문에 아마 다른 사람들은 느끼지 못했을 것이
다. 남의 일인데도 안도의 한숨을 내쉬었다. 그러면서도 나
는 그곳을 한참을 뚫어져라 쳐다보고는 도저히 눈을 뗄 수가
없었다. 화면이 밝아지고 두 사람의 그림자가 확연히 드러났
다. 여자는 흰색 양모 코트의 깃을 어린애같이 안으로 감아
올리고, 그 가는 목덜미를 뒤로 젖히고 어깨 부근에 남자의
머리가 숙인 듯 겹쳐져 있었다. 게다가 두 사람 모두 가슴 아
래는 남자의 검은 외투로 완전히 덮인 상태였다. 그 속에서
두 사람은 도대체 어떤 상태로 있는 것일까.

눈에 들어온 것은 역시 여자의 하얀 목덜미였다. 그 하얀
부분 역시 흰 외투의 옷깃 속으로 점점 가라앉는 것 같기도

하고, 또 반대로 둥둥 떠오르는 것 같기도 했다. 실제로 여자가 아래위로 흔들렸는지도 모르겠다. 아니면 반대로 내 눈이 초점을 잡기가 어려워 흔들리고 있는지도 모르겠다. 그러나 남자 쪽은 더욱 불확실했다. 여자의 앞쪽을 엿보는 듯한 머리 위치…… 바싹 달라붙은 팔은 여자의 겨드랑이 아래로 감을 수도 있고 엉덩이 아래로 집어넣을 수도 있다……. 비어 있는 오른쪽 어깨는 훨씬 안쪽으로 말려 있어 이것은 무엇을 해도 완전히 자유롭다. 나는 그 오른쪽 어깨를 눈에서 금방이라도 땀이 떨어질 듯이 뚫어져라 봤다. 하지만 이것은 이미 흑판에 그려놓은 묵화나 마찬가지다. 그 어깨가 물결치는 듯 보이면 그것은 내가 그렇게 되길 바랐기 때문이고, 율동하는 듯이 보였다면 그 역시 내가 그렇게 생각했기 때문이다. 결국 나는 스스로 나 자신이 열중하는 모습에 열중하고 있었던 것이다.

갑자기 여자가 큰 소리를 내며 웃기 시작했다. 나는 뺨이라도 한 대 맞은 듯이 몸을 움츠리고는 그 당돌한 웃음이 내 책임은 아닐까라는 착각에 사로잡혔다. 하지만 실제로 웃은 것은 그 여자가 아니라 스크린 뒤쪽의 확성기였다. 마치 서로 짜기라도 한 듯이 스크린에서도 역시 살이 끓어오르는 듯한 절정의 장면이 연출되고 있었다.

목이 휜 여자가 화면 가득히 클로즈업되었다. 고통을 호소하듯이 심하게 목을 좌우로 흔들면서 차츰 화면에서 빗겨가

더니, 잠시 후 막 구워낸 소시지 같은 입술이 나타나자 그 입술은 규정량을 훨씬 초과한 웃음 때문에 잔뜩 비뚤어져 있었다. 그러고서 찌부러진 고무호스를 자른 듯한 콧구멍…… 이어서 주름 속으로 뒤섞여 들어갈 정도로 굳게 닫힌 아래위 눈두덩이…… 그리고 웃음은 당황한 들새의 날갯짓 같은 숨소리로 변해간다.

나는 불쾌해졌다. 어째서 이런 곳까지 얼굴이 위세마저 부리며 나올 필요가 있는가? 영화라는 것은 본래 어둠 속에서만 볼 수 있는 볼거리였는데 말이다. 보는 자에게 얼굴이 없기 때문에 보여주는 자에게도 얼굴 따위는 아무 의미 없는 것이라고 생각한다.

하지만 현실적으로 옷이라면 얼마든지 벗어 보이겠지만 얼굴까지 벗어 보이고자 하는 배우는 한 사람도 없다. 그러기는커녕 얼굴을 중심으로 원을 그리는 것을 연기라고 생각하기조차 한다. 모처럼 관객을 암흑 속으로 불러들여 놓고는 이건 정말 사기나 마찬가지가 아닐까…… 아니면 엿보는 것은 창피한 일이지만 흉내내는 것은 건전하다고 할 작정일까. 같잖게 뽐내는 거나 위선은 그만해두었으면 좋겠다. (얼굴을 잃어버린 병신이 이런 자기 주장을 하는 것은 꼴불견일까? 하지만 빛의 의미를 가장 잘 알고 있는 것은 전력회사도 화가도 카메라맨도 아닌 성인이 되어서 실명한 장님일 것이다. 풍요에는 풍요의 지혜가 있듯이 결여에도 결여의 지혜가 있으니 말이다.)

　도움을 청하듯이 앞의 두 사람에게 시선을 돌려 보았다. 이번에는 두 사람 모두 쥐 죽은 듯이 꼼짝도 하지 않는다. 어떻게 된 것일까? 그렇다면 저 살의 비등도 결국은 나의 망상에 지나지 않았던 것일까? 붕대 틈새로 끈적끈적한 땀이 벌레처럼 기어다니기 시작한다. 난방이 지나치게 잘 된 탓만도 아닌 것 같다. 뭔가 매운 고추가 온몸의 털구멍을 콕콕 찌르고 있었다. (속임수는 어둠이 아니라 의외로 내 얼굴이었는지도 모른다.) 이 순간 갑자기 장내의 불이 켜진다면……나는 그야말로 침입자로서 관객들에게서 일제히 비난과 조소를 받을 게 틀림없다.

　단단히 결심하고 씩씩하게 밖으로 나가기로 했다. 하지만 이 피난이 아무런 의미 없이 끝났다고는 말할 수 없다. 나는 전보다 다소 도전적인 기분이 되었고 어쨌든 그만큼 세상과 맺은 본래의 관계로 돌아가게 되었다.

　서서히 오전도 다 가고 있었다. 역 앞의 길은 과연 휴일의 번화가답게 많은 사람들로 들끓었다. 그 사람들 속에 섞여 파리와도 같은 시선에 항거하면서 한 시간 가량이나 무턱대고 걷기만 했다. 걷는다는 것은 확실히 어떤 종류의 정신적

인 효과가 있다. 예를 들어 군대 행군에서도 2열 또는 4열 종
대라는 대형(隊形)의 틀에 맞게 배치되어 병사들은 오직 그
대열을 유지하려는 두 개의 다리로만 존재한다. 얼굴도 마음
도 잃어버린 삭막한 황폐감과 동시에 그 끝도 없는 행군의
반복에는 무심한 평온함이 깃들어 있었던 것 같다. 사실 오
랜 행군 도중에 발기를 경험한 자조차 결코 드물지 않다.

하지만 마냥 파리만 쫓고 있어서는 아무것도 안 된다. 오
히려 내 쪽에서 파리 눈이 되어 사람들 속을 탐욕스럽게 날
아다녀야 한다. 그리고 그 속에서 누군가 얼굴을 팔 만한 사
람을 찾아내야 한다. 성별은 남자…… 되도록이면 특징 없는
평균적인 피부를 지닌 사람…… 나중에 신축성에 관한 것은
자유롭게 조정할 수 있으니, 눈·코의 생김새나 면적 같은
건 상관없다……. 나이는 서른 살에서 마흔 살 정도…… 무
엇보다 돈을 받고 그런 주문에 응해줄 사십대 남자는 대개
피부도 상해 있어서 쓸모가 없을 가능성도 있기 때문에 실제
로는 서른 살 전후가 좋겠다.

어떻게 해서든지 기분을 되찾으려고 했지만 그 노력도 수
명을 다해가는 전구처럼 흐릿해져 좀처럼 긴장을 지속시키
기가 힘들었다. 게다가 길가는 사람들은 서로 타인일 텐데,
마치 유기화합물처럼 단단하게 자물쇠를 채워 비집고 들어
갈 틈이라곤 어디에도 없어 보였다. 검증을 마친 얼굴을 갖
고 있다는 것뿐인데 그것이 그렇게도 강한 유대감을 형성할

수 있는 걸까. 그 위에 입고 있는 옷마저도 어디선가 서로 암호를 맞춘 듯 똑같다. 유행이라 불리는 대량 생산된 오늘날의 암호다. 도대체 이것은 제복의 부정인가 아니면 새로운 제복의 일종인가. 끊임없는 변화라는 점에서는 제복의 부정이라 하겠지만, 그러나 그 부정이 집단적으로 행해진다는 점에서는 역시 너무나도 제복적이지 않을까 하는 생각이 든다. 아마도 그것이 지금 이 시대의 마음일 것이다. 그리고 바로 그 마음 때문에 나는 이단의 교도인 것이다. 합성섬유로 만들어진 유행의 한 자락은 확실히 내 연구에 도움이 되었지만 얼굴 없는 인간에게는 마음도 없다고 생각한 것일까, 그들은 내가 한 패거리가 되는 것을 용납하려조차 하지 않았다. 나는 걷는 것만으로도 충분했다.

만약 이 속의 누군가에게 섣불리 말이라도 걸었다가는 나와 주위의 관계는 순식간에 젖은 창호지처럼 찢어져버릴 게 틀림없다. 나는 사람들에게 빙 둘러싸여 그 중심에 내팽개쳐진 채로 어떤 변명의 여지없이 특이한 형태의 복면에 대해 추궁당하게 될 것이다. 역 앞 거리를 이쪽 끝에서 저쪽 끝까지 여섯 번 이상이나 왕복하면서 그 사이 나는 줄곧 경고를 받고 있었다. 아니 결코 지나친 생각이 아니다. 그만큼 혼잡했음에도 내가 가는 곳만큼은 항상 갑자기 전염병 지대인 듯이 공간이 생겨 어깨를 부딪치는 일조차 한 번도 없었으니.

이는 마치 감옥과 다를 바가 없다. 감옥 속에서는 무겁게 짓눌러 오는 벽도 철창도 모두가 잘 닦인 거울이 되어 자기 자신을 비출 게 틀림이 없다. 갇힌 자의 고통이라는 것은 어떤 순간에도 자신에게서 도망갈 수 없다는 것이다. 나도 자기 자신이라고 하는 주머니 속에 굳게 갇혀서 지독하게 발버둥치고 있다. 초조함이 신경을 곤두서게 하고 이것이 다시 어두운 분노로 변하고 있다. 그러고는 문득 백화점의 식당으로 가보면 어떨까 하는 생각이 들었다. 슬슬 식사 시간도 되었고 배도 고팠다. 그런데 이 착상에는 훨씬 도전적인 의미가 내포되어 있다. 쫓기는 자의 직관으로 닫힌 주머니의 터진 틈새를 나는 감쪽같이 찾아냈던 것이다.

인간이 고독해지고 외톨이가 되고 무방비 상태가 되어 약점을 모조리 드러내게 되면서 남에게 빈틈을 내보이는 것은 뭐니 뭐니 해도 우선 잠잘 때와 배설, 그리고 식사에 열중하고 있는 때가 아닐까. 그 중에서도 백화점 식당은 특히 고독한 메뉴가 자랑거리다.

엘리베이터에서 내린 곳은 무슨 모임이 있는 회의장 같았다. 식당은 바로 그 뒤편인가 보다. 내리자마자 정면에서 갑자기 '노오멘〔能面. 노오가쿠能樂에 쓰는 탈〕전시회'라는 큰 안내 문구가 눈에 들어왔다. 순간 나는 움찔하며 멈춰 서서 황급히 되돌아가려고 했다. 물론, 우연히 이렇게 되었으나 자칫 그러다가는 괜히 더 놀림감이 될지도 모른다는 생각이 들어 이내 생각을 바꾸고, 식당으로 나가는 우회로가 있었음에도 불구하고 그 전시장으로 들어가버렸다.

아마도 식당을 겨냥했기 때문에 기분이 들떠 있었던 것 같다. 도전하기에 앞서 사전 탐색이라는 속셈도 있었을지 모른다. 그렇다고는 해도 복면을 쓴 남자가 탈 구경을 한다는 것은 아무래도 심상치 않은 배합이다. 불 속을 뚫고 갈 정도의 각오는 해둔 셈이다.

하지만 운 좋게도, 모처럼 크게 마음먹은 것이 맥 빠질 정도로 관람객은 몇 명 안 되었다. 덕분에 나는 이상하리만치 온순해져서, 아무튼 그런 태도로 전시장을 한바퀴 둘러보기로 했다. 특별히 무엇을 기대하고 있던 것은 아니다. 이름은 비록 같은 가면이라 하더라도 노오멘과 내가 찾고 있는 것과는 너무나도 이질적이다. 내게 필요한 것은 거머리를 제거하고 타인과의 통로를 회복하는 것인데, 노오멘은 오히려 삶과 이어지는 모든 것을 거부하려고 기를 쓰고 있는 것 같다. 예를 들어 전시장을 가득 메운 곰팡이 냄새야말로 일종의 세기말적인 공기로 그 좋은 증거다.

물론 노오멘에 어떤 종류의 세련된 아름다움이 있다는 것 정도는 나라고 해서 이해 못 하는 것은 아니다. 아름다움이란 어쩌면 파괴당하길 거부하는 그 저항감의 강도일 것이다. 재현에 있어 어려움은 바로 아름다움의 정도를 가늠하는 척도다. 따라서 만약 대량 생산이 불가능하다면 얇은 판유리야말로 이 세상에서 가장 아름다운 것임에 틀림없다. 그렇다 해도 여전히 해결되지 않는 것은 그런 편협한 세련됨을 구할 수밖에 없었던 배경에 있는 그 무엇이다. 가면의 요구는 극히 상식적으로 말해서 살아 있는 배우의 표정만으로는 성이 차지 않는, 그 이상의 것에 대한 갈망이었을 것이다. 그렇다면 무엇 때문에 일부러 표정을 질식시킬 필요가 있었을까?

문득 정신을 차려보니 한 여자 탈 앞에 멈춰 서 있었다. 갈고리 형으로 꺾인 두 벽면을 잇는 칸막이 정면에 특별히 정성껏 디자인을 해서 장식한 탈이었다. 난간을 본 뜬 흰색 나무 틀 속에 검정 천을 배경으로 한 그 탈은 내 시선에 대답이라도 하듯이 갑자기 얼굴을 들어보였다. 마치 기다리고 있었다는 듯이 얼굴 가득히 넘치는 듯한 미소를 머금으면서……

물론 착각이었다. 움직이는 것은 탈이 아니라 탈을 비추는 조명이었다. 나무 틀 뒤에 몇 개의 작은 전구가 나란히 달려 있어 그것이 순서대로 이동하면서 점멸하여 독특한 효과를 만들어내고 있다. 참으로 잘 만든 장치였다. 하지만 장치라는 것을 알고 나서도 놀라움은 그대로 여운을 끌며 남았다. 탈에는 표정이 없다는 소박한 선입견을 아무런 저항도 없이 뚫고 나와서……

단순히 디자인에 공을 들인 것만도 아니었다. 그 탈을 만든 솜씨도 다른 것에 비해 한층 두드러져 보였다.

다만 그 차이를 쉽게 납득할 수 없음에 애가 탈 정도다.

그러나 다시 한번 전시장을 둘러보고 그 여자 탈이 있는 곳으로 돌아왔을 때, 갑자기 렌즈의 초점이 정확히 맞아 그 수수께끼가 풀렸다……. 그곳에 있는 것은 얼굴이 아니었다. 얼굴을 가장하고 있지만 실은 엷은 가죽을 씌운 그저 두개골에 지나지 않았던 것이다. 그밖에도 노인 탈은 더 확실하게 해골 같았지만, 포동포동해 보이는 그 여자 탈은 자세히 보면 다른 어느 것보다도 분명 두개골 그 자체였다. 미간이나 이마, 볼, 아래턱, 등뼈의 이음새가 해부도를 연상시킬 정도로 정확하게 조각되어 있었고, 빛의 이동에 따라서 뼈의 음영은 표정이 되어서 떠오른다……. 낡은 도자기 결을 연상시키는 아교 덩어리……그 표면을 덮은 섬세한 균열의 그물코……비바람에 시달린 뗏목의 바랜 빛깔과 온기……탈의 기원은 본시 두개골이 아니었을까?

하지만 모든 여자 탈이 그런 식인 것은 아니다. 시대가 내려감에 따라서 그저 밋밋한 모양의 참외를 깎은 듯한 얼굴로 변해버렸다. 아마도 창시할 무렵의 제작자가 지녔던 의도를 잘못 파악하여 그저 살 붙이는 것으로만 이해함으로써 정작 중요한 뼈는 놓쳐버리고, 단지 무표정을 강조한 것으로 끝내버린 것은 아닐까.

그러고 나니 나는 갑자기 가공할 만한 가설 앞에 놓였다. 초기의 탈 제작자들이 표정의 한계를 넘기 위해 끝내 두개골까지 이르지 않으면 안 되었던 것은 도대체 어떤 이유였을까? 분명 단순히 표정의 억제는 아니다. 일상적인 표정에서 탈피한다는 점은 다른 가면과 마찬가지다. 굳이 차이점을 찾는다면 대개 가면은 긍정적인 방향으로 탈출을 도모하는 데 비해서, 탈은 부정적인 방향을 목표로 하고 있다는 정도일 것이다. 담으려고 하면 어떠한 표정이라도 담을 수 있겠지만 아직은 아무것도 담지 않은 텅 빈 용기…… 상대에 따라서 어떤 식으로도 변모할 수 있는 거울 속의 영상…….

다만 아무리 세련되었다고 해도 이미 거머리 소굴에서 잔뜩 살이 붙어버린 내 얼굴은 이제 와서 두개골로도 되돌려놓을 수가 없다. 그러나 얼굴을 텅 빈 용기로 만들어버린 탈의 과감한 방법에는 모든 얼굴, 모든 표정, 모든 가면을 통틀어 말할 수 있는 기본 원리 같은 것이 있지는 않을까. 자신이 만들어내는 얼굴이 아니라 상대방에 의해서 만들어지는 얼굴…… 스스로 선택한 표정이 아니라 상대방에 의해서 선택된 표정…… 그렇다. 그것이 사실일지도 모른다. …… 괴물이라 할지라도 피조물이고 인간 역시 피조물이라 해도 좋을 것이다. …… 그리고 조물주는 표정이라는 편지에 관한 한 보내는 쪽이 아니라 아무래도 수취인 쪽인 것 같다.

내가 얼굴형을 정하지 못하고 이리저리 망설인 것도 결국은 그런 이유에서가 아닐까…… 수취인 불명의 편지는 아무리 우표를 붙여 보내더라도 반송되어 올 뿐이다. …… 그렇다면 좋은 수가 있다. 참고 삼아서 촬영해 모아둔 얼굴형의 앨범을 누군가에게 보여서 고르도록 하면 어떨까…… 누구라니, 누구에게?……물어볼 필요도 없이 당연히 당신이다……. 당신 외에 내 편지의 수취인이 있을 리가 없다.

처음에는 조심스럽게 아주 사소한 발견이라고만 생각했는데 이내 주위의 빛이 서서히 그 파장을 바꾸기 시작하고, 그에 따라서 내 마음속에서도 조금씩 터져 나오는 웃음 같은 검붉은 빛이 새어 나와 나는 그것이 사라지지 않도록 살며시 두 손으로 감싸면서 비탈길을 굴러 내려오는 기분으로 전시장을 뒤로 하고 나왔다.

그렇다. 만일 실현 가능하다면 이것은 결코 사소한 발견이 아니다. 절차 상으로는 여러 가지로 문제도 있겠지만…… 당연히 있겠지만……아무튼 이것으로 모든 것이 해결될지도 모른다. 나는 주저하지 않고 식당으로 돌진해갔다. '노오멘 전시회'의 전시장과는 대조적으로 두 페이지 정도의 메뉴에서 모든 식욕의 형태를 빠짐없이 갖추고 있는 큰 식당에 걸맞은 열기를 향해 두려움 없이 돌진해갔다. 용기만 앞세운 것은 아니다. 눈앞에 희망이 보이자 오히려 겁이 났을 정도다. 나는 편지와 수취인과의 관계를 조금이라도 빨리 알고 싶은 마음에 어쩌면 귀를 막고 어둠 속을 빠져나가는 아이 같은 기분이었다.

그리고 그런 내 앞에 때마침 그 사내가 가로막고 서 있었다. 사내는 꽤나 미련이라도 있는 모양으로 견본이 놓인 진열장을 하염없이 보고 있었는데, 그 스산한 느낌이 아무래도 내가 찾고 있던 인물과 비슷했다. 나이도 적당하고, 얼굴에 상처자국 같은 게 없는 것을 확인한 나는 그 자리에서 그 사내로 결정해버렸다. 겨우 마음을 굳힌 사내는 식권 파는 곳에서 라면 티켓을 사고, 이어서 나도 커피와 샌드위치를 주문했다. 그러고서 아무렇지도 않은 얼굴로—아니 애당초 얼굴 같은 건 지니고 있지 않았지만—사내와 같은 테이블에 말없이 마주 앉았다. 다른 빈자리가 없었던 것도 아니어서 사내는 노골적으로 불쾌해하는 기색을 보였지만 특별히 입밖에 내지는 않았다. 웨이트리스가 식권을 받고는 물을 놓고 갔다. 마스크를 벗고 담배를 피며 상대방이 약간 주눅 든 듯한 기미를 느끼고서야 천천히 입을 열었다.

"미안하게 됐습니다. 방해를 해서……."

"아니, 별로."

"그런데 저쪽에 있는 꼬마는 그렇게 맛있게 먹던 아이스크림마저 잊어버리고 내 얼굴만 정신없이 쳐다보고 있네요. 어쩌면 당신도 나와 한패로 볼지도 모르겠소."

"그럼, 다른 자리로 가버려!"

"그거야 그래도 좋지만, 그전에 단도직입적으로 한 가지만 물어보고…… 당신은 만 엔을 갖고 싶지 않소?…… 필요 없으면 당장 다른 자리로 옮기겠소."

상대방의 표정에서 가엾을 정도로 민감한 반응이 보이자 즉각 나는 그물을 끌어당기기 시작했다.

"…… 그다지 성가신 부탁을 하려는 것도 아니오. 위험한 일은 절대 없고 특별히 큰 수고스러움도 없이, 만 엔은 분명 당신 것이지. 어때? 우선 얘기를 들어보겠소, 아니면 자리를 옮길까……."

사내는 누런 이를 혀끝으로 쑤셔대면서 눈 밑을 신경질적으로 파르르 떨었다. 앙리 브랑식으로 분류해보면 중심함몰형으로 약간의 근육질. 즉 내가 제외시켜버린 부조화형의 내향성 타입이다. 그러나 지금 내가 필요한 것은 피부상태뿐이므로 형태가 어떻든 문제가 되지 않는다. 단지 이런 타입의 인간에 대해서는 강하게 나가면서도 자존심이 상하지 않도록 세심하게 신경 쓸 필요가 있다.

(덧붙임―자신에 대해서는 얼굴을 척도로 삼는 것을 극구 거부하면서 타인에 대해서는 쉽게 그런 방법을 쓰고 있다. 제멋대로라고 하면 제멋대로이긴 하지만 그런 취급을 받는다는 자체가 내 입장에서 보면 꽤나 사치스러운 것이다. 가지지 않은 자일수록 자칫 고약한 비평가가 되기 쉬운 법이다.)

"무슨 말인지……" 하고 내 얼굴을 보지도 않고 끝내려는 듯이 의자 등받이에 한쪽 팔꿈치를 올려놓고 상반신을 비스듬히 기대고, 아이들에게 경품용 풍선을 나눠주고 있는 옥상으로 가는 통로 쪽을 뚫어지게 쳐다보면서, "그거야 흥정하기 나름 아닌가……."

"안심했습니다. 자리를 옮기는 것도 좋지만 이곳 웨이트리스들은 무뚝뚝해서 말야. 하지만 그 전에 한 가지만 약속해줬으면 하는 것이 있는데. 나도 당신 직업에 관해서는 아무것도 묻질 않을 테니 당신도 그런 질문은 일절 하질 마시오."

"어차피 말해주고 싶은 직업도 못 되고, 게다가 서로 모르면 나중에 누군가에게 설명할 필요도 없을 테지."

"끝난 뒤에는 서로 아무것도 보지 않은 것으로 하고 잊어버립시다."

"좋지. 어차피 떠올리고 싶을 이야기도 아닌 것 같으니……."

"글쎄, 지금도 당신은 내 얼굴을 똑바로 못 보고 있는데. 즉 그만큼 신경을 쓰고 있다는 증거가 아닐까. 당신은 분명 내 붕대 밑이 어떻게 되어 있는지 알고 싶어서 좀이 쑤실 꺼요?"

"당치도 않다."

"그러면 두렵나?"

"두렵기는."

"그럼 어째서 그런 식으로 나를 피하고 있습니까?"

"어째서라니…… 그런 것까지 일일이 대답해야만 하나?…… 아니면 혹시 이것도 만 엔에 해당하는 일 속에 포함되는 거요?"

"싫으면 억지로 대답할 필요는 없소. 안 들어도 어차피 대답은 알고 있으니까. 단지 조금이라도 당신의 부담을 덜어주고 싶어서……."

"그래서 결국 어떻게 하라는 말이오?"

초조한 듯이 사내는 찌그러진 담뱃갑을 웃옷 주머니에서 꺼내면서 갑자기 태도를 바꾸며 아랫입술을 삐죽 내밀었다. 그러나 이내 입가의 주름이 보이면서 얇은 볼 주변이 곤충의 배처럼 실룩실룩 경련이 일어났다. 궁지에 몰린 피해자의 표정이다. 하지만 그런 일이 있을 수 있을까. 상대가 아이들이라면 그런 불안정한 공상을 자극시켜 어느 정도 공포 속으로 빠뜨릴 수 있다는 것을 경험적으로 알고 있지만, 아무튼 상대는 버젓이 어른이다. 사람들이 나에게서 눈을 돌리는 것은 항상 우월한 자의 불쾌감이었을 것이다. 그 사실을 알고 있었기 때문에 나도 만 엔이라는 미끼로 겨우 엇비슷하게 대등한 정도로만 원했을 뿐인데…….

"그럼 바로 용건으로 들어갈까요." 나는 주의 깊게 괜히 퉁명스런 말투로 속을 떠본다. "실은 당신의 그 얼굴을 나에게 줄 수 없을까 해서……."

그는 대답 대신 심각한 표정으로 힘껏 성냥을 그었다. 그 성냥은 툭 부러졌고 부러진 쪽이 타면서 테이블 위로 떨어졌다. 당황해하며 불을 끄고 손톱 끝으로 바닥을 튕기며 화가 치민 듯이 코를 킁킁거리면서 다시 성냥 불을 켠다. 예상한 대로였다. 시간으로 치면 겨우 몇 초 동안의 일이었지만 그는 그동안 온갖 주의를 다 기울여 "얼굴을 준다"는 말의 뜻을 이해하려고 안간힘을 쓰고 있다.

만약 그러자고 들면, 몇 가지로 해석이 가능할 것이다. 우선 살인, 공갈, 사기 등의 대역이라고 하는 극히 세간적인 해석을 시작으로, 실제로 얼굴을 매매한다는 지극히 환상적인 경우에 이르기까지…… 결코 단순한 억측 따위는 아닌 셈이다. 만약 그에게 냉정한 판단력이 남아 있었다면 만 엔이라는 극히 현실적인 조건을 당장이라도 떠올리지 않았을 리가 없다. 만 엔으로 살 수 있는 것은 뻔하다. 고민할 필요도 없이 바로 그 의미를 반문하는 것이 우선 상식적이지 않을까. 그가 내 붕대에 압도되어 꿈속에서 마치 이치만 따지는 싸움에 걸려든 듯한 어색한 상태가 된 것은 거의 의심할 여지가 없는 사실이다. 식당을 노렸던 내 직감은 빗나가지 않았다……. 게다가 무엇보다도 마음에 든 것은 그가 내 붕대 밑에 있는 것보다도 오히려 붕대 그 자체에 대해 마치 적진을 에워싼 철조망에 가로막혀 있듯이 연연했다는 것이다.

그렇게 생각한 순간 나의 내부에서는 꽤나 유명한 마술사가 휙 하며 손수건을 한 번 흔든 것처럼 놀라운 변화가 일어났다. 보이지 않는 공중의 움푹한 곳에서 한 마리의 박쥐가 스르르 날아가듯이 나는 용서라곤 없는 가해자로 다시 태어나, 잘 갈아놓은 어금니를 상대방 목덜미에 들이대고 있었다.

"아니 얼굴이라 해도 그저 껍데기만이면 충분해. 붕대 대신에 쓰려고 하니까……"

사내의 표정은 점점 안개 낀 듯 흐릿해지면서 입술을 바삐 움직이며 담배만 피워대고 있을 뿐 본래의 임무는 여전히 잊은 모양이다. 나는 처음에 가능한 한 저항감을 피하려고, 이 사내에게 만큼은 어느 정도의 진상을 알려도 괜찮겠다고 생각했지만, 그럴 필요까지도 없었다. 붕대 밑에서 나는 무심코 슬며시 쓴웃음을 짓고 말았다. 울분을 터뜨리는 것도 때로는 좋은 건강법이다.

"아니 걱정할 필요 없소. 특별히 껍질을 통째로 벗겨 달라는 건 아니니까. 내가 원하는 것은 단순히 피부의 표면뿐이오. 주름이라든가, 땀구멍, 털구멍이라든지…… 이런 피부의 느낌을 그대로 본을 뜨기만 하면 되오."

"아아. 본을 뜬다……?"

남자는 간신히 어깨의 긴장을 풀고 목젖을 크게 위아래로 움직이면서 몇 번이나 조금씩 끄덕였다. 하지만 아직도 내심으로는 의심이 풀리지 않은 듯했다. 무엇을 걱정하고 있는지 는 새삼 물어볼 것도 없다. 내가 그와 똑같은 얼굴을 하고 도 대체 무슨 짓을 하려는 것인지 여간 불안한 게 아니었을 것 이다. 그렇다 해도 곧 그 의심을 풀어주지 않았다. 잠시 후 주문한 음식이 나오고 음식을 먹는 내내 조금씩 심술궂은 수 작을 반복하여 일부러 의심을 품은 채로 있도록 했다. 특별 히 그에 대해 개인적인 원한이 있었던 건 아니다. 나는 아마 도 얼굴이라는 약속에 대해서 적어도 뭔가 복수를 시도하고 있었다.

분명 거머리 소굴로 고민만 되지 않았다면 붕대도 나름대 로 버리기 힘든 매력이 있다. 예를 들어 이 붕대의 효용—복 면의 효과—에는 얼굴의 본질적인 의미가 매우 잘 요약되어 있다. 복면이라는 것은 얼굴이 가지는 약속의 의미를 뒤집는 짓궂은 게임이고 얼굴을 지워버림으로써 동시에 마음도 지 워버리는, 이를테면 둔갑술의 일종이라고 봐도 좋을 것이다. 과거의 사형집행인이나 허무승[虛無僧, 일본 보화종普化宗의 중을 일 컫는 말로 장발에 장삼을 입고 삿갓을 깊숙이 쓰고 통소를 불며 각처를 돌아다 니며 수행하는 중). 종교재판관, 미개 사회의 점술사, 비밀 결사 의 사제 그리고 빈집털이 강도 같은 종류의 사람들에게 복면 이란 없어서는 안 되는 필수품이었던 이유도 그것으로 납득 이 간다. 단지 얼굴을 감춘다는 소극적인 목적뿐 아니라 표 정을 감춤으로써 얼굴과 마음과의 관련성을 끊어버리고 자신을 세속적인 마음에서 해방시킨다는 보다 적극적인 목적이 있었음에 틀림없다. 더 비근한 예를 들자면, 눈이 부시지도 않는데 선글라스를 끼고 싶어 하는, 멋을 부리고자 하는 사람들의 심리와 같은 것이다. 마음의 굴레에서 해방되어 한없이 자유로우면서도 한없이 잔인하게도 될 수 있다.

…… 하지만 생각해보면, 내가 붕대 복면의 효용에 대해 언급하는 것은 이게 처음이 아니다. 그렇다……. 분명 제일 처음은 바로 지난번 파울 클레의 화집 사건에 앞서…… 상대방에게는 보이지 않고 오로지 보기만 하는 자신을 투명인간에 비유하며 으쓱해했다. 그러고 나서 저 인공기관을 가진 K씨를 찾아갔을 때도 그랬다. K씨는 복면이 지닌 마약적 성격을 강조하며 내가 결국은 붕대 중독환자가 되어버릴 것이라고 진지하게 경고를 해주었다……. 그렇다면 이것으로 이미 세 번째로 되풀이되는 반복이라는 계산이 나온다……. 반년 이상이나 걸리도록 나는 똑같은 곳을 그저 돌기만 했단 말인가. 아니, 그 나름대로의 차이가 있을 것이다. 처음에는 단순히 허세를 부리는 정도였고, 다음은 타인에게 받은 충고였다. 이렇듯 복면을 쓴 자의 은밀한 즐거움을 실제로 음미했다는 건 역시 이것이 처음이었으니까. 아무래도 내 사고는 나선형으로 운동하고 있는 것 같다. 그렇다 해도 그 운동의 방향이 과연 상승선을 타고 있는지, 아니면 반대로 추락하기 시작하고 있는지, 이 문제에 대해서는 왠지 불안한 느낌이

없지는 않지만…….

그래서 일단은 가해자 자세를 취한 채 백화점에서 나와 사
내를 근처 여관으로 데리고 갔다. 그리고 두 시간 후에는 그
거머리 소굴의 틀을 본 뜨는 방식으로 무사히 얼굴의 맨 살
갗을 손에 넣긴 했지만……일을 마친 사내가 만 엔짜리를
주머니에 쑤셔 넣고 슬금슬금 달아나듯이 사라져가는 것을
바라보자, 나는 갑자기 견딜 수 없는 적막감에 사로잡혀 온
몸의 힘이 빠져나가는 듯한 기분이었다. 맨얼굴의 약속이 공
허하다면 복면일지라도 결국은 마찬가지로 공허한 것인지도
모른다.

(덧붙임—아니 그 생각은 옳지 않다. 그렇게 느낀 이유
는 어쩌면 가면이 완성됨으로써 생긴 마음의 변화를 복면
의 경우와 비슷한 것으로 상상해버린 탓이다. 확실히 그렇
게 되면 통로의 회복이라는 소기의 목적에서 벗어나게 되
고 불안에 떠는 것이 당연할지도 모른다. 하지만 처음부터
그런 유추 자체에 무리한 비약이 있었다. 맨얼굴이 아니라
고 해서 가면을 복면 취급하는 것은 흰 것을 검다고 싸잡
아 말하는 것이나 다름없다. 가면을 통로의 확대라고 한다
면 복면은 통로의 차단이고 오히려 대립적인 관계다. 그것
도 아니면 복면에서 벗어나려고 발버둥치며, 이렇게 가면
을 향해 손을 내밀고 있는 나 자신은 너무나도 우스꽝스런

광대가 되어버린다.

덧붙여서 한 가지 지금 막 떠오른 것을 써둔다면, 가면은 오로지 피해자에게 필요하고 복면은 반대로 가해자에게 필요한 것은 아닐까.)

흰색노트

겨우 새 노트로 바꾸긴 했지만 사정은 그렇게 간단하게 바뀌지는 않았다. 진짜 새로운 페이지에 이르기까지는 그로부터 다시 몇 주일인가, 의연하게 그 자리에 못 박힌 듯이 꼼짝없이 아무 일도 없이 지나가버렸다. 눈도 코도 입도 없는 그야말로 내 복면의 모습과 흡사한 밋밋한 몇 주일 동안인가가. 굳이 말하자면 자금 조달을 위해 특허를 하나 처분한 것과, 금년도 예산 문제를 둘러싸고 연구소의 젊은층에게서 뜻하지 않게 비난을 받은 정도일 것이다. 특허에 관한 것은 일단 실용화하기에는 아직 멀었고 게다가 너무 특수한 것이어서 그다지 심각하게 생각할 필요도 없었다. 그러나 예산문제에 대해서만큼은……가면 제작 계획과는 직접적인 관계가 없다손 치더라도……일이 일인 만큼 일단 생각해보지 않을 수 없었다. 동료들이 말하길 어쩌면 나의 정략적인 음모가 아니었을까 한다. 확실히 그런 것도 같다. 일단은 적극적으로 젊은층의 희망을 받아들여 특별반까지 편성해주기로 동의했으면서도, 정작 중요한 예산 편성 단계에서는 완전히 앞의 말을 뒤집는 결과가 되었으니까. 하지만 결코 그들이 말하는 것처럼 음모라든지, 질투, 야심을 묵살하는 식으로 일을 복잡하게 만들 생각은 아니었다. 특별히 자랑할 만한 것도 못 되지만 깜빡 잊어버렸을 뿐이다. 일에 대해서 신중을 기하지 못했다는 비난이라면 기꺼이 받아들이겠다. 나 자신은 거의 의식하지 못했지만 그러고 보니 확실히 그 이후로 일에 대해서도 열의를 잃어가고 있었다. 이런 건 그다지 인정하고 싶지 않지만 역시 거머리의 영향일까? 하지만 이 찝찝한 기분과는 별도로, 사실 나는 그들의 항의에 대해 뭔가 모를 상쾌함조차 느끼게 되었다. 아무튼 불구자를 향한 저 억지웃음과 비교한다면 훨씬 대등한 취급을 받은 셈이니까……

자, 그럼 앞 노트의 마지막 즈음에, 마치 그것으로 얼굴의 선택이라는 큰 문제가 최종적으로 해결되었다는 듯이 썼던 그 '노오멘 전시회'에서의 발견은 도대체 어떻게 되었다는 것인가?

그것에 관해서 쓰는 것은 너무나도 힘든 일이다. 확실히 표정이라는 놈은 남의 눈을 가려주는 문이 아닌 한, 현관문이나 마찬가지여서 우선 외부 사람의 눈을 의식해서 만들어지고 장식된다. 또한 편지 역시 상대를 불문하고 보내버리는 광고용의 인쇄물이 아닌 이상, 수취인 없이는 성립되지가 않는다. 그 이치를 터득한 나는 즉시 선택권을 당신에게 위임하기로 하고 간신히 어깨의 무거운 짐을 내려놓은 기분이었는데, 어딜! 그렇게 간단히 뜻대로 되지는 않는가 보다.

그날 밤…… 흙탕물이 그대로 끓어오른 듯한 뿌연 안개가
여느 때보다 한 시간이나 일찍 하늘을 덮고 칙칙한 가로등
빛이 여봐란듯이 시간의 흐름을 재촉한다는 월권 행위를 범
했다. 옛 토기 같은 색을 띤 저녁 녘…… 역을 향해 차츰 늘어
나는 사람들 속을 걸으면서 방금 전에 그 사내와 헤어질 때
나를 엄습했던 그 견딜 수 없는 적막감을 떨쳐버리려고 다시
한번 가해자 역을 맡으려고 하는데, 역시 백화점의 큰 식당
근처에서 일 대 일 대결을 하지 않고서는 거의 효과가 없는
것 같다. 아무리 일요일의 마지막 혼잡이라 하더라도 일단
군중을 이루면 그들의 얼굴은 아메바처럼 서로 다리를 뻗쳐
사슬을 만들어버려 내가 끼어 들어갈 여지 같은 건 이미 어
디에도 없었다. 그래도 나는 외출에서 돌아왔을 때만큼은 초
조해하지 않았다. 안개를 헤치고 흘러가고 호흡하며 번쩍이
는 거대한 네온사인의 화려함을 그대로 인정할 정도의 여유
도 있었다. 아마도 내가 뭔가 해결책을 갖고 있었기 때문일
것이다. 겨드랑이에 낀 가방 속에 간신히 구한 알긴산의 얼
굴 주형(鑄型)도 꽤나 묵직하긴 했지만…… 그것은 그만큼
안개 속 습기를 잔뜩 머금은 얼굴 붕대의 무게로 아무 쓸모
가 없어지더라도…… 어찌 됐건 나는 해볼 만한 방책이 있었
다. 그리고 그 방책에 대한 기대가 나로 하여금 다소나마 마
음을 열 수 있도록 해주었다.

그렇다. 그날 밤은…… 내 마음은…… 앞을 싹둑 잘라내

기라도 한 듯이 당신을 향해 열어둔 채였다. 그것도 단순히 얼굴 선택 작업을 대신 해주리라는 수동적인 기대뿐만이 아니라…… 또 그것으로 준비가 완료되고 드디어 가면을 실현시킬 단계에 돌입한다는 공리적인 동기만도 물론 아니고…… 어떻게 말하면 좋을까…… 마치 갓난아기의 입술 같은 순진무구함으로 풀밭 위를 맨발로 걷는 듯한 그런 온화함으로 나는 당신과의 거리를 좁혀나가고 있었다.

그건 어쩌면 부당하다고 여겨졌을 만큼 고독한 가면 제작 작업에 간접적이나마 당신을 공범자로 끌어들일 기회를 잡았다고 하는 안도감과 든든함이 아니었을까. 나에게 있어 당신은 역시 뭐라 해도 타인 제1호다. 아니 부정적인 의미로 말하는 것은 아니다. 우선 가장 먼저 통로를 회복하지 않으면 안 되는 상대, 첫 번째 편지에 이름을 써넣지 않으면 안 되는 상대, 그런 의미에서 가장 대표적 타인이다. (…… 무슨 일이 있어도 당신을 잃는 것만은 피하고 싶다. 당신을 상실한다는 것은 곧 세계를 상실한다는 것을 상징하는 것과 같은 것이니까.)

그러나 정작 당신과 마주한 순간 내 기대는 물에서 건져 올린 해초처럼 본래의 모양은 간데없이 남루한 누더기가 되

어버렸다. 아니 오해를 해서는 곤란하다. 나를 맞이한 당신
의 태도에 흠을 잡으려는 것은 아니다. 오히려 당신은 항상
지나치리 만큼 큰 관용으로 나를 어루만져주곤 했다. 언젠가
치마 속 거절 사건만은 예외다. 그건 내 쪽에서도, 아니 그보
다는 오히려 내 쪽에서야말로 비난받아 마땅한 점도 많았다.
노래 가사에도 있듯이 사랑하는 자에게 항시 사랑받을 권리
가 있다고는 할 수 없으니 말이다.

그날도 당신은 여느 때처럼 튀지 않는 자상함과 더불어 부
드러운 연민의 마음을 담아서 나를 맞이해주었다. 그리고 그
침묵마저도 여느 때와 다름없이……

우리 사이에 그 망가진 악기와도 같은 침묵이 지배한 지
벌써 얼마나 되었을까. 흔해 빠진 잡담도 일상적인 말다툼도
이미 사라져버렸고 남은 것이라곤 기껏해야 기호(記號) 같은
최소한의 초급회화 수준 정도. 하지만 당신에게 따질 생각은
없다. 그것 역시 당신의 보살핌의 일부라는 것쯤은 충분히
이해하고 있으니까. 망가진 악기는 오히려 소음을 낸다. 가
만히 침묵하게 내버려둘 수밖에 없다. 나에게도 견디기 힘든
침묵이지만 당신에게는 몇 배나 되는 훨씬 더 큰 고통이었음
에 틀림없다……. 그렇기 때문에 우리가 다시 한번 대화를
회복하려고라도 이 기회를 어떻게든 잘 살려내야 한다고 크
게 기대를 걸었는데…….

그렇다 해도 하다못해 내가 외출할 때 그 이유 정도는 물

어봐 주면 좋지 않았을까. 일요일에 그것도 아침 일찍부터 하루 종일 나가 있었다는 것은 요즘 들어서 이례적인 일이었음에도 불구하고 의심하는 기색조차 보이려 하지 않았다.

당신은 난롯불을 재빨리 조절하고는 이내 부엌으로 들어가 젖은 타올을 가져다주는가 했더니 그 길로 다시 목욕물이 따뜻하게 잘 받아졌는지 보러 가버린다. 나를 모른 체 내버려두는 건 아니지만 그렇다고 가만히 옆에 있어주는 것도 아니다. 물론 가정주부라는 것이 그런 것이지만 내가 하고 싶은 말은 그 사이사이에 지나칠 정도로 정확히 계산된 균형에 관한 것이다. 확실히 당신은 매사에 빈틈이 없다. 우리의 침묵에 어색함을 주지 않으려고 전기저울 만큼이나 정확하게 훌륭히 시간을 보낸다.

나는 그 침묵에서 벗어나려고 하다못해 화난 척이라도 해보지만 소용이 없다. 당신의 그 기특하리만치 부지런한 노력을 보고 있자니 나는 순식간에 위축되어 염치없는 독선을 새삼 깨달을 정도였다. 우리들 사이에 얼어붙은 침묵의 얼음덩어리는 훨씬 더 뿌리 깊다. 뭔가를 이용해 녹일 수 있을 정도로 그렇게 얇은 얼음은 아니다. 내가 오는 길에 준비해둔 질문―또는 대화의 동기―등은, 마치 빙산에 성냥불을 떨어뜨린 정도밖에 되지 않았다.

물론 나라고 해서 두 개의 얼굴 모형을 나란히 놓고, 자아 어느 쪽이 마음에 드십니까 하고 세일즈맨이 하는 식으로 해결할 생각은 아예 처음부터 하지도 않았다. 우선 내 가면은 가면이라는 것을 눈치 채지 못하게 하는 것이 첫 번째 조건이기 때문에 질문의 진의를 털어놓을 수는 없고, 그러면 단순히 악의에 차서 비꼬거나 괴롭히는 것밖에 안 될 것이다. 지금부터 최면술 공부라도 하지 않는 한, 더욱 간접적인 질문을 하지 않으면 안 된다. 하지만 내 계산도 그 정도까지로 발로 뛰는 탐정이라도 된 듯이, 그럭저럭 잘 지나왔다는 행운이 오히려 적이 되었는지, 그 상황이 되면 임기응변으로 적당히 처리할 수 있으리라 생각할 정도로 대수롭지 않게 여겼다. 예를 들어 친구들 대부분이 인상을 이야기할 때도 매우 가벼운 마음으로 아무렇지도 않게 당신의 취향에 맞춰 낚싯줄을 던져본다는 식으로.

그러나 당신은 입 다물고만 있는 물고기가 아니다. 침묵은 당신에게 있어 수난이었다. 누구의 인상이라 할지라도 경솔하게 말하면 가장 먼저 상처 입는 것은 나 자신이고 당신은 그걸 염려해서 감싸주려고 했음에도……나는 나 자신의 경박함을 꾸짖으며 묵묵히 그 침묵 속을 비켜나와 서재로 돌아와서 얼굴 본을 뜨는 도구와 오늘의 수확물을 자물쇠 붙은 선반 안에 넣어두었다. 자, 언제나처럼 크림을 바르고, 하루 일과처럼 마사지라도 하려고 먼저 붕대를 풀려고 했지만 문득 그 손이 도중에 멈추고 또다시 상대 없는 대화 속으로 빠져들었다.

─아니 이건 단순한 미끼가 아니다······ 이 침묵을 깨려면 도대체 몇 천만 칼로리의 불이 필요한 것일까. 그것을 알고 있는 것은 오로지 잃어버린 내 얼굴뿐이다······ 그리고 가면이 아마 그 대답이 될 것이다······ 그러나 당신의 조언이 없다면 그 가면도 만들 수 없다······ 이래서야 마치 셋 다 서로가 견제하고 있다고 봐도 좋지 않을까······ 어딘가에서 이 악순환을 잘라 내버리지 않으면 같은 순서로 반복되는 멍청한 가위바위보 같은 식이 되어버린다······ 여기서 에라 모르겠다는 식으로 포기해서는 안 된다······ 침묵을 통째로 녹일 수는 없다고 하더라도 적어도 어딘가에서 손을 쬘 만한 작은 모닥불 정도는 시도해볼 필요가 있다······.

나는 잠수부가 잠수복을 입는 각오로 붕대를 다시 감았다. 거머리 소굴이 드러난 채로는 도저히 이 침묵의 압력을 이길 자신이 없었기 때문이다.

긴장된 마음을 아무렇지 않다는 듯이 사뿐사뿐 고양이 걸음으로 얼버무리며 거실로 돌아왔다. 석간신문을 대충 훑어보면서 부엌과 거실 사이를 들락날락하는 당신을 몰래 곁눈질로 살펴본다. 당신은 미소까지는 띠지 않았지만 미소를 띠기 직전의 그 묘한 경쾌한 표정으로 한 동작 한 동작 조금의 흐트러짐도 보이지 않았다. 당신은 의식하지 않았겠지만 그건 정말 묘한 표정으로, 생각해보면 당신에게 프러포즈한 첫 번째 동기도 사실은 그 표정에 매혹되었기 때문이었다. (이

것은 이미 앞에서도 썼던 걸까? 아니 중복되어도 상관없다. 표정의 의미를 탐색하는 나에게는 이른바 등대의 불빛 같은 것이었으니까. 지금 이 글을 쓰면서도 당신에 관한 것을 생각하자 먼저 떠오른 것은 역시 그 무표정이다. 무표정에서 미소로 옮겨가는 순간, 그 표정 속에서 갑자기 무엇인가가 반짝 빛나기 시작하고 그 빛을 받은 모든 것이 갑자기 자기 존재를 인정받은 듯한 확신을 가지기 시작하는 것이다……) 당신은 그 표정을 창이나 벽, 전등이나 기둥, 나 이외의 모든 것에 아낌없이 쏟아 부으면서도 나에게만은 역시 주지 못하는 듯하다. 나는 당연하다고 생각하면서도 한편으로는 역시 답답함을 참지 못하고 이렇다 할 성산(成算)도 없는 채로 아무튼 그 표정을 이쪽으로 돌려놓을 수만 있다면 그것으로 충분하다는 생각이 들었다.

"이야기 좀 할까."

하지만 돌아선 당신의 얼굴에서 이미 그 표정은 사라졌다.

"오늘 나 영화 보고 왔어."

당신은 남이 알아차릴 수 없을 정도의 신중함으로 내 붕대의 매듭 부분을 들여다보면서 말을 기다렸다.

"아니 영화를 보고 싶었던 건 아니고. 사실은 어둠 속에 있고 싶었어. 이런 얼굴로 거리를 걷는 게 갑자기 나쁜 짓이라도 한 것처럼 부담스럽게 느껴지기 시작해서 말야. 참 희한하지 얼굴이라는 건…… 있을 때에는 별로 생각해보지 않았는데 없어지고 보니 세상의 반을 뺏겨버린 듯한 느낌이 든 다……."

"어떤 영화였어요?"

"생각 안 나. 아무튼 엄청 당황했으니까. 정말 순식간에 강박관념으로 사로잡혔거든. 나는 마치 비를 피하기라도 하 듯이 가까운 영화관으로 뛰어가서……."

"어디쯤에 있는 영화관이에요?"

"어디든 마찬가지야. 나는 어둠이 필요했으니깐."

당신은 나무라듯이 입가에 힘을 주었다. 그러나 두 눈은 나만을 나무라고 있는 게 아니라는 걸 보이려고 슬픈 듯이 가늘게 뜨고 있었다. 나는 정말로 후회했다. 이럴 생각이 아 니었는데. 나는 좀 더 다른 얘기를 할 생각이었다.

"…… 하지만 그 참에 생각했지. 가끔은 영화를 보는 것도 좋겠구나 하고. 거기라면 관객 모두가 배우의 탈을 빌려 쓰 고 있는 셈이니까. 자기 얼굴은 필요 없지. 영화관이라는 것 은 돈을 내고 잠시 얼굴을 교환하러 가는 장소거든."

"그러네요. 때로 영화를 보는 것도 좋을지 모르겠네요."

"확실히 좋다고 생각해. 왜냐하면 어두우니깐. 하지만 어 떨까. 영화라는 놈은 역시 배우 얼굴이 마음에 들지 않으면 아무 의미가 없지 않을까. 그 탈을 빌려 쓰고 있는 셈이니까. 어지간히 딱 들어맞지 않으면 흥미가 반감되어버리지 않을 까."

"배우 같은 거 필요 없는 영화도 있잖아요? 예를 들어 기록영화 같은⋯⋯."

"그렇진 않지. 배우가 아니더라도 얼굴 정도는 갖고 있으니 말야. 물고기나 곤충 따위도 모두 얼굴은 있으니. 의자나 책상조차도 그에 상응하는 것이 있어 마음에 들기도 하고 그렇지 않기도 하니까."

"하지만 물고기 가면을 쓰고 영화를 보는 사람이 있을까요?"

당신은 농담 섞인 말로 나비처럼 몸을 뒤척였다. 물론 당신 말이 맞다. 어떤 침묵일지라도 물고기 얼굴을 하는 것보다는 그래도 나았을 게 틀림없다.

"아니, 당신은 오해하고 있소. 나는 뭐 내 얼굴 같은 걸 문제 삼고 있는 게 아니오. 어차피 나한테는 애당초 얼굴 같은 건 없으니까. 마음에 든다 안 든다 할 건 없소. 하지만 당신은 다르지. 당신이라면 어떤 배우의 영화를 보고 싶은지 문제 삼지 않을 수가 없을 테니까."

"그렇게 말해도, 역시 나는 배우가 없는 게 좋아요. 비극도 희극도, 요즘은 특히나 그런 기분이 들 것 같지 않으니깐⋯⋯."

"어째서 그렇게 아무렇지도 않게만 대하는 거지."

나도 모르게 대드는 듯한 말투가 되자 나 자신에게 정나미가 떨어져 붕대 속에서 보이진 않지만 힘껏 온갖 인상을 찌푸려본다. 온기가 돌아온 탓인지 거머리들이 계속해서 꾸물거리기 시작하자 그 주변의 조직이 가렵고 화끈화끈 달아올랐다.

역시 이 정도로 감당할 수 있는 침묵은 아니었다. 어느 시점에서 시작하더라도 우리 대화의 끝은 언제나 정해진 곳에 머물고 만다. 나는 그 이상 무슨 말을 할 기력도 잃어버리고, 당신 역시 그것으로 입을 다물어버렸다. 우리의 침묵은 특별히 대화를 끄집어내면서 생긴 진공 같은 것은 아니었다. 본시 어떤 대화도 이미 잘게 찢겨 슬픔으로 젖은 침묵에 지나지 않았던 것이다.

그로부터 다시 몇 주일 동안 마치 빌려온 남의 관절로 걷는 듯한 발걸음으로, 나는 그 침묵 속을 기계적으로 걷고만 있었다. 그리고 어느 날 문득 정신을 차려보니 창밖의 가냘픈 낙엽송 가지가 바람에 부러질 듯이 흔들리면서 어느새 계절은 초여름으로 접어들었다. 잇달아서 해결이 되는 방식 역시 그에 못지않게 당돌했다. 기억하고 있는가? 뭐 때문이었는지는 잊어버렸지만 식사 도중에 갑자기 내가 버럭 호통 치던 그날 밤의 일을.

"당신은 도대체 무슨 생각으로 나와 같이 살고 있는 거야!" 아무리 소리를 질러도 어차피 침묵의 일부에 지나지 않는다는 것을 알던 나는 당신을 제대로 쳐다보지도 못하고 가슴 부근 작은 초록색 단추의 낙엽색 단춧구멍 부근을 응시하면서 단지 스스로의 목소리에 지지 않으려 떠들어댔다. "자아, 빨리 대답해보시지! 어째서 나와 결혼생활을 계속하고 있는 거야. 이참에 확실히 해두는 편이 서로 좋을 거야. 아니면 단지 타성에 젖은 건가? 자, 망설이지 말고 말해봐. 납득할 수 없는 일을 가지고 무리하게 있을 필요는 없으니까……."

실컷 빈정대고 나서 서재로 가긴 했지만 나는 비에 젖은 종이 연처럼 비참한 기분이었다. 고작 얼굴 정도로 광기를 부리는 이런 나 자신과 월급 9만 7천 엔의 소장대리인 나 사이에 대체 어떤 끈이 있는 것일까. 생각하면 할수록 나는 점점 구멍투성이의 연이 되었다가 결국은 다 녹아서 뼈대만 남은 연이 되어버렸다…….

문득 뼈만 남아서 나 자신을 되돌아보니 방금 전에 당신한테 내뱉은 그 잡소리는 실은 그대로 나 자신에게 돌려져야 한다는 것을 깨달았다. 그렇다. 우리는 이미 결혼 팔 년차다. 팔 년이라는 세월은 결코 짧은 시간이 아니다. 적어도 음식의 취향이 달라질 수 있을 정도의 세월이다. 음식의 취향이 달라질 정도라면 얼굴의 취향에 대해서도 마찬가지일 것이다. 굳이 대화를 무리하게 이 침묵 속에서만 찾아볼 필요는 없는 것이다.

나는 허둥지둥 기억 속을 이리저리 더듬었다. 어딘가에 분명 당신에게 위임받은 대리인 위임장이 있을 것이다. 없을 리가 없다. 만일 우리가 사고 나기 이전부터 이미 그 정도로 제각각이었다면 이제 와서 새삼 가면(假面) 소동까지 벌이면서 무엇을 되찾겠다는 것일까. 일부러 되찾지 않으면 안 될 만한 것은 아무것도 없다는 것이 된다. 허무하게 지나가버린 팔 년 동안 특별히 숨기지 않으면 안 되는 것도 없었다. 이 붕대보다도 두꺼운 무표정의 벽 속에 처박혀 있는 채로 그것을 의심조차 하지 않았다면, 나에게는 이미 어떠한 청구권도 없게 마련이다. 잃은 것이 없는데 돌려받겠다고 요구할 수는 없을 테니 말이다. 처음의 맨얼굴도 결국은 일종의 복면이었을 뿐이라고 단념하고 아등바등할 것 없이 지금의 상태에 만족해야 하지 않을까.

…… 정말 심각한 문제였다……. 그것을 심각하다고 생각하는 자체가 견딜 수 없이 심각한 일이다. 이렇게 된 이상은 고집으로라도 대리인의 사명을 다하지 않으면 안 될 것이다. 그다지 내키는 일은 아니었지만 기억이나 인상, 대화의 모든 것을 총동원해서 당신이 원하는 모델을 만들어, 대체 어떤 생김새가 마음에 들지 그 입장이 되어서 여러 남자의 표정을 떠올려보려고 한다. 왠지 목덜미 속에 벌레라도 기어가는 듯한 기분 나쁜 느낌이었다. 그러나 상대의 남자를 찾아내기는

커녕 그 전에 먼저 당신에 관해 정확히 파악해내는 데만도 애를 먹었다. 어쨌든 렌즈는 고정된 것이어야만 한다. 꿈지 럭꿈지럭 해파리처럼 움직여서는 들여다보려 해도 볼 수가 없다. 그래도 무리해서 신경을 곤두세워 봤더니 어느새 당신은 점이 되고, 선이 되고, 면이 되어 끝내는 윤곽조차 없는 단순한 공간으로 변해서 내 오감의 그물을 빠져나가려고 하였다.

나는 그만 당황해버렸다. 그 짧지 않은 세월 동안 도대체 나는 무엇을 보고 무엇을 향해 말했으며 무엇을 느끼며 살아 왔단 말인가. 그만큼 당신에 관해서 무지했다는 건가? 당신 속의 끝도 가도 없이 퍼진 우윳빛 안개에 휩싸인 미지의 영역을 앞에 놓고, 그저 망연자실한 채 양심의 가책을 느낀 나머지 얼굴을 붕대로 다시 두 배로 감아도 좋을 정도로 약해져 있었다.

하지만 한번 거기까지 내몰렸다는 것이 결과적으로는 오히려 다행이었는지도 모른다. 내가 목으로 기어 들어오는 벌레를 털어버리고 뻔뻔스럽게 태도를 바꿔 다시 거실로 돌아오자, 당신은 소리를 줄이고 화면만 나오는 텔레비전 앞에서 가만히 두 손으로 얼굴을 감싸고 있었다. 흐느껴 울고 있었는지도 모른다. 그것을 본 순간 나는 내가 대리인 자격의 실격이라는 점에 있어 전혀 다른 설명이 가능하다는 걸 발견했다.

역시 나는 얼굴의 두께에 어울리지 않게 대리인 치고는 그다지 이상적이었다고는 할 수 없다. 그렇다. 적어도 당신이 남자 얼굴을 두고 이게 좋으니 하며 고르고 있을지도 모른다고는 생각지 않고 일방적인 방식으로밖에 당신을 대하지 않았던 것만은 확실하다. 하지만 그게 어쨌단 말인가! 이제 와서 무엇 때문에 뚜쟁이 흉내를 내야 한단 말인가! 식물이라면 모르겠지만 자기 아내가 다른 남자 얼굴에 대해 어떤 취향을 가지고 있는가 하는 것은 처음부터 문제 삼지 않는 것이 정상적인 결혼 형태가 아닐까. 적어도 남녀가 결혼으로 내딛는 순간에는 그런 의문이나 관심 따위는 서로 깨끗이 내버렸을 것이다. 그것이 불만이라면 그런 성가신 일은 아예 시작하지도 않는 게 낫다.

눈치 채지 못하도록 뒤로 살며시 다가가자 문득 비온 뒤의 아스팔트 냄새 같은 것이 풍겼다. 당신의 머리카락 냄새인지도 모르겠다. 당신은 돌아보곤 감기 걸린 듯한 소리로 훌쩍훌쩍 코를 들이마셨다. 그러고 나서 내 오해를 되돌리기라도 하듯이 가부키 배우의 짙은 눈 화장처럼 깊고도 그윽한 시선으로 나를 바라보았다. 마치 낙엽이 바람에 흩날린 뒤 잡목림에 내리쬐는 햇살같이 투명한 무표정으로……

그때였다. 이상한 충동이 나를 엄습해왔다. 질투였을까? 그럴지도 모르겠다. 내 내부에서 자리공〔자리공과의 다년초. 뿌리는 굵고 잎은 담배의 잎과 비슷하고 열매에는 독이 있음〕 종자와 같은 가시투성이가 고슴도치만 한 크기로 부풀어오르기 시작하고 있었다. 그러고는 곧이어 표정의 규준이라고 하는 단서가 없어져버린 나의 길 잃은 어린 양이 문득 옆에 서 있다는 걸 눈치 챘다. 당돌했다. 그 당돌함은 스스로도 확실히 자각할 수 없을 정도의 당돌함이었다. 그러나 나는 그다지 놀라지도 않았다. 그 해답 이외에 다른 것은 있을 수 없다는 것을 왜 좀더 일찍 깨닫지 못했는지, 그것이 이치에 맞지 않다고 느껴질 정도였다.

아무튼 만사 제쳐놓고 우선 결론부터 말해두자. 내 가면의 형태는 앙리 브랑식 분류에 따른 제3항, 즉 "외적인 부조화형"이었다―코를 중심으로 날카롭고 뾰족한 얼굴······심리형태학적으로 말한다면 행동력이 있는 의지적 얼굴······.

너무나 어처구니가 없어 왠지 바보 취급이라도 당한 느낌마저 들었다. 하지만 생각해보면 특별히 설명할 수 없는 것도 아니었다. 번데기의 변신조차 그 나름대로의 준비는 있다. 선택해야 하는 것에서 선택받는 것으로 얼굴의 의미가 급전환된 후, 마치 어둠 속에서는 눈을 뜨든 감든 오른쪽을 보든 왼쪽을 보든 항상 어둠을 볼 수밖에 없듯이, 나는 오로지 당신만을 주목했다. 이제 와서 당신을 찾아 헤매지 않으면 안 된다는 것에 자존심이 상하기도 하고 초조함과 짜증, 굴욕감으로 괴로워하면서도 결국은 당신에게서 잠시도 눈을 뗄 수가 없었다.

나는 당신에게 다가가기를 원하고 동시에 멀어지고도 싶었다. 알고 싶으면서 동시에 알기를 저항하고 있었다. 봐주었으면 하고 바라면서 본다는 것에 굴욕감을 느꼈다. 그렇게 어정쩡한 상태로 균열은 점점 깊숙이 안으로 파고들고 나는 깨진 컵을 두 손으로 받쳐 들고 겨우 형태를 지키고 있는 것에 지나지 않았다.

게다가 나는 잘 알고 있었다. 당신이 이미 아무 권리도 지니지 않는 나에게 사슬로 묶여 있는 희생자라느니 하는 것은 내가 내 사정에 맞게 제멋대로 꾸며낸 새빨간 거짓말이라는 것을. 당신은 이 운명에 기죽지 않고 자신의 의지로 받아들이고 있었다. 얼굴에 보인 그 진지함과 미소 사이의 빛은 아마도 자기 자신에 대해 가장 유효하게 사용되었던 것이 아닐까. 때문에 그 기분이 되기만 하면 언제라도 내 쪽에서 물러갈 수 있었음에 틀림없다. 그것이 얼마나 두려운 일인가. 당신에게는 천 가지 표정이 있다고 하면 나에게는 하나의 얼굴조차 없다. 때때로 당신의 옷 속에 고유의 탄성과 체온을 지닌 기관이나 조직이 살고 있다는 것을 떠올릴 때 조만간에 당신 몸에 대못을 박아…… 그것이 당신 목숨을 앗아갈지라도…… 채집상자의 표본같이 다루지 않는 이상 끝은 오지 않는다고 진심으로 생각했던 것이다.

이런 식으로 내 내부에서는 당신과의 사이에 통로를 회복하고자 하는 욕구와 반대로 당신을 파괴해버리고 싶은 복수심이 서로 격렬하게 싸우고 있었다. 결국에는 어느 쪽도 구별할 수 없는 상태가 되어 당신에게 활시위를 메겼던 자세도 극히 익숙한 일상적인 것이 되었다. 그러고 보니 내 마음에는 사냥꾼의 얼굴이 새겨져 있었나 보다.

사냥꾼 얼굴이라면 "내향적이며 조화형" 같은 것은 될 수 없다. 이래서는 고작해야 작은 새들의 친구나 되든가 그렇지 않으면 맹수의 먹이나 될 게 뻔하다. 그러면 내 결론은 당돌하기는커녕 오히려 매우 필연적이었다고까지 할 수 있을 것이다. 아마도 나는 가면의 이중성—맨얼굴의 부정이라든가 새로운 맨얼굴이라든가 하는—에 현혹되어서 그것이 행동양식이기도 했다는 가장 중요한 점을 놓쳤기 때문에 어쩔 수 없이 먼 길을 돌아가게 되었을 것이다.

'허수(虛數)'라는 수가 있다. 제곱하면 마이너스가 되어버리는 우스꽝스런 수다. 가면이라는 놈에도 비슷한 점이 있어서 가면에다 가면을 겹치면 반대로 아무것도 쓰지 않는 것이 되어버리고 만다.

틀이 정해지기만 하면 그 다음은 간단했다. 살 붙이는 자료로 찍어둔 사진만도 이미 예순여덟 장이나 되고, 마침 그 중에서 반 이상이 '중심돌기형'에 속한다. 준비는 빠짐없이 완벽할 정도로 되어 있었다.

나는 곧장 작업에 착수하기로 했다. 특별히 견본으로 삼을 만한 것은 없었지만, 아무튼 당신에게 줄 인상을 안쪽에서부터 더듬어 찾아가면서, 약품을 발라 불에 쬐면 나타나는 그림처럼 하나의 얼굴을 그려냈다. 우선 안티몬 얼굴형의 거머리 소굴 부분을 스펀지 상태의 수지로 감싸서 매끈매끈하게 한다. 그 위에다 점토 대신 방향성을 지닌 얇은 플라스틱 테이프를 랑거선을 따라서 겹쳐간다. 반년의 수련 덕분에 내 손가락은 시계 수리공이 태엽의 비뚤어진 부분을 찾아내듯이 얼굴의 세부적인 부분까지 완전히 정통해 있었다. 피부색은 손목 부근을 기준으로 하고, 관자놀이와 턱 끝은 산화티탄을 약간 많이 넣은 것으로 하여 하얗게 하고, 볼 주변에는 카드뮴레드를 첨가한 것을 사용하여 발그스름하게 했다. 다시 표면에 가까워질수록 일부러 얼룩진 색깔을 사용하고 특히 콧망울 주변에는 회색 피지까지 붙여서 나이에 맞게 자연스러움이 묻어나도록 노력했다.

마지막으로 투명층―형광물질을 포함하여 케라틴(keratin) 층에 가까운 굴절률을 가진 얇은 피막에 사 온 피부의 표면을 옮긴 것―을 액상수지로 붙인다. 거기에 단시간 동안 고압증기를 쬐면 수축하여 쫙 빨아들임으로써 고정이 된다. 아직 주름을 붙이지 않아서 지나치게 밋밋해 보였지만, 방금 살아 있는 인간에게서 막 떼어온 듯한 싱싱함이 느껴졌다.

(여기까지 소요된 날짜는 대략 이십이삼 일이다.)

이제 남은 것은 피부와의 경계선 처리 문제지만, 이마 부분은 머리카락을 이용하면(다행히 나는 머리숱이 많은 데다가 약간 곱슬머리다.) 대충 될 것 같다. 눈 주위에도 잔주름을 많게 하고 색소를 약간 짙게 하고 선글라스를 껴서 눈가림을 하면 된다. 입술은 안쪽으로 말아 넣고 양 끝을 잇몸에 끼워 넣는다. 콧구멍은 약간 딱딱한 튜브를 접속시켜 삽입하면 된다. 하지만 턱 아랫부분은 약간 번거로웠다. 방법은 하나뿐. 수염으로 처리하는 방법 이외에는 없다.

사방 1센티미터 정도로 스물다섯에서 서른 개 가닥을 머리카락에서 골라내 속도나 방향에 주의를 기울여 하나하나 심어가는 것이다. 그 수고도 물론이거니와—이 작업에만 다시 이십 일이나 걸렸다—그 이상으로 심리적인 저항감에 시달렸다. 옛날이라면 몰라도 턱수염이라는 것은 아무리 생각해도 너무나 특수하다. 예를 들어 턱수염이라는 말을 들었을 때 가장 먼저 떠오른 것은 유감스럽게도 역전 파출소 순경이다.

하긴 모든 턱수염이 장군 같다거나 호걸 같다고는 할 수 없다. 점쟁이 같은 수염도 있거니와 레닌 같은 수염도 있고, 또 서양 귀족풍의 수염도 있다. 게다가 카스트로[Fidel Castro, 쿠바의 정치가]풍의 수염도 있고, 예술가인 체하는 청년들이 애용하는 훨씬 현대적인 느낌의 수염도 있다. 턱수염에다가 선

126

글라스 차림이 아무래도 파격적이라는 것은 피하기 어렵겠지만 다른 방법이 없는 이상 적어도 불쾌한 인상은 주지 않도록 최대한 고심해보는 수밖에 없다.

완성품에 대해서는 이미 당신도 봐서 알고 있는 그대로며 새삼 설명할 필요는 없을 것이다. 나로서는 뭐라고 품평할 방법이 없지만 이곳은 이렇게 바꾸고 싶다는 구체적인 대안도 없었던 걸 보면 아마 그 정도로 충분했던 것 같다. 어차피 약간의 찜찜함은 피할 수 없었다…….

아니 약간의 찜찜함 같은 것이라고 아무렇지 않게 말했지만, 생각해보면 이 연연해하는 마음에는 외견 이상으로 심각한 의미가 암시되어 있는 것으로 보인다. 아직 말로 표현할 수 없는 모호한 것이지만 혓바늘처럼 입을 뗄 때마다 따끔따끔해서 멍청하게 수다 떨지 말라며 경고하는 듯한 불길한 예감이다…….

그날 밤 마지막 수염을 심었다. 내 오른쪽 엄지손가락에는 핀셋의 흔적이 검게 피맺혀 물집이 잡혀 있다. 땀에 젖은 아픔이 작은 열기를 수반하여 눈 속에서 가물가물 피어오르고 있었다. 닦아도 닦아도 한없이 배어나오는 묽은 꿀 같은 분비물 때문에 안구가 온통 먼지 낀 창문같이 흐릿했다. 세수를 하러 세면대로 갔더니 어느새 날이 밝아왔다. 그리고 창틀 사이로 스며드는 아침 햇살의 산뜻함에 나도 모르게 얼굴을 돌리는 순간 갑자기 정수리에서 뭔가 콕콕 찌르는 듯한 가려움이 느껴졌다.

불현듯 나는 한 꿈을 떠올렸다. 그것은 여름이 다 가고 막 가을로 접어드는 어느 날의 일로, 회사에서 돌아온 아버지가 현관에서 신발을 벗고 있는 장면을 열 살쯤 됐을까 말까 한 내가 옆에서 멍하니 쳐다보고 있는 매우 평화로운 정경으로 시작되는 오래된 무성영화와 같은 꿈이었다. 그러나 갑자기 평화가 깨진다. 또 한 사람의 아버지가 돌아온 것이다. 그 아버지는 기이하게도 앞의 아버지와 완전히 똑같은 인물로, 단지 쓰고 있는 모자만 달랐다. 앞의 아버지는 지금까지 늘 썼던 맥고모자인데 반해서, 나중의 아버지는 중절모자였다. 중절모자를 쓴 아버지는 맥고모자를 쓴 아버지를 보자 노골적으로 모멸하는 기색을 보이며 과장하듯이 잘못 온 게 아니냐며 무례함을 따지는 듯한 몸짓을 했다.

그러자 맥고모자를 쓴 쪽은 너무나 어울리지 않게 허둥대며 한쪽 구두를 벗어 손에 든 채 슬쩍 서글픈 미소를 한번 보이고는 슬그머니 도망치듯이 사라져버렸다. 어린 나는 맥고모자를 쓴 아버지의 뒷모습을 가슴이 찢어지는 듯한 마음으로 배웅하는데…… 여기서 갑자기 필름이 뚝 끊겨버린다. 단지 알 수 없는 고통을 뒤로 남긴 채…….

계절의 변화에 대한 자못 아이다운 느낌이라고 말해버리면 그만이지만…… 그러나 단지 이 꿈만은 몇십 년 동안이나 이렇게도 또렷하게 여운으로 남아 있는 것은 흔한 일은 아닐 것이다. 믿을 수 없다. 내가 본 두 개의 모자는 분명 뭔가 좀 더 다른 것이었을 것이다. 예를 들어 인간관계에서 용납할 수 없는 허위의 상징이라든가…… 그렇다. 단 한 가지 확실하게 말할 수 있는 것은 그 모자가 바뀌게 되면서 그때까지 아버지에 대해 가졌던 신뢰감이 완전히 깨져버렸다는 것이다. 아마도 그 이후 나는 아버지를 대신해서 가려움을 참아왔던 것이다.

하지만 이번만큼은 입장이 반대였다. 내가 변명해야만 할 차례다. 거울을 다시 보며 붉게 짓무른 거머리들을 뚫어져라 보고 있자니, 가면에 대한 충동을 부채질했다. 그렇고말고, 가려움을 느끼지 않으면 안 되는 것은 내가 아니다. 정말로 좀이 쑤셔야 할 자가 있다면 그것은 오히려 얼굴이라는 패스포트가 없으면 인격을 부정하려 하고 나를 생매장시키려는 세상 쪽이 아닐까.

나는 다시 도전적인 기분으로 가면이 있는 곳으로 돌아왔다. 뻔뻔스럽게 수염으로 가장한 얼굴…… 우뚝 솟은 코…… 금방이라도 덤빌 듯한 느낌이 들어 견딜 수가 없었다. 아마도 어느 한 부분을 보고 있는 데에서 오는 불쾌감이겠지 싶어 벽에 직각으로 세워놓고 몇 발짝 뒤로 가서 손을 망원경처럼 해서 엿보았다. 그래도 완성했다는 기쁨은 그다지 넘쳐나지 않고 타인의 얼굴에게 결국 나 자신이 편승해버렸다는 그런 애석한 느낌 쪽이 훨씬 컸다.

아마도 피곤한 탓이겠지 하며 자신을 격려하고 타일렀다. 가면 제작뿐 아니라 큰일을 치르고 나면 언제나 그랬다. 완성의 기쁨이라는 것은 그 결과에 책임을 지지 않고 끝내려는 자들만이 말하는 것이다. 게다가 분명 얼굴에 대한 편견도 무의식중에 작용하고 있었는지도 모른다. 아무리 얼굴을 신성시한다는 의견에 맞선다고 해도 의식의 깊은 곳에는 그런 병의 근원이 남아 있지 않다는 보증은 어디에도 없는 것이다. 유령을 믿지 않는 자가 어둠을 두려워하는 심리와 같은 것이다.

그래서 나는 무작정 나를 일로 내몰아 가기로 했다. 어쨌든 마무리를 짓기 위해서라도 한번 써보자. 우선 귀 밑의 돌기를 떼어내고 턱 아래를 느슨하게 하고 입술이 젖힌 부분을 약간 뜨게 하여 콧구멍의 튜브를 빼내면 가면은 판에서 완전히 제거되어 덜 마른 얼음주머니처럼 매끈한 막이 되었다. 이번에는 그 순서를 반대로 해서 조심스럽게 얼굴에다 겹쳐본다. 기술적인 실수는 없었던 것 같다. 익숙한 셔츠같이 얼굴은 딱 맞게 붙었고 목에 걸린 응어리 하나가 꿀꺽하며 위 속으로 넘어간 듯했다.

거울을 들여다보았다. 낯선 남자가 쌀쌀맞게 나를 쳐다보고 있었다. 과연 나를 떠올릴 만한 것은 손톱만큼도 없다. 완벽한 변신이다. 게다가 피부색도 얼굴의 윤기와 질감도 일단은 성공이었다. 그렇다 하더라도 이 공허함은 도대체 무엇일까? 거울이 나쁜 탓인지도 모르겠다……. 그러고 보니 어딘가 광선 쪽이 부자연스러웠다……. 단숨에 덧문을 열어젖히고 바깥 빛이 들어오도록 했다.

예리한 빛의 단면이 곤충의 촉각같이 떨리면서 가면 구석구석까지 스며들었다. 털구멍이나 땀구멍, 국부적인 조직의 흐트러짐이나 가느다란 정맥까지 선명하게 표면에 떠올랐다. 그래도 어디 하나 결함 같은 것은 찾아볼 수가 없었다. 그렇다면 무엇이 이런 위화감의 원인인 것일까.

어쩌면 움직이지 않고 가만히 무표정하게 있었기 때문일지도 모른다. 마치 살아 있는 것같이 화장을 한 죽은 사람의 얼굴에서 보이는 알 수 없는 두려움인지도 모른다. 시험 삼아 어느 한 곳의 근육을 움직여볼까? 아직은 가면과 얼굴을 붙이는 접착제—반창고 풀을 부드럽게 한 것을 사용할 생각이다—가 준비되어 있지 않아서 근육과 똑같이 움직이게 할 수는 없었지만, 비교적 잘 고정되어 있는 코나 입 주변이라면 어떻게든 그럴듯한 느낌 정도는 낼 수도 있을 것 같다.

먼저 입술 가장자리에 힘을 넣어 살짝 좌우로 당겨보았다. 제법 그럴듯하다. 방향성을 지닌 섬유를 겹쳐서 만들어야 한다는 성가시기 짝이 없는 해부학적 배려도 전혀 쓸모없는 일은 아니었던 것 같다. 용기를 얻어서 이번에는 정식으로 웃음을 지어보았다……. 그런데 가면은 조금도 웃어주지 않았다. 그저 맥없이 일그러져 있을 뿐이다. 거울이 일그러졌나 하고 생각할 정도로 이상한 모습이었다. 가만히 있을 때보다 훨씬 죽음의 기운이 넘쳐 있었다. 나는 당황하여 마치 오장육부를 매달았던 끈이 끊어져버려 가슴언저리가 텅 비어버린 듯한 기분이었다.

　…… 하지만 오해하지 않길 바란다. 과장된 몸짓으로 고뇌를 무기 삼아 어쩌려는 속셈은 조금도 없으니까. 좋든 싫든 간에 이것이 내가 선택한 가면이다. 수개월 동안 몇 차례나 거듭하여 만들어본 끝에 겨우 이루어낸 얼굴이다. 불만이 있다면 다시 내 마음대로 만들면 된다……. 하지만 잘 만들어졌느냐 아니냐 하는 문제가 아니라면, 도대체 어떻게 하면 좋을까? 앞으로 이 가면을 자기 얼굴이라고 순순히 인정하고 거리낌 없이 받아들일 수 있을까?…… 그러면서도 나를 힘없이 몰아치고 있는 이 허탈감은 새로운 얼굴을 둘러싼 망설임이라기보다는 차라리 도롱이〔입으면 모습이 보이지 않는다는 상상의 도롱이〕 속에서 자신의 모습이 흐려져 가듯이 소멸되어 가는 허전함과 같은 느낌이다. (이래가지고서야 앞으로 계획을 잘 수행해나갈 수 있을까?) 하긴, 표정이라는 것은 생활이 배어 있는 연륜 같은 것이어서 아무런 준비 없이 갑자기 웃으려 한 것이 애당초 무리였는지 모른다. 생활에 의해서 각

각 반복되는 표정에는 경향이라는 것이 있어서, 그것이 예를 들면 주름이 되기도 하고, 늘어지기도 하면서 정착되는 것이다. 늘 웃고 있는 얼굴에는 자연히 웃음도 잘 묻어나 있다. 반대로 화난 얼굴에는 화가 담겨 있다. 하지만 내 가면에는 갓 태어난 아기처럼 아직 연륜의 주름 하나도 새겨져 있지 않았다.

사십대의 얼굴을 한 갓난아기라니, 어떤 식으로 웃어도 괴물처럼 보이는 것은 당연할 것이다. 그렇고말고! 분명 그럴 것이다. 주름을 익숙하게 만드는 작업은 아지트에 가서 해야 할 첫 번째 계획으로 정확하게 세워놓았다. 잘 어우러져 주기만 하면 가면이라 할지라도 훨씬 친근감 있고 다루기 쉬운 것이 되어줄 것이다. 사전에 예측했던 것이어서 새삼 당황한 다든가 할 필요는 조금도 없었다……라고, 나는 교묘하게 문제를 살짝 바꿔서 쑤시는 듯한 가려움증에 귀를 기울이기는커녕 점점 피할 수 없는 곳으로 자기 자신을 내몰아버리는 결과가 되어버렸다.

이러한 사정으로 아무튼 처음 이 글을 쓰기 시작한 아지트인 S아파트까지 오게 된 것이다. 그런데 어디쯤에서 엉뚱한 길로 빠져버렸지?……맞아, 틀림없이 혼자서 붕대를 풀기

시작한 데부터였다……. 그럼 당장 그 뒤를 이어가기로 하
자.

아지트에서 한 작업의 첫 번째는 두말할 필요 없이 가면에
주름을 자연스럽게 만드는 작업이었다. 특별한 기술은 필요
없었지만 의지와 끈기, 주의력만은 아무리 기울여도 모자랄
정도로 엄청 손이 가는 작업이었다.

우선 얼굴 전체에 접착제를 바른다. 가면을 쓰는 순서는
코부터다. 콧구멍의 튜브를 단단히 고정시키고 그 다음에 입
술의 말린 부분을 잇몸 사이로 넣고, 이어서 콧대, 볼, 턱과
닿는 곳과 늘어진 곳에 신경을 쓰면서 두드리듯 주변을 눌러
간다. 완전히 정착하기를 기다렸다가 그 위에 적외선 램프로
열을 가하여 일정한 온도가 유지되는 동안 어떤 특정한 표정
을 반복해본다. 이 재료에는 일정 온도 이상이 되면 탄성이
급격히 저하되는 성질이 있기 때문에, 미리 부여해놓은 섬유
의 방향, 즉 랑거선을 따라서 그 표정에 맞는 주름이 자연스
럽게 새겨지는 것이다.

그 표정의 내용과 배분에 대해서는 일단 다음과 같이 백분
율로 준비해두었다.

관심의 집중 ——————— 16%

호기심 ———————— 7%

동의 ———————————— 10%

만족 ———————	12%
웃음 ———————	13%
거부 ———————	6%
불만 ———————	7%
혐오 ———————	6%
의혹 ———————	5%
곤혹 ———————	6%
초조함 ———————	3%
노여움 ———————	9%

물론 표정이라는 복잡 미묘한 것을 오로지 이들 요소만으로 분해해서 이것으로 충분하다고 생각한 것은 아니다. 이 정도의 요소를 어쨌든 팔레트 위에 준비해두면 다음은 혼합 방법에 따라서 거의 중간색으로 표현할 수 있을까 해서였다. 위의 수치는 두말할 필요 없이 각각의 이용 빈도를 나타낸 것이다. 즉 대강 이런 비율로 감정 표현을 하는 타입의 인간을 상정했다는 것이다. …… 그렇다고 무엇을 규준으로 정했느냐고 묻는다면 바로 대답하기는 어렵다. 단지 나 자신을 유혹하는 사람의 입장에 놓고 타인의 상징인 당신과 마주하고 있는 장면을 상상하면서 표현 하나하나를 직감이라는 저울에 달아본 것이다.

울기도 하고 웃기도 하고 또 화를 내기도 하는 바보 같은 짓을 되풀이하면서 결국 아침이 되었다. 덕분에 다음날 눈을 떴을 때는 이미 저녁 무렵이 되어서였다. 덧문 틈이 붉은 색 유리 같은 빛을 발하여 아무래도 오랜만에 비가 갠 듯했다. 그러나 기분은 도무지 좋아지지 않고 차 찌꺼기 같은 피로감 이 온몸에 흠뻑 달라붙어 있었다. 특히 관자놀이 부근에 열 이 나면서 쑤셨다. 무리도 아니다. 열 시간 이상이나 표정 근 육을 움직이고 있었으니.

그것도 그냥 움직이기만 한 게 아니라 웃을 때는 정말로 웃고, 화날 때는 정말로 화를 내려고 모든 신경을 긴장시켜 서 움직였다.

아무튼 그동안은 어떤 사소한 표정이라도 두 번 다시 정정 할 수 없는 문장(紋章)으로 얼굴 표면 깊숙이 새겨넣었다. 가 령 거짓 웃음을 되풀이하기라도 한다면 내 가면에는 억지웃 음밖에 지을 수 없는 얼굴이라는 낙인이 영구히 찍히게 되고 만다. 아무리 그 자리에서 바로 각인된다 하더라도 그것이 내 생애의 이력으로서 정식으로 등록된다고 생각하면 역시 신중하지 않을 수 없었다.

스팀 타올로 얼굴 마사지를 했다. 따뜻한 기운이 피부 속 으로 스며들었다. 적외선 램프로 한껏 땀샘을 자극하면서 접 착제가 그 땀구멍을 막고 있었기 때문에 염증이 생기는 건 당연했다. 켈로이드에도 분명 나쁜 영향을 줄 게 틀림없다. 하지만 더는 사태가 악화될 리도 없고 이제 와서 그런 걱정을 해봤자 소용이 없다. 화장터에 가서 화장을 하든 매장을 하든, 이미 죽은 사람에게는 별반 다를 게 없는 것이다.

다시 사흘 동안 똑같은 작업을 똑같은 순서로 되풀이했다. 수정해야 할 부분은 수정해서 그럭저럭 안정된 모습이 되어, 사흘째 되던 날 저녁식사는 가면을 쓴 채로 먹어보기로 했다. 어차피 언젠가는 겪어야 할 일이므로 뭐든지 경험해두어서 나쁠 것은 없을 것이다. 그렇다면 그런대로 조건을 갖추어서 해보기로 하자. 접착제를 충분히 발라놓은 뒤에 머리카락을 뒤섞어 머리카락이 난 부분을 숨겨놓고, 눈꺼풀 부근의 경계선이 눈에 띄지 않을 정도로 투명한 황색 선글라스를 끼고, 외출 때와 똑같은 옷차림을 한다.

갑자기 거울을 본다든가 하는 서툰 짓은 하지 않고, 우선 테이블 위에 간밤에 먹다 남은 통조림과 빵을 늘어놓고는 마치 레스토랑 같은 데서 많은 사람들과 함께 식사를 하는 장면을 상상하면서 천천히 얼굴을 들어 거울을 보았다.

상대도 물론 얼굴을 들고 나를 바라보았다. 그러고 나서 내 입의 움직임에 맞춰 빵을 뜯어 먹기 시작한다. 내가 수프를 먹으면 상대도 수프를 먹는다. 호흡은 완전히 일치하고 있어 매우 자연스럽다. 입술에서 느껴지는 이물질과 둔한 신경이 약간 미각을 흐리게 하여 씹는 데에 다소 어색함이 느껴졌지만, 이것도 익숙해지면 분명 의치 정도로 생각하여 의식하지 않겠지. 단지 입술 가장자리로 침이나 수프 국물이 새어 나오기 쉬우니 꽤나 부단한 주의가 필요할 것이다.

갑자기 상대가 허리를 펴고 의아한 듯한 표정으로 나를 보려고 다가왔다. 그리고 그 순간 나는 다량의 수면제를 복용한 효과가 한꺼번에 나타나기 시작한 듯한 충격적이면서도 부드러운, 날카로우면서도 도취된 신비한 조화로운 감정에 사로잡혀 있었다. 아마도 그때 내 껍질에 금이라도 생긴 것일까. 잠시 동안 서로 얼굴을 마주하고 있었는데, 상대방이 먼저 웃어서 따라서 나도 웃기 시작했다. 그참에 나는 아무런 저항도 없이 미끄러지듯 상대방 얼굴 속으로 들어가 있었다. 순식간에 딱 들러붙어서 나는 이제 완전히 그가 되어버렸다. 나는 그의 얼굴이 특별히 마음에 들지도 않았지만 그렇다고 마음에 안 드는 것도 아니어서, 이미 그의 얼굴로 느끼고 생각하고 있었다. 어떻게 만들어졌는지 알고 있는 나 자신조차도 거기에 어떤 조작이 이루어졌는지 의심스러울 정도로 모든 것이 너무나 딱 들어맞았다.

너무나도 일이 원만하게 잘 진행되었다. 이대로 대충 넘어갔다가 나중에 부작용이라도 생길 우려는 없는 것일까? 다시 대여섯 발짝 물러서서 눈을 가늘게 하고…… 가능한 한 심술궂게 보이려 호흡을 적당히 골라서 단숨에 눈을 번쩍 떠본다……. 하지만 여전히 소리굽쇠같이 계속 울리고 있는 웃음의 물결…… 아무튼 틀림없어 보인다. 게다가 아무리 적게 잡아도 오 년 이상은 젊어 보였다.

그건 그렇고, 어제까지는 도대체 무엇 때문에 그토록 괴로워했을까. 인간의 본질과는 아무런 관계도 없는 낯가죽 따위에 힘들어하는 마음은 털끝만큼도 가지고 있지 않다며 이래저래 핑계를 대본 것은, 결국 선입견에 의한 변명에 지나지 않았던 것일까. 거머리 소굴이나 붕대 마스크 따위에 비하면 이 합성수지 가면은 뭐라 해도 훨씬 살아 있는 느낌이 나는 얼굴이다. 전자를 벽에 그린 문이라고 한다면 이것은 태양의 향기로운 내음이 그대로 불어오는 열린 문에 비유해도 좋을 정도다.

……아마도 훨씬 전부터 들려왔던 것 같다. 누군가의 발소리가 차츰 커지면서 다가왔다. 성큼성큼 가까워졌고 그 소리에 내 심장은 마구 뛰기 시작했다. 열린 문이 나를 다그치는 것이다.

자, 나가보자! 새로운 타인의 얼굴을 통해서 새로운 타인의 세계로 나가보자!

신이 났다. 난생 처음 혼자 기차를 타는 아이처럼 기대와 불안으로 가슴 설레었다. 가면 덕분에 모든 것이 달라질 것이다. 나뿐만 아니라 온 세계가 완전히 새 단장을 해서 나타나는 것은 아닐까. 그리고 그 기대의 소용돌이에 떠밀려서

속 끓이던 가려움증도 잠시 동안은 어딘가 바닥으로 가라앉은 것 같다.

(덧붙임—고백해두어야겠다고 생각했지만 그날 나는 수면제를 꽤 많이 먹었다. 아니 그날뿐 아니라 벌써 오래 전부터 상습적으로 복용했다. 하지만 언뜻 상상되는 것처럼 불안감을 마비시키려는 것은 아니었다. 오히려 쓸데없는 조바심을 없애고 보다 이성적인 상태를 유지하려는 목적이었다. 몇 번이나 말했지만 내 가면은 무엇보다도 우선 얼굴에 대한 편견과의 싸움인 것이다. 나는 복잡한 기계를 조종할 때처럼 가면에 대해서 끝까지 깨어 있지 않으면 안되었다.

거기에 한 가지 더……어떤 종류의 수면제와 신경안정제를 잘 섞어서 복용하면 약의 효과가 나타나기 시작하는 순간부터 몇 분 동안은 마치 망원렌즈로 자기 내부를 보는 듯이 이상하게 맑아지는 고요함에 휩싸이게 될 때가 있다. 하지만 그것이 마비에서 오는 도취감은 아니라는 확신이 없었기 때문에 미처 쓰지 않았지만, 지금 와서 생각해보니 그 몇 분 동안의 경험에는 내가 상상했던 것 이상의 깊은 의미가 숨어 있었다는 기분도 든다. 예를 들어서 얼굴이라는 가정의 기호로 조립된 인간관계의 본질에 접근해가려는 뭔가가…….

약효는 우선 돌에 발이 걸려 넘어질 듯한 느낌으로 나타난다. 순간 몸이 허공에 뜨면서 가벼운 현기증이 밀려온다. 그러고서 풀즙 같은 냄새가 코를 찌르고 내 마음은 아득한 풍경 속에서 빠져나온다. 아니 그 표현은 정확하지 않을지도 모르겠다. 갑자기 시간의 흐름이 정체되어 나는 방향을 잃어버린 채 흐름 밖으로 나와 표류하게 된다. 표류하는 것은 나뿐만이 아니라 나와 나란히 흐르던 모든 것이 그때까지의 관계에서 벗어나 뿔뿔이 흩어져버린다. 나는 흐름에서 자유로워진 해방감으로 한없이 관대해지고 모든 것을 긍정적으로 여기며 내 얼굴도 보살 같다는 점에서는 당신과 같다며 묘하게도 계속해서 혼자 속단해버린다. 그만큼 '얼굴'이라는 것에 아예 무관심해지는 순간이 길게는 칠팔 분 동안이나 지속된다.

어쩌면 그때의, 흐름이 정지된 속에서 나는 거머리 소굴뿐만 아니라 얼굴 그 자체를 뛰어넘어서 그 반대편에 이르러 있는지도 모른다. 얼굴이라는 창문을 통한 인간관계에 의문을 갖지 않고 의존할 때와는 상상할 수조차 없었던 자유를 순간 엿보았는지 모른다. 어차피 누구든지 살로 된 가면으로 영혼의 창을 닫고 그 속의 거머리 소굴을 숨겨 싸고 있는 것에 지나지 않는다는 섬뜩한 사실에 뜻하지 않게 부딪혔는지도 모른다. 얼굴을 잃은 덕분에 창문에 그린 그림이 아니라 실제로 바깥 세계를 접할 수 있었는지도 모른다. ……그렇다면 그 투명한 해방감도 결코 거짓은 아니었다는 셈이다. 약의 힘을 빌린 일시적인 기만 따위는 아니었던 것이다.

그리고…… 아주 난처한 것은…… 내 가면이 진실을 덮어 숨기는 역할을 다한다고 볼 수도 없다. 가면에 대한 꺼림칙한 느낌도 파고들어 보면 의외의 곳에 원인이 있는 것은 아닐까. 하지만 가면은 이미 내 얼굴을 덮어버렸다. 게다가 평소보다 두 배나 많은 양의 약이 얼굴 없는 자유로움조차 잊게 할 만큼의 효과를 발휘하였다. 난 나 자신에게 타이르고 있었다. 동화 속 세계에서조차 미운오리새끼는 결국 백조로 환생하는 권리를 갖고 있지 않았는가…….)

완벽한 타인이 되려면 당연히 복장부터 바꿀 필요가 있었다. 그러나 공교롭게도 거기까지는 준비가 되어 있지 않았고, 오늘 밤에는 그저 잠시 기분전환할 생각으로 가볍게 재킷만 걸치고 나서기로 했다. 흔해 빠진 기성품이어서 설마 표적이 된다든가 하는 일은 없을 것이다.

비상계단이 소리를 내며 삐걱이고 허공에 떠 있는 듯한 나는 자신에게 그 정도의 무게감이 느껴진다는 게 이상하기만 했다. 다행히 큰길로 나올 때까지 아무도 마주치지 않았다. 그러나 골목 모퉁이를 도는 순간 장바구니를 든 이웃 아주머니와 정면 충돌할 뻔했다. 나는 입안에서 딱총이 터지는 듯한 충격을 받아 멈칫했지만, 상대는 분주한 시선으로 힐끔 쳐다보고는 아무렇지 않은 표정으로 후딱 지나가버렸다. 다행이었다. 아무 일도 없었다는 것이 무엇보다도 멋진 알리바이가 아닐까.

나는 계속해서 걸었다. 일단 가면에 익숙해지는 것만이 목적이어서 특별히 갈 곳은 정해두지 않았다. 처음에는 역시 그냥 걷는 것만으로도 꽤 큰일이었다. 기대와는 달리 무릎관절은 기름이 다한 듯이 절뚝거리고 호흡을 조절하는 판막의 이음 부분은 완전히 고장이 나 있었다. 낯 뜨거워져도 가면이라 불그레해지지도 않을 텐데 꺼림칙한 느낌과 정체가 발각되지는 않을까 하는 불안감으로 목 졸린 닭처럼 몸서리치듯 등줄기에서 땀이 바짝바짝 났다. …… 만약 가면이라는 것이 발각된다면, 이유는 어색함 때문일 것이다. 수상해 보일 만한 행동을 하니까 수상해 보이는 것이다. 기껏해야 포장지 디자인을 약간 변경해보았다는 정도 아닐까. 들키지만 않으면 그것으로 충분하다. 내용물에 속임수만 없다면 누구에게도 거리낄 게 없지 않은가.

그렇게 말하긴 했지만 처음의 패기는 어디로 갔는지 감정이 이성을 배반하듯이 또 생리가 감정을 배반하듯이 나는 점점 위축되어 갔다. 그로부터 세 시간 남짓, 너무 밝은 쇼윈도가 있으면 반대편 가게 쪽에 관심을 두는 척하면서 길을 건

너고…… 네온사인이 눈부신 거리에 닿으면 모험을 핑계 삼아 어두운 골목 쪽으로 가고…… 정류장 가까이에서 전차나 버스가 가까이 오면 의식적으로 발걸음을 바삐 움직여 탈 기회를 피하고…… 반대의 경우에는 일부러 천천히 움직여서 지나가버리게 하는 식의 태도였다. 결국에는 스스로 질려버렸다. 이런 식으로 해서는 며칠 계속 걷는다고 해도 가면을 제대로 잘 사용하게 될 것 같지 않았다.

과자가게 한 귀퉁이에 칸막이를 쳐서 만든 작은 담배 가게가 있었다. 그곳에서 좀 과감한 모험을 시도해보기로 했다. 그러고 보니 너무 과장된 것 같지만, 요컨대 담배를 사겠다는 결심을 한 것뿐이다. 담배 가게가 가까워질수록 위장과 횡경막의 경계 부근에서 무언가 소란스럽게 웅성거렸다. 몸 어딘가가 눈부신 듯 눈물을 흘리기 시작했다. 갑자기 가면이 더욱 묵직해지고 금방이라도 떨어질 듯했다. 로프 하나에만 의지하여 얼마나 깊은지도 모르는 절벽을 내려가듯이 발이 딱 들러붙어…… 고작 담배 한 갑을 사려고 나는 마치 괴물과 격투하는 듯한 소동을 벌이고 있었다.

그런데 무슨 까닭인지 팔 생각이 없는 듯이 나온 가게 주인과 눈이 마주친 순간 손바닥 뒤집듯이 대담해졌다. 담배 가게 주인이 다른 손님을 대하듯이 대한 탓이었을까? 아니면 담배가 죽은 새처럼 내 손 안에서 너무도 가볍게 느껴진 탓일까? 아니 원인은 차라리 가면의 변화에 있었던 것 같다.

타인의 시선을 상상만으로 느끼고 있었던 동안은 오히려 그림자만 보고도 벌벌 떨었지만, 정작 현실 속에서 타인과 시선을 맞닥뜨리고 나서야 겨우 내 본질을 깨닫게 된 것 같다. 상상 속에서 가면은 바로 자기를 드러내는 것인지도 모르지만 현실에서는 자기를 숨기는 불투명한 덮개인 것이다. 가면의 안쪽에서는 혈관이 퍼지고 땀구멍이 군침을 흘리고 있는 상태여도 표면에는 그야말로 땀방울 하나 흘릴 걱정이 없다. 그러므로 얼굴이 빨개질 거라는 공포에서는 깨끗이 회복될 수 있었지만 이미 녹초가 되어버렸다. 더는 걸을 기력도 없어 택시를 잡아타고 곧바로 아지트로 돌아왔다. 그동안의 소모에 대한 보답이 겨우 담배 한 갑이었나 하고 생각하면 우울해지기도 했지만 가면의 자각을 계산에 넣으면 대충 수지가 맞았다. 그 증거로 방에 돌아와서 가면을 벗은 후 접착제를 씻어내고 다시 맨얼굴과 마주했을 때 나에게는 그 무참한 거머리 소굴이 왠지 그만큼 현실적인 것으로 느껴지지 않았다. 거머리 소굴이 현실적이라면 이미 가면도 현실적인 것이다. 가면을 거짓 모습이라고 한다면 거머리 소굴 역시 마찬가지로 거짓 모습에 지나지 않을 것이다……. 아무래도 가면은 무사히 내 얼굴에 뿌리를 내리기 시작하고 있는 것 같다.

다음 날은 시험 범위를 과감히 넓혀보기로 했다. 우선 일어나자마자 관리인을 찾아가, 만일 옆방이 아직 그대로 비어 있다면 '동생'을 위해 꼭 쓰고 싶다고 말했다. '동생'이란 물론 또 한 사람의 가면을 쓴 나다. 유감스럽게도 하루 차이로 방이 예약된 뒤였다.

하지만 그것이 계획을 변경시켜야 할 정도의 일은 아니었다. 그보다도 이 기회에 가능한 한 '동생'이라는 존재를 내세워 확실하게 상대에게 인상을 남겨주는 것이 중요했다.

— '동생'은 상당히 불편한 교외에 살고 있는 데다가 불규칙한 직업에 종사하고 있어서 수시로 쓸 만한 휴식용 방이 있었으면 했거든요. 하지만 그렇다면 할 수 없죠. 서로 비슷한 조건이고 하니 과분한 소리는 그만두고 둘이서 같이 쓰도록 하죠.

그 말이 끝나기가 무섭게 방 값도 세 배나 더 주겠다고 했다. 관리인은 어쩌지 어쩌지 하며 계속해서 난처한 얼굴을 해 보였지만 마음속으로는 난처해할 이유는 없었다고 본다. 결국에는 '동생' 몫으로 감쪽같이 열쇠까지 가로채는 데 성공했다.

10시쯤 가면을 쓰고 밖으로 나왔다. 안경이나 수염에 어울리는 가면을 위한 복장을 갖추기 위해서였다. 외출 후 잠시 동안은 과연 대낮에 처음 하는 외출이라는 긴장감을 피할 수 없었지만……어젯밤, 그런 기미를 보이기 시작한 가면의 모근이 하룻밤 사이에 정식으로 뿌리를 내려 자라기 시작한 탓일까……아니면 다시 양을 늘린 신경안정제 탓일까…… 잠시 후 나는 버스를 기다리면서 유유히 담배마저 피웠다.

하지만 가면의 끈질긴 생명력을 제대로 알게 된 것은 양복을 맞추려 백화점에 들렀을 때였다. 수염과 안경의 조화로 봐서 다소 화려한 차림을 하는 것이 좋겠지만 어쩐지 나는 요즘 유행하는 깃이 좁고 단추가 세 개 달린 재킷을 골랐다. 믿을 수 없는 일이었다. 첫째, 유행이란 것에 대해서 어느 정도 알고 있다는 자체가 이미 이해를 넘어선 것이다. …… 게다가 그뿐만 아니라 일부러 귀금속 매장에 가서 반지까지 샀다. 아무래도 가면은 내 의도 같은 건 뒷전에 두고 제 마음대로 걷기 시작한 듯했다. 특별히 귀찮지도 않았지만 아무튼 이상한 일이었다. 우습지도 않은데 누가 간질이는 듯이 계속해서 웃음이 잇따라 터져 나와 나도 제법 함께 어울려 떠들어대고 있었다.

백화점에서 나온 뒤 그 기세에 힘입어 계속해서 작은 모험을 한 번 더 해보기로 했다. 그렇다고 해도 대단한 것은 아니다. 번화가를 벗어난 구석진 골목에 있는 조그마한 한국 음식점에 들러본 것뿐이다. 얼마간 제대로 먹질 않아서 배 속에서 꼬르륵거리며 재촉했고 또 깊은 맛의 불고기는 전부터 내가 좋아했다……. 하지만 과연 그것뿐이었을까. 정말로 불고기만이 나를 그곳으로 오게끔 한 동기였을까.

　어디까지가 의식적이었는지는 별개의 문제다. 그러나 일부러 한국인 식당을 골랐다는 것에 아무런 이유가 없다고 한다면 거짓말일 것이다. 나는 분명 그곳이 한국인 음식점이며 한국인 손님이 많다는 점을 고려했다. 한국인이라면 내 가면에 아직 다소나마 생경함이 남아 있더라도 눈치 채지 못할 것이라는 무의식적인 계산은 물론이고, 뭔가 그 이상으로 쉽게 친해져 어울릴 수 있을 것 같은 느낌이 들었다. 또는 자신이 얼굴을 잃은 것과 한국인이 종종 편견의 대상이 되고 있는 점에서 유사점을 발견하고 나도 모르게 친근감을 느꼈는지도 모른다. 물론 나 개인은 한국인에 대해서 아무런 편견도 가지고 있지 않다. 첫째, 얼굴 없는 몸으로는 편견을 가지려고 해도 우선 자격이 없다. 하긴 인종적 편견이란 것이 대개는 개인의 의도 밖에 있는 것이어서 역사라든가 민족이라든가 하는 것 위에서 다소나마 자취를 남기고 있는 이상, 이미 어찌해 볼 수 없는 실체인 것이다. 따라서 주관적으로는 어찌 됐건 그들 사이에 피난처를 찾은 것 자체가 이론상으로는 역시 편견의 변형이라는 것이 될지도 모르겠지만……푸르스름한 연기가 자욱이 끼어 있었다. 낡아빠진 환풍기가 요란스럽게 소리를 냈다. 손님은 세 명인데 운이 좋게도 세 명

모두 한국인 같았다. 그 중 두 사람은 언뜻 봐서는 일본인과 거의 구별할 수 없었지만 아무래도 유창하게 한국어를 주고받는 것이 틀림없는 한국인이라는 것을 증명하고 있다. 세 사람은 대낮인데도 맥주를 벌써 몇 병이나 비우고, 그러지 않아도 시끌시끌한 말투에 한층 더 격렬하게 흥이 더해졌다.

나는 확인하듯이 가면의 볼 주변을 만져보면서, 바로 그들의 활기찬 분위기에 감염되어버렸다. 그렇다기보다는 감염되고자 마음먹으면 될 수 있다는 보통 사람들의 능력에 자진해서 취하려고 애썼는지도 모른다. 아니면 흔히 소설 같은 데서 나오는 부랑자가 걸핏하면 돈 많은 친척 얘기를 하고 싶어 하는 그런 심리와 일맥상통하는 것이었을까. 아무튼 싸구려 테이블에 앉아 불고기를 주문하고 있는 자신을, 나는 영화 주인공이라도 된 듯이 대단히 화려하게 느끼고 있었다.

벽에 바퀴벌레가 기어 다녔다. 누군가 잊어버리고 간 듯한 테이블 위에 있는 신문지를 접어 바퀴벌레를 때려잡았다. 그러고 나서 멍하니 신문 표제의 활자를 읽어 내려가자 끝에는 구인 광고가 있고 이어서 영화관과 뮤직홀 등 다양한 공연장소 안내칸이 나열되어 있었다. 그리고 그 활자들의 조합은 기묘하게도 내 상상력을 자극했다. 광고 사이를 누비며 수수께끼와 속삭임으로 가득 찬 하나의 풍경이 펼쳐지기 시작하고, 쉴 새 없이 이어지고 있는 세 사람의 수다는 마치 듣기 좋은 반주 역할을 해주었다.

운세 뽑기 장치가 달린 재떨이가 있었다. 10엔을 넣고 버튼을 누르면 밑의 구멍에서 성냥개비만 하게 말린 종이대롱이 나오는 장치다. 내 가면은 그런 것까지도 해보고 싶어질 정도로 들뜬 기분이었다. 그 종이대롱을 펼치자 내 운세는 다음과 같았다.

소길(小吉)—기다리면 바닷길의 화창한 날씨. 외롭고 힘든 때는 서쪽으로 가라.

피식 웃음을 터뜨릴 뻔했을 때, 세 사람 중 한 사람이 문득 일본어로 내가 주문한 것을 가져온 웨이트리스를 향해 이렇게 말을 걸었다.

"이봐 아가씨, 당신은 한국인 중에서도 촌스런 얼굴이군. 정말 한국인 촌뜨기와 꼭 닮았네."

말을 걸었다기보다는 오히려 소리 지른다는 느낌이었다. 나는 나 자신이 조롱당하기라도 한 듯이 움찔하여 그만 목을 움츠리는 기분으로 아가씨를 쳐다보았는데, 그녀는 내 앞에 고기 접시를 갖다 놓으면서 세 사람의 웃음소리에 맞춰 자신도 입을 히죽 벌리곤 조금도 동요하는 모습이 없었다. 나는 혼란스러웠다. 그러자 그 한국인 촌뜨기라는 표현에는 의외로 내가 느꼈던 만큼의 악의는 없는 것 같다. 그러고 보니 소리쳤던 본인이야말로 세 사람 중에서도 가장 촌스러운 느낌의 중년 남자로 누구보다도 한국의 시골뜨기라는 모습이 어울렸다. 신나게 이야기하는 모습으로 봐서는 어쩌면 자조를 담은 단순한 농담이었을지도 모른다는 생각도 든다. 게다가 그런 이야기를 들은 아가씨가 사실은 같은 한국인이었을 경우도 충분히 있을 수 있으니깐 말이다. 이 정도 나이의 한국인이라면 일본어밖에 모른다 하더라도 별로 이상할 건 없다. 그렇다면 그 표현은 자조는커녕 오히려 호의가 담긴 긍정적인 말일 수도 있다. 분명 그랬을 것이다. 첫째, 한국인이 한국인이라는 문구를 부정적으로 사용할 리가 없지 않은가.

그런 식으로 몇 번이나 꼬이고 비틀려서 얻어낸 결론은 뻔뻔스럽게도 한국인에게 친근감을 품었던 천박한 자기기만에 대해 견딜 수 없는 찝찝함이었다. 내 태도는 예를 들어 말하자면 백인 거지가 유색인종 제왕을 동료 취급하는 것과 같았다. 같은 편견의 대상이 되었다 하더라도 내 경우와 그들의 경우와는 전혀 차원이 달랐다. 그들에게는 편견의 소유자를 비웃을 권리가 있지만 나에게는 없다. 그들에게는 편견에 대해 힘을 모을 동료가 있지만 나에게는 없다. 만약 정말로 그들과 대등한 입장에 서고자 한다면 미련 없이 가면을 벗어버리고 거머리 소굴을 드러내 보이고 나서 해야 한다. 그리고 얼굴 없는 괴물들끼리 이야기를 주고받고…… 아니 무의미한 가설이다. 자기를 사랑할 수 없는 자가 어떻게 동료를 구할 수 있을까.

그때까지의 기세는 간데없이 사라졌고 갑자기 스산하게 만사가 귀찮아지고 다시 그 괴로움이 뼛속까지 타들어가는 느낌이어서 힘없이 아지트로 돌아올 수밖에 없었다. 그런데 아파트 앞에서 얼마나 놀랐는지. 나는 또다시 엄청난 실수를 저질러버렸다. 아무 생각 없이 골목길을 돌려는데 관리인 딸과 딱 마주쳤다.

딸아이는 벽에 기대서서 서투른 솜씨로 요요를 하며 놀고 있었다. 요요는 특대형으로 중후한 황금색으로 빛났다. 나는 가슴이 철렁하여 멈춰 서고 말았다. 참으로 멍청한 꼴이었다. 이 골목은 막다른 길이어서 뒤쪽 주차장이나 비상계단을 이용하는 사람만 다니는 곳이다.

'동생'으로 확실히 관리인의 가족에게 자기 소개를 마치기까지는 가면 쓴 얼굴로는 뒷문을 통해서 출입해서는 안 되었다. 하긴 아직 지은 지 얼마 안 된 아파트라서 사는 사람도 어제오늘 들어온 새로운 입주자가 대부분이어서 모르는 척하고 다녀버리면 그만일지도 모르지만…… 일단 이내 자세를 바로잡아 봤지만 때는 늦었다……. 딸아이 쪽에서도 내가 당황해하고 있는 걸 이미 눈치 챈 것 같다. 어떻게 이 자리에서 벗어날 수 있을까? "저 방에" 하며 아무래도 어색한 핑계라고 생각되면서도 달리 묘안이 떠오르지 않은 채, "아저씨의 형님이 살고 있는데 말야…… 지금 계시려나?……이렇게 붕대로 얼굴을 칭칭 감은 사람인데 말야…… 알고 있니?"

그런데 딸아이는 약간 몸을 움직였을 뿐 대답도 하지 않고 표정을 바꾸려고도 하지 않았다. 나는 점점 더 당황했다……. 뭔가 눈치 채버린 것일까?……아니 그럴 리가 없다……. 부친인 관리인의 푸념을 믿자면 겉보기엔 어엿한 소녀지만 지능지수는 겨우 초등학교에 갈 수 있을까 말까 한 수준이라고 했다. 어릴 때 열병으로 뇌막염을 앓고는 완전히 회복되지 못했다고 한다. 곤충의 날개같이 약한 입가……아기 같은 턱…… 좁게 기울어진 어깨…… 그리고 그것들과는 대조적으로 나이가 들어 보이는 얄팍한 코……멍해 보이는 타원형의 큰 눈…… 우선 그렇게 생각해도 틀리지 않은 것 같다.

그러나 그 아이의 침묵을 무시하고 지나쳐버리기에는 역시 뭔가 찝찝한 느낌이 들었다. 아무튼 입이라도 열어보려고 생각나는 대로 말했다.

"멋진 요요군. 잘 하니?"

그러자 아이는 움찔 어깨를 움츠리고는 허둥지둥 요요를 뒤로 감추면서 아주 도전적인 자세로 대답했다.

"내 꺼야. 거짓말 아냐!"

순간 나는 웃어버리고 싶은 기분이 들었다. 안심이 되면서 동시에 좀 더 놀려주고 싶었다. 괜한 걱정을 했던 만큼 돌려주고 싶기도 하고, 전에 붕대로 싼 복면을 보고 비명을 질렀던 적이 있는 상대를 적당히 놀려주는 것도 그리 나쁜 일은 아닐 것 같았다. 아이는 지능지수가 어찌 됐건 백치미 같은 매력을 지니고 있었다. 운이 좋으면 위태위태했던 가면의 권위를 조금이나마 되찾는 데 이용될 수도 있을 것 같다.

"정말? 거짓말이 아니라는 증거는 어디 있지?"

"믿어주면 좋아하지. 절대로 해를 끼치진 않을게."

"믿을게. 그래도 그 요요에는 분명 누군가 다른 사람의 이름이 적혀 있는 것 같은데."

"그런 거라면 별로 중요하지 않아. 옛날 옛날에 고양이 한 마리가 말했습니다……. 우리 집 고양이처럼 얼룩고양이가 아니고, 맞아 맞아 하얀 고양이였어……."

"괜찮으니까 한번 보여달라니깐……."

"내가 그래도 비밀은 꼭 지켜요."

"비밀……?"

"옛날 옛날에 고양이 한 마리가 말했습니다. 쥐가 나한테 방울을 달고 싶어 한다고. 자, 아저씨께서는 어떻게 할 건가요?"

"좋아, 그럼 그것과 똑같은 놈을 아저씨가 사줄까."

나는 단지 이런 식으로 계속 주고받을 수 있다는 자체에 자기만족을 느끼고 있었을 뿐이지만 이 유혹의 효과는 예상을 훨씬 초월해서 나타났다.

딸아이는 벽에다가 등을 비비대면서 잠시 동안 가만히 내

말의 의미를 가늠해보고 있는 것 같았다. 그러고 나서는 의심스러운 듯이 눈을 약간 치켜뜨고는 대들 듯이 "아버지한테는 비밀로?" 하고 물었다.

"물론 비밀이지."

나는 끝내 웃어버렸고(세상에, 웃고 있다!), 웃고 있는 가면의 효과를 의식하면서 이중으로 웃었다. 간신히 아이도 납득한 모양이다. 막대기처럼 꼿꼿이 세운 등의 힘을 빼고, 아랫입술을 쑥 내밀고는, "좋아…… 좋아……" 하며 노래하듯이 반복했다. 미련이 남는 듯 황금색 요요를 웃옷자락에 문지르면서, "정말 사준다면 돌려주고 올게…… 하지만 진짜 슬그머니 몰래 가져온 건 아니야…… 전부터 약속했거든…… 하지만 돌려주고 올게…… 지금 당장 가서 돌려주고 올게…… 나도 맘에 들어. 뭐든지 남한테 선물을 받는다는 건 굉장히 기분 좋은 일이니깐……."

벽에 등을 기댄 자세 그대로, 게 걸음처럼 해서 내 곁을 빠져나간다. 아이는 결국 아이인 것이다.…… 겨우 한숨 돌린 나에게 내 앞을 스쳐지나가던 아이가 속삭였다.

"비밀 놀이야!"

(비밀 놀이?)…… 무슨 의미지?…… 뭐 신경 쓸 건 없어. 저렇게 지능이 떨어지는 아이가 그런 복잡한 흥정을 할 리가 없지 않은가…… 라며 시야가 좁은 탓으로 돌려버리기에는 너무 쉬운 해석이다. 하지만 시야가 좁은 개도 후각만은 오

히려 예민하다는 경우도 있고…… 첫째, 그런 염려를 하지
않으면 안 되는 자체가 또다시 자신이 없는 증거인 것이다.

도무지 뒷맛이 개운하지 않다. 얼굴만 새롭게 했을 뿐이지
기억이나 습관이 예전 그대로여서 마치 밑 빠진 독에 물 붓
는 식이다. 얼굴에 가면을 쓴 이상은 마음에도 그에 걸맞게
정확히 계산된 가면이 필요한 것이다. 가능하면 거짓말 탐지
기에서조차 허점이 발견되지 않을 정도의 연기와 제작 수법
에 철저해지고 싶다.

가면을 벗자 땀에 찌든 접착제에서 잘 익은 포도 냄새 같
은 게 났다. 순간 견딜 수 없는 피로가 막힌 하수구처럼 넘쳐
나고 관절이라는 관절에 끈적끈적하게 타르〔목재나 석탄 따위를
건류乾溜하여 얻는 갈색 또는 흑색의 짙은 점액〕가 웅덩이를 만들기 시
작했다. 그러나 뭐든 생각하기 나름이다. 최초의 시도로서는
모조리 나쁜 일뿐이었다고 단정할 수도 없다. 갓난아기조차
태어날 때의 고통은 예삿일이 아닌 것이다. 하물며 어엿한
어른이 생판 남으로 재생하는데, 약간의 주저함이나 알력은
오히려 당연한 것이 아닐까. 무언가 치명적인 상처가 나지
않은 걸 도리어 감사해야 한다.

가면의 안쪽을 닦아 틀 고정대에 놓고 세수를 하고 크림을

발랐다. 잠깐 동안 얼굴 피부를 쉬게 할 생각으로 침대에 누워 있는 동안, 오랫동안 계속된 긴장감의 반동일까, 아직 해가 지지도 않은 시각인데도 나는 깊은 잠에 빠져버렸다. 그리고 눈을 떴을 때는 이미 서서히 아침이 밝아오기 시작했다.

비는 오지 않았지만 거친 입자의 안개에 가로막혀 길 건너 상점가 뒤쪽은 어두침침한 숲처럼 보였다. 하늘은 살짝 물들어 있는데, 역시 안개 때문일 것이다. 약간은 붉은 기가 돌아 평소보다 보랏빛으로 느껴졌다. 창을 열어놓고 바닷바람처럼 끈적한 공기를 가슴 가득히 들이쉬자 타인의 눈 같은 건 조금도 신경 쓸 필요가 없는, 바로 은둔자를 위한 시간은 마치 자신만을 위해 준비된 훌륭한 특별석같이 느껴졌다.…… 그렇다. 이 안개 속에서야말로 어쩌면 인간 존재의 있는 그대로의 모습이 나타나는 게 아닐까. 맨얼굴도, 가면도, 거머리 소굴도 그러한 모든 거짓 꾸밈은 온통 방사선 촬영을 할 때처럼 속이 훤히 들여다보이게 된다……. 실체와 본질만이 아무런 허식도 남기지 않은 채 드러나고……인간의 영혼은 껍질 벗긴 복숭아처럼 직접 혀로 맛볼 수 있다. 물론 그러기 위해서는 고독이라는 대가를 지불하지 않으면 안 될 것이다. 하지만 그것마저 구애받지 않고 있지 않은가. 얼굴을 가진 자들이 나보다 고독하지 않다는 보증은 어디에도 없다. 낯가죽에 어떤 간판을 내걸어도 그 내용물은 어차피 난파선의 표류자와 다를 바 없었다.

　게다가 고독이란 녀석은 피하려고 하니까 지옥이고, 스스로 구하려는 자에게는 오히려 은둔자의 행복인 것 같다. 좋다, 그러면 나도 걸핏하면 울기나 하는 비극의 주인공 얼굴은 그만두고, 자, 은둔자에 지원해볼까. 모처럼 얼굴에 박힌 각인이니 이걸 유용하게 쓰지 말라는 법은 없다. 다행히 나에게는 고분자 화학이라는 신(神)이 있고, 리올로지라는 기도 말이 있으며, 연구소라는 수도원이 있어 고독으로 인해 매일 매일 작업이 방해될 염려는 전혀 없다. 어쩌면 지금 이상으로 단순하고 정확하며 평화롭고 게다가 충실한 하루하루가 보장될지도 모른다.

　점점 붉은 기가 더해가는 하늘을 쳐다보면서 내 마음도 확실히 밝아졌다. 물론 지금까지 악전고투한 것을 생각하면 이 기분의 변화는 조금은 어이없고 다소 균형 잡히지 않은 느낌이 들지 않는 것도 아니었지만, 이대로 바다까지 노 저어 나갔다가 되돌릴 수 없는 조난을 당할 경우를 생각하면 불평 따위를 늘어놓을 게 못 된다. 나는 아직 절벽이 보이는 동안 방향을 바꿀 기회를 잡은 걸 마음속으로 감사하면서 테이블 위의 가면을 돌아보았다. 가볍게 그리고 너그러우면서 투명하여 아무것도 거리낄 것 없는 순진한 기분으로 나는 가면에게 이별을 고할 작정이었다.

　하지만 밝아오는 아침 햇살이 아직 가면까지는 닿지 않았다. 무표정하게 나를 바라본다. 그 검은 타인의 목은 내 마음대로는 되지 않는다. 독립적인 의지를 숨기고 있는 것처럼 강하게 내 접근을 거부하고 있었다. 나는 그 가면을 마치 전통의 나라에서 온 악령 같다고 생각하고는 문득 오래전에 읽었거나 들은 적이 있는 어느 동화의 줄거리를 떠올렸다.

— 옛날에 한 왕이 살았다. 어느 날 왕이 이상한 병에 걸렸다. 차츰차츰 몸이 녹아 들어가는 무서운 병이었다. 의사도 약도 아무 소용이 없었다. 그래서 왕은 왕의 모습을 본 자는 사형에 처한다는 새로운 법률을 정했다. 이 법률은 효과가 있어서 왕의 코가 녹고 손목 끝이 없어지고 무릎 아래가 사라지기 시작해도, 누구 하나 왕이 옛날 그대로 건재해 있음을 의심하는 자가 없었다. 드디어 병이 악화되어 타 녹아버리는 양초처럼 몸을 움직일 수도 없게 된 왕은 결국 도움을 청하려고 했지만, 때는 이미 늦어 왕에게는 입마저도 없어져버렸다. 그리하여 끝내 왕은 소멸했다. 하지만 충성스러운 신하들은 누구 하나 왕의 부재를 의심한다든가 하는 자가 없었다. 그러기는커녕 이 침묵의 왕은 두 번 다시 잘못을 저지르는 일이 없었기 때문에 명군(名君)으로 오랫동안 민중의 추앙을 한몸에 받았다고 한다.

나는 갑자기 화가 나서 창문을 닫고 다시 침대 속으로 기

어들어 갔다. 실제로 가면을 시험해본 것은 아직 겨우 반나
절도 안 되는 시간이다. 고작 이 정도의 경험으로 그렇게 심
각하게 소란을 피울 일은 아닌 것이다. 엄살을 떨려면 언제
라도 가능한 일이다. 눈을 감고 비 젖은 창문을 시작으로 포
장된 도로의 갈라진 틈 사이로 보이는 한 줄기 풀이라든지,
동물 모습을 한 얼룩진 벽이라든지, 상처 입은 고목 줄기의
혹 같은 것이든가, 이슬의 무게로 찢기기 시작한 거미줄이라
든지, 그런 의미 없는 구석진 곳의 광경을 잇달아 떠올려본
다. 초조해서 잠들 수 없을 때에 내가 언제나 하는 의식 중
하나다.

　그런데 전혀 효과가 없었다. 효과는커녕 아무 이유 없이
화만 계속 팽창해서 점점 참을 수 없게 되었다. 갑자기 나는
바깥의 자욱한 안개가 독가스였으면 좋겠다는 생각을 했다.
그렇지 않으면 화산이 폭발한다거나 전쟁이라도 일어나 세
상이 질식하고 현실이 산산조각 나버렸으면 좋겠다. 인공기
관을 가진 K씨는 전쟁터에서 얼굴을 잃은 병사가 자살을 했
다는 이야기를 했지만, 그런 예가 있다 하더라도 나 역시 청
춘의 대부분을 전쟁터에서 보냈기 때문에 잘 알고 있다. 그
만큼 얼굴의 가치가 떨어진 시대도 없을 것이다. 죽음이 동
료보다도 가까이 있을 때, 타인과의 통로 따위가 어떤 의미
를 가질 수 있을까. 돌격하는 병사에게는 얼굴 따위는 필요
없다. 그렇다. 그야말로 붕대를 감은 모습이 아름답게 보이

는 오로지 유일한 시대였던 게 아닐까.

나는 상상 속에서 포수가 되어 눈에 보이는 모든 것을 목표로 하여 쏘아댔다. 그리고 그 연기 속에서 간신히 다시 잠들었다.

그렇다 하더라도 태양광선이 인간의 심리에 미치는 영향이라는 것은 불가사의한 것이다. 아니면 단순히 충분히 잤기 때문일까. 눈이 부셔 뒤척이다가 잠에서 깨어보니 벌써 10시가 훨씬 넘었고 희미한 빛 속에서 되풀이했던 푸념 따위는 실로 아침 이슬같이 깨끗이 증발해버렸다.

이제 내일로 거짓 출장의 기한도 마지막이 된다. 그때까지 예의 이 계획을 실행에 옮기려면 가면(假面) 실습은 아무래도 오늘 안에 끝내지 않으면 안 된다. 꽤 들뜬 기분으로 가면을 쓰고 외출 준비를 한다. 다소 쑥스러운 듯이 새로 맞춘 옷으로 몸을 감싸고 손에는 반지를 끼고 변장을 끝내고 보니 오히려 꽤나 세련된 모습이었다. 이 모습이 약품으로 얼룩진 옷을 입고 분자방정식을 상대로 밤낮을 보내던 바로 나 자신이라고는 도저히 생각할 수 없다. 왜 그렇게 생각할 수 없는지 이유를 밝혀보고 싶기도 했지만 유감스럽게도 마음이 조급하다. 조급할 뿐만 아니라 나는 너무나 훌륭히 변신한 모습에 기분 좋게 적당히 취해 있었다. 안구 속에서 다시 손가락 두 개 정도 안쪽으로 들어간 곳에서 뭔가 시작을 알리는 듯한 불꽃 소리가 들렸다 안 들렸다 하고 있었다. ……사실 나는 축제를 구경하러 가는 멋쟁이 신사라도 된 듯했다.

이번에는 밖으로 나가는 것도 과감하게 현관을 이용하기로 했다. 처음부터 '동생'이니까 특별히 남의 눈을 피할 필요도 없고 운 좋게 관리인 딸아이를 만날 기회라도 있다면, 그때 요요를 파는 가게가 어디 있는지 알아두고 싶다. 그런 장난감을 어떤 곳에서 팔고 있는지 나로서는 짐작할 수가 없다. 첫 아이가 죽고 이어서 유산되고 나서는 아마도 의식적으로 피하고 있었으리라. 아이들 세계라는 곳과는 완전히 인연이 멀어져버렸다. ……그런데 유감스럽게도 관리인도 그 딸아이도 결국 만나지 못했다.

이렇다 할 목적이 있는 것도 아니어서 우선 요요 찾는 일부터 시작해보기로 했다. 요요 전문점이라 해도 특별히 짐작가는 데가 없어서 백화점 완구 매장을 시작으로 둘러보았다. 요즘 한창 유행인지 어느 매장에서나 꼭 진열대 하나는 요요로 채워져 있고 그 주위에 아이들이 진드기처럼 딱 달라붙어 있었다. 그런 장소에 끼어든다는 것은 정신 위생상 그다지 좋을 것 같지는 않아서 좀 머뭇거렸지만, 그렇다고 해서 그 '비밀 놀이'에 주술 마개를 하지 않을 수 없어서 각오를 단단히 하고 그 작은 진드기들 틈으로 비집고 들어가보았다.

하지만 공교롭게도 사고자 했던 형태의 요요는 찾을 수 없었다. 그러고 보면 그 요요는 색깔도 모양도 그다지 백화점에서 파는 것 같지 않았다. 즉 과자로 말하면 오히려 구멍가게에서나 파는 불량식품 같은 느낌이다. 그곳에서 나와 그럴듯한 가게를 찾으려고 약 한 시간 정도 걸어 다니다가 겨우 역 반대편 뒷골목에서 작은 완구전문점 하나를 찾아냈다.

과연 백화점의 완구 매장하고는 완전히 질이 달랐다. 구멍가게처럼 싸구려 물건만 파는 것도 아니지만 그렇다고 해서 고급품만을 취급하는 것도 아니어서, 그러니까 자기 용돈으로 자기 판단에 맞게 살 수 있도록 좀 큰 애들을 겨냥한 모양이다. 어딘가 모르게 음흉하게 순수함으로 포장된 악의 덩어리 같은 느낌이다. 말하자면 병에 담긴 주스보다도 삼각 팩에 든 색소로 된 설탕물 쪽을 더 좋아하는 아이들의 심리에 겁도 없이 편승한 것이다. 아니나 다를까 찾고 있던 요요가 있었다. 합성수지로 된 갈라진 틈이 있는 둥근 모양을 잡아보면서 나는 문득 빈틈없을 정도로 너무나 뒷골목다운 디자인을 표현해낸 제작자를 생각하곤 그만 쓴웃음을 지었다. 본래 단순한 형태인 만큼 그 과장에는 상당히 미묘한 것이 있다. 자신의 기호(嗜好)에 대해서 어지간히 냉혹하지 않으면 도저히 생각할 수 없는 것이다. 그것은 기호를 없애는 것이 아니라 오히려 내 기호에 모든 의식의 빛을 맞추는 것이다. 자신의 기호를 벌레같이 땅에다 내버리고 구두 뒤축으로 마음껏 짓밟는 것이다. 잔인한 것일까? 당연히 잔인하다. 하지만 자기 의지대로 선택한 것이라면 반대로 세상에 대한 복수의 쾌감이나 옷을 벗고 벌거숭이가 된 듯한 해방감도 있을 수가 있지 않을까. 뭐든지 자기 기호대로 행동하는 것만이 자유가 아니라 기호로부터 도망치는 자유라는 것도 있을 수 있으니까……

그렇다. 새삼 설명할 필요도 없이 이건 나 자신이 처해 있는 입장에서 겪은 감상이기도 하다. 나 역시 타인의 얼굴에 걸맞은 타인의 마음을 만들어내려고 한 발짝 한 발짝 내딛을 때마다 자신의 기호를 짓밟으면서 걷지 않으면 안 되었다. 하지만 이 작업이 상상했던 것만큼 어려운 일은 아니었다. 마치 가면에 가을을 부르는 힘이라도 있는 듯이 낡은 내 마음은 떨어지길 기다리는 마른 잎이 되어, 나는 아주 살짝 손으로 가볍게 나뭇가지를 흔들고 있는 것만으로도 충분했다. 어떤 감상에 젖지 않는 것은 아니었지만 고작 티끌 하나가 눈에 들어간 것같이 벌레에 물렸을 때의 아픔만큼도 느끼지 않았던 것은 차라리 의외였을 정도다. 자아라고 하는 녀석도 어쩌면 그리 운운할 정도로 대단한 것은 아닌 것 같다.

그런데 그렇게 해서 지워버린 낡은 캔버스 위에 도대체 어떤 마음을 그려갈 생각이었을까. 물론 아이들의 우상도 아니거니와 그렇다고 나 자신의 우상도 아니었다. 그것은 내일의 계획을 위한 마음……요요라든가 관광 그림엽서라든가 보석

164

상자라든가 도롱뇽 구이라든가, 이렇게 사전을 찾으면 알 수 있는 명칭으로 부를 수는 없다손 치더라도……행동 프로그램으로서 항공사진으로 작성한 지도만큼이나 명확하게 예정된 것이어야 했다. 뭔가 의미 있는 듯한 암시라면 이미 몇 번이나 되풀이했다. 그러나 그 내용도 결과도 이미 완료된 사건으로서 입에 담고 귀로 듣고 손가락으로 만지기조차 할 수 있는 지금, 새삼 말로 표현하기가 어렵다는 이유로 그런 암시로만 넘어간다는 법은 있을 수 없다. 이 기회에 확실히 말해두기로 하자. 나는 생판 남으로서 당신을……당신이라는 타인의 상징을……유혹하고 범할 생각이었다.

아니 기다려줘……난 이런 걸 쓸 생각은 아니었다……. 쓰지 않아도 알고 있는 것을 되풀이해서 시간을 벌려고 할 정도로 미련이 있는 것도 아니다. 내가 쓰고 싶었던 것은 문제의 요요를 사고 난 뒤, 스스로도 의외라고밖에 생각할 수 없는 기묘한 행동에 대해서다.

그 완구점의 안쪽 삼분의 일 정도는 모형권총으로 장식된 코너였다. 그 중에는 수입품 같아 보이는 것으로 값도 비싸지만 실로 정교하게 만들어진 것이 몇 개 있었다. 손으로 잡아보니 제법 묵직했고 총구를 납으로 막아놓은 것 이외에는 방아쇠나 총알이 나가는 장치 같은 것도 실물과 똑같았다. 언제였던가, 모형 권총을 개조해서 실탄을 쐈다는 그런 신문 기사를 본 기억이 있는데 아마 이런 걸 사용했나 보다…….

그렇다고 하더라도 내가 권총 모형에 푹 빠져 있는 모습을 당신이 쉽게 상상이나 할 수 있을까. 연구소 내의 친한 동료들조차도 아마 어려울 것이다. 아니 이 광경을 실제로 겪기까지는 나 자신조차 전혀 생각지도 못했다.

그래서 가게 주인이 요를 포장해주면서 "좋아하시나보군요. 괜찮으시다면 특별히 빼놓은 게 있는데, 보여드릴까요?" 하며 살피듯이 미소를 지으며 속삭였을 때, 나는 순간 스스로가 나라는 것을 의심하기 시작할 정도였다. 그렇다고 하기보다는 나 자신이 전혀 나답지 않은 반응을 보인 데에 너무 당황해버렸다고 말하는 편이 보다 정확할지도 모른다. 스스로 자각하면서도 당황해한다는 것은 모순인 것 같지만 그것이 바로 가면이 가면인 까닭이었던 것이다. 가면은 나의 당혹감을 무시한 채 토끼 같은 얼굴을 한 가게 주인에게 끄덕끄덕거리며 자신의 실재를 확인하기라도 하듯이 그 빼놓은 물건을 사기 위해 흥정하는 데 열중했다.

그것은 독일제 자동권총인 발터(Walther)사 공기권총이었다. 3미터 거리에서 5밀리미터의 판을 뚫는다는 강력한 것으로 값도 2만 5천 엔으로 꽤나 비쌌지만…… 어떻게 했을 것 같아? 그걸 2만 3천 엔으로 깎아서 사버렸다.

괜찮으시겠습니까? 이건 불법이라서요. 공기권총은 공기총이 아니라 권총으로 취급합니다. 권총 불법 소지는 단속이 심합니다. 제발 아무쪼록 조심하십시오……. 그래도 나는 그 놈을 사버렸다.

정말 우스운 기분이었다. 맨얼굴의 내가 눈에 띄지 않는 창자의 습곡 속으로 숨어들어가 가만히 중얼거려본다……. 이럴 생각은 아니었는데……나는 단지 당신을 유혹할 상대에게 어울리는 사냥꾼의 얼굴이라는 극히 순수한 동기만으로 외향적이고 비조화형의 타입을 골랐는데……이래서는 얘기가 다르다……. 나는 그저 내가 회복하는 데 손을 빌려달라고 부탁했을 뿐이다……. 내키는 대로 해달라고 부탁한 적은 한번도 없다……. 그런 권총 따위를 가지고 도대체 나는 무슨 짓을 저지르려는 걸까…….

하지만 가면이란 녀석은 일부러 주머니 위로 단단한 감촉을 두드려보기도 하면서 나의 당혹스러움을 비웃으며 즐기고 있었다. 하긴 맨얼굴의 물음에 대한 대답은 가면 자신 역시 확실히 알고 있는 게 아니었다. 미래라는 것은 항상 과거의 연산(演算)에 지나지 않는다. 태어나서 아직 스물네 시간밖에 살지 않은 가면에게 내일 무슨 일이 일어날지 행동 예정 같은 게 있을 리가 없었다. 인간의 사회적 방정식이라 함은 요컨대 연령의 함수 그 자체이며 한 살 난 가면이 지니는 가능성은 실로 갓난아이와 같이 너무나 자유로웠다.

그러나 역의 화장실 거울에 비친 검은 안경을 쓴 갓난아이는 주머니에 숨겨둔 것에 대해 뭔가 연상되었는지 너무나 거칠고 도전적이어서 나는 이 연상되는 것을 대수롭지 않게 넘겨야 할 것인지 아니면 두려워해야만 할지, 솔직히 말해서 당장은 아무것도 알 수 없었다.

　자, 어떻게 할까……. 그러나 가면도 뭘 해야 할지 모른 채 수수방관하고 있고, 어떻게 할까가 아니라 오히려 호시탐탐 뭔가를 노리듯이 호기심 가득한 물음이었다. 아무튼 가면으로서는 최초의 걸음이고 나로서는 어쨌든 걷는다는 것 이외에 특별히 계획다운 계획은 갖고 있지 않았다. 우선 세상의 공기에 익숙해지는 것이 먼저 해결되어야 할 문제이므로, 어설프게 밥상을 차렸다가 오히려 위축시켜버리기라도 하면 곤란하다고 위로하면서 손을 잡아준다는 정도로 생각하고 있었다. 하지만 완구점 사건 이후 완전히 주객이 전도되어버렸다. 손을 잡아주기는커녕 방금 석방된 죄수마냥 굶주림에 지친 영혼의 뒤를 어이없어하며 뒤쫓아가는 게 고작인 그런 꼴이었다.

　자, 어떻게 할까……. 가면은 손가락으로 가볍게 턱수염을 쓰다듬으면서 아마도 붕대로 된 복면에 대한 반동처럼 여봐란듯이 얼굴을 들고는 기다렸다는 듯이, 핥듯이, 엿보듯이, 탐욕스럽게, 도전적으로, 확인하듯이, 뭔가 바라듯이, 확신하듯이, 노리듯이, 살피듯이, 좋은 일이 생기길 바라는 사냥꾼처럼……즉 이런 경우 생각할 수 있는 모든 자세를 몇 퍼센트씩 골고루 뒤섞어놓은, 말하자면 주인의 눈을 피해 도망 나온 버릇이 고약한 개 같은 표정으로 자꾸만 코를 실룩거리고 있었다. 이것은 제삼자의 반응에 대해 가면이 그만큼 자신을 가지기 시작했다는 증거이기도 하고, 나도 반은 해냈다는 만족감을 맛보았던 것은 부정할 수 없다.

하지만 동시에 참을 수 없는 불안감도 있었다. 아무리 맨얼굴의 나와 다르다고 하더라도 나는 나인 것이다. 최면술에 걸린 것도 마약을 먹은 것도 아니라서 가면의 어떤 행동에 대해서도……주머니 속에 공기권총을 숨겨놓은 사실에 대해서조차……최종적인 책임을 져야만 하는 것은 결국 바로 나인 것이다. 가면의 인격은 결코 마술사의 실크해트에서 튀어나온 토끼 같은 것이 아니라, 맨얼굴의 문지기로부터 엄격하게 출입을 금지당했기 때문에 그만 의식하지 못한 채 와버린 나의 일부분이다. 그리고 이치상으로는 분명 그대로라고 납득하면서도, 더군다나 그 인격을 전체로서는 떠올릴 수가 없기 때문에 마치 기억상실증에 걸린 것 같았다. 추상적인 자아가 있을 뿐 거기에 내용을 부여할 수 없는 초조함을 상상해주길 바란다. 나는 혼란스런 기분으로 한번은 아무렇지도 않게 제동을 걸려고 한 적도 있다.

—예의 32호 시료(試料) 실패, 테스트 방식에 문제가 있었나 아니면 가설 자체에 무리가 있었나?

우선 연구실에서의 중요 문제를 화제로 해서 내 입장을 떠올리게 하려고 했던 것이다. 어떤 종류의 고분자물질은 압력에 대한 탄성률의 변화가 온도에 대한 변화와 함수관계에 있는 것 같다는 가설을 세워 계속해서 예상한 대로의 실험 결과를 얻어 왔지만, 그것이 최근 32호 시료에서 완전히 뒤집어지게 되어 상당히 심각한 상황에 몰려 있었다.

그런데 가면은 약간 귀찮다는 듯이 눈살을 찌푸렸다. 당연하다고 생각하면서도 한편으로는 역시 자존심이 상한 듯한 기분이 들어서—(장외주—본래 가면은 나를 회복하기 위한 수단에 지나지 않았다. 행랑채를 빌려주고 안방까지 빼앗겼다고 생각하면 도저히 자존심 정도로 우쭐대고 있을 수는 없지만)—그만 대드는 듯한 상태가 되어버렸다.

—그러면 도대체 뭐가 되고 싶단 말야? 그 기분이 되면 너 같은 건 지금 당장이라도 벗겨버릴 수 있으니깐 말야.

그러나 가면은 태연하게 아무 일도 아니라는 듯이 건성으로 흘려버리고,

—알고 있겠지. 어느 누구도 아닌 것 말야. 지금까지 누군가로 있기 위해 온갖 고초를 겪어왔으니까 모처럼 이런 기회를 잡으면서도 다시 누군가가 되다니, 그런 손해 보는 역할은 사양하고 싶은데 말야. 너도 설마 나를 진심으로 누군가로 만들고 싶은 것은 아니겠지. 생각해봤자 어차피 안 되는 일이니까, 뭐 이대로 해보는 수밖에. 저기 봐. 휴일도 아닌데

이렇게 붐비잖아…… 사람들이 모이기 때문에 붐비는 것이 아니라 붐비니까 사람들이 모여드는 거지. 거짓말이 아니래도. 저기 불량배 같은 헤어스타일을 한 학생들, 음탕한 역할로 유명해진 여배우와 똑같이 화장을 한 정숙한 아내들, 뼈만 앙상한 마네킹 인형과 꼭 닮은 유행하는 옷을 똑같이 입은 뚱보 아가씨들…… 아주 잠시 동안 공상이어도 좋으니까, 누구도 아닌 자가 되려고 붐비는 사람들 속으로 섞여 들어가 봐. 아니면 자네는 우리만은 다르다고 주장할 셈인가?

대꾸할 말도 없었다. 있을 리가 없다. 주장한 것은 가면일지라도 가면의 그 주장을 바로 내 머리로 생각했으니까. (지금 당신은 웃고 있겠지? 아니, 그런 기대는 너무 자기중심적이다. 전혀 웃기지도 않은 썰렁한 농담이다. 하지만 그런대로 이 주장에도 어느 정도 일리가 있다는 것을 인정해준다면 한결 기분이 편해지겠지만…….)

말로 꺾인 나는 어쩌면 말싸움에 진 것을 구실로 삼아 그 이상은 대꾸하지 않고 가면이 하고 싶은 대로 맡겨두기로 했다. 그러자 가면은 금방 아까 권총에 관한 일에도 굉장히 대담한, 그러나 무인칭(無人稱)의 존재 치고는 의외로 논리 정연한 계획을 세워준 것이다. 점심식사를 마치고 나서는 아무튼 일단 우리 집 근처까지 어떤 모습인지 보러 가보자는 것이다. 아니, 우리 집 모습이 아니라 나 자신의 모습이다. 드디어 내일로 예정되어 있는 유혹하는 자의 시련에 과연 어디

까지 견뎌낼 수 있을지. 하다못해 우리 집을 들여다보면서라
도 시험을 해보자는 것이다. 내심 바라면서도 말로 꺼낼 수
가 없었기 때문에 이러니저러니 할 것 없이 찬성해버렸다.

(덧붙임—특별히 점수를 따려는 생각은 아니지만 나도
정말이지 어리숙한 사람이라고 생각한다. 마치 지동설이
라 생각하면서 천동설을 논하고 있는 것 같다. 아니 어리
숙하다는 죄를 결코 가볍게 생각하고 있지는 않다. 여기서
부터의 일은 생각만 해도 온몸에 털구멍이라는 털구멍에
서 치욕이라는 벌레가 꿈틀거리며 기어 나오는 것만 같다.
다시 읽는 것이 치욕이라면 이것을 당신이 읽고 있다는 것
을 상상하는 건 그 몇 배나 더 치욕스럽다. 나도 지동설이
옳다는 것 정도는 너무나 잘 알고 있었지만……분명 나는
자신의 고독을 너무 과장되게 생각했던 것이다……. 인류
전체의 고독을 합친 것보다도 더 클 정도라고 생각해
서……적어도 분노의 표시로 다음 노트부터는 비극을 암
시하는 듯한 문구는 싹 지워버리고 싶다.)

회색노트

늘 타고 다녔던 교외 전차는 고작 닷새 만인데도 마치 5년 만에 경험한 듯한 신선함으로 넘쳐 있었다. 무리도 아니다. 나는 눈을 감고도 헤매지 않을 정도로 아주 잘 아는 길이라 할지라도 가면에게는 난생 처음 가는 길이었으니까. 만일 가본 듯한 느낌이 든다면 그것은 이 길이 분명 태어나기 전부터 품어왔던 태내에서의 몽상이었기 때문일 것이다.

그렇다. 실제로 그런 식이었다……. 전차 창문으로 보이는 허연 수염을 드리운 고대의 유적 같은 구름조차 확실히 언젠가 본 기억이 있다……. 가면의 심장은 소다수로 씻겨져 작은 기포가 몽글몽글 그 표면을 뛰어다니고 있다……. 축축하지도 않은 이마를 반사적으로 손등으로 닦고는 깜짝 놀라서 주위를 둘러보아도 누구 하나 그런 실수를 눈치 챈 사람은 없다……. 타인과의 거리는 그렇게 제자리에서 자연스러운 거리가 유지된 채 나는 정확하게 그 패거리 속에 들어갈 수 있었다……. 갑자기 웃음이 나왔다. 적진으로 진입할 때와 같이 패기 넘치는 기분은 어느새 귀향할 때의 부드러움으로 바뀌고, 죄를 지은 것 같은 찝찝함은 어느새 재회의 그리움으로 바뀌어……제멋대로다. 마치 겨우 금식에서 자유로워진 위장병 환자같이 나는 당신의 하얀 이마에, 손목 안쪽의 연한 분홍빛 화상 입은 자국에, 고둥 조개 같은 뒤쪽 복사뼈에, 전차의 진동에 맞춰 수염다발 같은 촉수를 힘껏 찌르기 시작했다.

너무 당돌했나? 그렇게 생각해도 어쩔 수 없다. 가면에 취한 나머지 헛소리를 한다고 해도 그걸 부정할 수 있는 근거는 어디에도 없다. 확실히 이 수기에 당신에 관해서 이런 식으로 쓴 것은 이것이 처음일 것이다. 하지만 그것은 결코 당신을 정기예금 통장 따위로 만기가 될 때까지 맡겨둬 버리겠다고 생각했기 때문이 아니라, 오히려 나한테 그런 자격이 없다고 생각했기 때문이다. 얼굴 없는 괴물이 당신의 육체를 논하는 것은 개구리가 새의 노래를 논하는 것보다도 더 우스울지도 모른다. 나를 상처 입히고 나아가서는 당신을 상처 입히게 될 것이다……. 그런데 가면에 의해서 그 주술이 풀렸단 말인가? 그것은 물론 보다 더 큰 난관이기도 하다. 하지만 그 문제에 대해서는 앞으로 다시 지겨울 정도로 대결하게 된다. 그때까지 기다려도 별로 늦지는 않을 것이다.

슬슬 일찍 퇴근하는 사람들이 몰려올 시간이라서 전차는 꽤 붐볐다. 약간 몸을 돌리면 녹색 코트를 입은 젊은 여자의 엉덩이가 내 허벅지에 닿았다. 권총을 눈치 채지 못하도록 하려고 몸을 비틀자 더 심하게 닿았다. 그래도 여자가 별로 피하려고도 하지 않아서 나는 그대로 두기로 했다. 전차의 진동을 따라서 접촉이 심해진다 해도 그 이상 떨어지지는 않을 것 같다. 여자의 엉덩이가 딱딱해졌다 부드러워졌다 하면서 그저 오로지 계속해서 자는 척하고 있었다. 두근두근 주머니 속의 권총 끝으로 여자의 엉덩이를 찔러보면 어떤 일이 벌어질까 하고 여러 가지 공상을 즐기고 있는 동안 어느새 내릴 역에 도착했다. 내리면서 보니 뒷모습의 헤어스타일만큼 젊지 않아, 심각한 듯한 표정으로 그저 플랫폼 밖의 광고 간판을 뚫어져라 쳐다보고 있었다……. 아니 특별히 그 이상의 의미가 있었던 건 아니다. 단지 내가 가면을 쓰고 있지 않았다면 도저히 이렇게 되지는 않았을 거라 생각했기 때문에 그것을 말해두고 싶을 뿐이다.

(덧붙임─아니 이 부분에서는 말투에 솔직함이 빠져 있다. 솔직하지도 않거니와 정직하지도 않다. 당신에 대한 배려의 마음이 작용한 것일까. 그렇다면 처음부터 아예 언급하지 않는 게 좋았다. 단지 가면의 효용을 알리려는 것뿐이라면 이렇게 치한 같은 행동을 고백하는 데 열 줄이든 스무 줄이든 허비할 필요는 없을 것⋯⋯그래서 정직함이 결여되어 있다고 한 것이다.

임시방편적인 속임수를 쓴 덕분에 하마터면 진의를 전할 수 없었을 뿐 아니라 오해의 고통마저 겪을 뻔했다. 특별히 정직을 내세우겠다는 속셈은 없다. 접촉할 만한 필연성이 있어서 접촉한 것이므로 숨김없이 그 진의를 전부 드러내 보이겠다는 것뿐이다. 통념상으로 보면 그것은 흔해빠진 파렴치한 행위로 기껏해야 참회의 발단 정도밖에 안 되지만 가면의 행위로 볼 경우, 이 뒤로 이어지는 내 행위를 해명하는 데에도 극히 중요한 열쇠가 되리라고 생각한다. 단적으로 말해서 그때 나는 발기하기 시작했다. 간음이라고까지는 말할 수 없을지도 모르지만 적어도 정신적인 자위행위이기는 했다. 역시 당신을 배신한 것일까? 아니 배신이라는 말을 그렇게 싸구려 취급하고 싶지 않다. 그렇게 말하면 얼굴에 거머리가 소굴을 만들기 시작한 이후 나는 줄곧 당신을 배신해온 셈이 된다. 더 이상은 보기 괴로워서 당신이 읽고 싶은 생각이 없어지지는 않을까 겁이 나서 일부러 언급하지 않았지만, 적어도 내 생각의 70퍼센트까지는 성적(性的) 망상으로 차 있었다. 행동으로는 드러내지 않았지만 나는 정말로 잠재적인 성범죄자인 것이다.

흔히 섹스와 죽음은 깊은 관련성이 있다고 하지만, 그 참뜻을 안 것도 역시 그 무렵이었다. 그때까지 나는 섹스의 극한이 죽음을 암시할 만큼 자기몰락적이라고 할 정도의 얄팍한 해석밖에 하지 않았는데, 얼굴을 잃고 생매장 상태로 내몰리고 나서야 비로소 지극히 현실적인 의미를 깨달았다. 겨울을 앞두고 수목이 그 종자를 완성하듯이,

시들기 직전에 조릿대가 그 열매를 영글게 하듯이, 섹스라는 것은 인류적 규모로 죽음과 사투를 벌이는 것과 같았다. 따라서 특정 대상이 없는 치한 같은 섹스의 표현은 즉 죽음을 눈앞에 두고 있는 개체의 인류적 회복을 간절히 바라는 것이라고도 할 수 있지 않을까. 그 증거로 전쟁터의 모든 병사들은 확실히 치한으로 변한다. 만일 시민들 속에 치한의 수가 늘어나고 있다면 도시, 또는 국가 자체가 그 내부에 대량의 죽음을 안고 있다는 증거가 될 것이다. 사람이 죽음을 잊을 수 있을 때, 섹스도 비로소 대상이 있는 사랑으로 바뀌고 인류의 안정된 재생산도 보증받게 되는 것이다.

그 전차 속에서 가면의 행위는 나도 상대방도 너무나 고독했음에 틀림없지만, 내 분류법에서 본다면 치한에서 사랑으로 옮겨가는 과도기적 단계에 있는, 말하자면 치한적 연애 상태에 있었던 건 아니었을까 하는 생각이 든다. 가면은 아직 완전하게는 생명을 얻지 않았지만 그럭저럭 반 정도는 생명을 얻어 살기 시작했다고 볼 수 있다. 그 상태로는 당신을 배신하기는커녕 아직 배신할 만한 능력조차 없다. 내 프로그램에 의하면 가면이 완전하게 살아갈 수 있는 것은 당신과의 만남이 성공한 이후에 비로소 가능한 것으로 예정되어 있다.

그래서 이 덧붙임에 결론을 덧붙이면 그것은 아마도 이

렇게 된다. 가면 덕분에 극단적인 성범죄자적 충동으로부
터는 어렵게 벗어날 수 있었지만 여전히 준치한이라는 것
에는 변함이 없다. 그러나 그 치한적 요소가 나로 하여금
당신을 향하도록 했다는 것은 아니라는 사실이다. 오히려
그곳에서 벗어나려는 충동이었다고 확신한다. 그래서 그
러기 위해서라도 어떻게 해서든지 당신은 내 가면을 사랑
해주지 않으면 안 되는 것이다.)

　모처럼 가면은 쑥쑥 자라고 있다. 무슨 일이든 경험시켜서
나쁠 것이 없다는 생각에 역 공중화장실에서 소변을 보았다.
상점가를 피해서 뒷골목으로 가기로 했다. 생선 가게 앞 같
은 데서 불쑥 당신을 만나기라도 하면 난처하리라 생각했기
때문이다. 아직은 어떤 돌발 사태에도 견딜 수 있을 만큼의
자신은 없고, 게다가 가면과 당신과의 만남의 발단만이라도
계획대로 진행시키고 싶었다. 그렇지 않아도 나는 꽤나 흥분
해 있었다. 까닭도 없이 다리가 꼬여 편평한 지면인데도 넘
어질 뻔하곤 한다. 후끈후끈 달아오르기 시작한 가면 안쪽의
열기를 식히려고 개처럼 입으로 숨을 헐떡이면서 나는 주문
을 외듯이 몇 번이나 되풀이했다. ─어때? 여기는 처음 와보
는 곳인데…… 보는 것 듣는 것 모든 것이 새롭다……. 이제
부터 보이는 건물도 만날지 모르는 사람도 그야말로 모든 것
이 처음인 것이다……. 만약 기억과 겹쳐지는 것이 있다 하

더라도 그것은 착오든가 우연의 일치든가 그것도 아니면 꿈 속에서 본 환영에 지나지 않는다. …… 봐, 맨홀의 깨진 뚜껑 도…… 페인트를 반쯤 칠하다가 만 방범등도…… 일년 내내 하수구의 더러운 물이 넘쳐나 웅덩이가 파여 있는 길모퉁이 도…… 도로로 뻗어 나온 큰 느티나무도…… 그리고…… 그 리고…….

그리고 입 속에 있던 모래를 뱉듯이 하나하나의 색과 모양 을 기억 속에서 떨쳐버리려고 애썼지만 역시 마지막에 어쩔 수 없이 남는 게 있었다. 바로 당신이다. 나는 열심히 가면에 게 타일렀다. 당신은 생판 남이거든. 그녀와는 내일 만남이 첫 대면으로, 아직 본 적도 들은 적도 없거든. 자, 그런 인상 같은 건 어딘가로 깨끗이 내팽개쳐버리는 거야! 하지만 주위 풍경이 기억 속에서 투명해져서 멀어지면 멀어질수록 당신 의 모습만큼은 오히려 선명하게 떠올라버려서 어떻게 해볼 도리가 없었다.

결국 나는…… 물론 가면도…… 당신의 영상을 축으로 해 서 마치 불빛을 찾아다니는 나방같이 몇 번인가 우리 집 앞 을 지나가면서, 그것을 둘러싼 직사각형의 한 획을 지치지도 않고 계속해서 빙글빙글 돌았다.

그래도 동네 아줌마들은 장바구니를 들고 낯선 통행인은 안중에도 없이 바삐 움직였고, 아이들은 아이들대로 저녁 먹 기 전의 짧은 시간 동안 시간이 부족하다는 듯이 정신없이 노는 데 빠져 있었기 때문에 의심어린 시선을 받을 우려는 거의 없었다. 다섯 번째인가 여섯 번째인가 돌고 집 근처로 접어들었을 때, 가로등 불이 켜지고 갑자기 날이 저물기 시작했다. 수상하게 보이지 않을 만큼 최대한 속도를 줄여서 엿보았더니 보이지 않는 창에서 희미한 빛이 사뿐히 정원으로 떨어져 당신이 집에 있다는 것을 알려주었다. 거실의 불빛이다. 혼자 있으면서도 역시 근사하게 식사 준비를 하고 있는 것일까?

나는 문득 그 거실의 불빛에 질투 같은 것을 느꼈다. 누군가 손님이 와서 나 대신 그곳을 점령하고 있을는지 모른다는 식의 구체적인 것이 아니라, 그저 그곳에는 여느 때처럼 변함없이 거실이 있고 날이 저물면 불이 켜진다는 그 사실 자체에 질투를 느끼고 있었던 것 같다. 여느 때라면 그 불빛 아래에서 식사를 기다리며 석간신문을 보고 있을 내가, 가면으로 얼굴을 가리고 창밖을 서성이고 있지 않으면 안 되는 이 현실이 너무나 부당하여 받아들이기 힘들다는 것을 느끼고 있었다. 내가 없어도 그 빛은 조금도 달라진 게 없다. 태연자약한 거실의 불빛…… 마치 당신과 꼭 닮았다…….

그러자 지금까지 그 솜씨에 그토록 만족하고 그토록 기대를 걸었던 가면이 갑자기 의지할 곳 없는 색 바랜 것으로 여겨졌다. 가면을 쓰고 타인이 되어버린다는, 나로서는 해볼 수 있는 대공연이라 하더라도 결국 한낱 연극에 지나지 않고, 날이 저물어 스위치를 누르면 거실에 불이 켜진다고 하는 그 일상적인 확신 앞에서는, 마치 희미하고도 미약한 그림자에 지나지 않는 것이었다. 당신의 미소를 본 순간에 어이없이 녹아버리는 때 아닌 눈 같은 것은 아닐까.

나는 그 패배감에서 벗어나기 위해 한동안 제멋대로 공상하도록 가면에게 맡겨두기로 했다. 가면답게 다소 무례하겠지만 어쨌거나 숙련된 일상이 공상이나 망상같이 보이더라도 불만은 없었다. 어느 정도의 일은 보고도 못 본 척하기로 해서 그동안 나는 다시 우리 집을 둘러싼 직사각형을 자못 볼일이라도 있는 듯이 순회하기 시작했다.

하지만 그 공상도 가면에게 용기를 주기는커녕 오히려 나와 가면 사이를 갈라놓는 건너기 어렵고 음험한 깊은 도랑이 생기게 되는 결과만 초래하였다.

사슬을 풀면서 동시에 가면이 한 짓은 우선 겁도 없이 우리 집을 향해 들어가는 것이다. 그래서 나는 마치 뚜쟁이 같은 입장에 놓이게 된다. 뒤틀려 어긋나 있는, 지붕이 없는 대문……진흙이 쌓여 소리가 나지 않는 자갈길……페인트칠이 벗겨져 피부병에라도 걸린 듯한 현관……현관 옆에 곧 넘어질 듯이 있는 반쯤 썩은 물받이 통……뭐 쓸데없는 참견이다. 이곳은 타인의 집이다! 초인종을 누르고 한 발짝 물러나 숨을 고르면서 당신의 소리에 귀를 기울이고 있는 동안…… 잠시 후 발소리가 가까워지고 현관 불이 켜지더니 살피는 듯한 당신의 목소리가 들리고…….

아니 이런 이야기를 아무리 자세히 보고해도 소용이 없다. 필요도 없는 데다가 무엇보다 불가능하다. 쓰고는 지우고 지우고는 쓰고, 시간도 순서도 무시하고 제멋대로 갈겨댄 흑판의 낙서 같은 망상……이라기보다는 차라리 공중화장실의 낙서라고 하는 편이 더 어울리는…… 그런대로 제법 문장다운 맥락을 부여하게 되면 오히려 더 우습게 되어버린다. 그 공상이 나에게 준 충격을 이해하는 데 필요한 범위를 한정하고, 두세 장면만 단편적으로 골라내보고자 한다.

자, 그 하나가 속삭이는 듯한 당신의 목소리에 이어지는 첫 번째 장면이다. 경계하듯이 반쯤 열린 문 사이로 얼른 신발을 넣고 억지로 문을 열고 들어가, 돌풍을 들이마시기라도 한 듯이 망연자실해 있는 당신의 코끝에 갑자기 권총을 들이댄다……. 나의 곤혹스러움을 헤아려주길 바란다. 아무리 뭐라 해도 귀여운 구석이라고는 하나도 없다. 가끔씩 당신의 무심한 태도에 초조해지기도 한 적이 있었던 것은 사실이었다 하더라도, 그렇다고 해서 일부러 영화 속 악당 흉내까지 낼 필요는 없다고 생각한다. 유혹하는 쪽이라면 유혹하는 자답게 무언가 좀 더 그럴듯한 구실로 접근할 수는 없었던 걸까. 어차피 공상이므로, 대학 친구인데 옛날 그 시절이 그리워서 들러보았다든가. 빤히 들여다보이는 거짓말이라도 좋으니까 그렇게라도 해주길 바랐다. 이래서는 유혹하기는커녕 마치 협박하는 거 같지 않은가…… 아니면 내 가면에는 처음부터 무언가 복수와도 같은 의도라도 숨겨져 있었던 것일까? 확실히 얼굴과 함께 시민권까지 빼앗으려는 세상의 편견에 대해서는 증오심도 있었고 도전적인 기분도 들었고 당연히 복수의 감정도 작용하고 있었다. 하지만 당신에 대해서는…… 모르겠다……. 그럴 리는 없다고 생각하지만 모르겠다……. 특히 이어서 밀려온 격정으로 내 이성은 완전히 교란되고 판단력마저 잃어버렸다.

그 격정이란, 질투였다. 상상에 기인한 질투 같은 것이라면 이미 몇 번이나 경험한 일이지만 이건 달랐다. 무어라 부를 수 없을 만큼 생생하고도 육감적인 떨림이었다. 아니 꿈틀거린다는 표현이 더 정확할지도 모르겠다. 마비되는 듯한 고뇌의 바퀴가 발끝에서부터 일정한 간격을 두고 점점 기어올라와 머리 위로 빠져나간다. 지네의 발 운동을 상상해보면 얼추 맞을지도 모른다. 확실히 질투란 녀석은 살인조차 범할지도 모르는 짐승 같은 감정이다. 질투는 문명의 산물이라는 이론과 야수들도 지니고 있는 원시 본능이라는 이론의 두 가지 이론이 있는데, 이때의 경험에서 본다면 후자를 택하면 아마도 틀림없을 것 같다.

그러면 도대체 무엇에 대해서 그토록 질투를 느끼지 않으면 안 되었던 걸까— 이것 또한 실로 어이없는 이유라서 정말이지 쓰기가 민망하다. 나는 가면이 당신의 몸에 손을 댔다는 사실에…… 그리고 당신이 의연하게 그 손을 뿌리치며 목숨을 걸고서라도 저항하려 하지 않았다는 단지 그 사실에…… 주위의 색깔이 달라 보일 정도로 눈이 뒤집혔던 것이다. 생각해보면 우스운 이야기다. 당신이 무엇을 하든 결국은 나의 상상 속에서, 게다가 가면이 제멋대로 만들어낸 망상에 불과한 것인데도, 말하자면 스스로 질투의 원인을 만들어내고 또 그 결과에 스스로 질투했던 것이다.

여기까지 자각하고 있을 것 같으면 당장이라도 공상을 중지하든가, 가면에게 다시 할 것을 명령하면 그것으로 끝났을 텐데…… 어째서인지 나는 그렇게 하지 않았다. 안 했을 뿐만 아니라 마치 질투에 미련이 남아 있기라도 한 듯이 오히려 가면을 부추기고 꼬드기기조차 했다. 아니 미련은 아니고 이것 역시 복수였는지도 모른다. 질투의 고통을 가면의 폭행으로 대신하고자 할 생각으로 이번에는 그 폭행에 더욱더 질투심을 일게 한다는, 말하자면 불에다 기름을 들이붓는 식의 악순환에 빠져든 것일지도 모른다……. 그렇다면 그 발단 장면도 역시 잠재해 있던 나 자신의 욕망이었을 것이다. 오히려 가면 탓만 할 게 아니라, 단호하게 직시하지 않으면 안 되는 문제가 있을 것 같다. 그렇다. 어쩌면…… 그다지 내키

지 않는 상상이지만…… 나는 얼굴을 잃기 이전부터…… 나
로서는 아직 다른 사람들처럼 평범한 결혼생활을 하고 있다
고 생각한 그 당시부터…… 이미 당신에 대해서 남몰래 질투
의 싹을 키우고 있었던 것은 아닐까. 짐작 가는 게 없는 것도
아니다. 얼마나 애틋한 발견인가. 이제 와서 그런 사실을 깨
달아도 이미 늦었는데…….

정말 늦어버렸다. 우리 사이를 이어줄 가면은 그저 파렴치
한에 지나지 않았다. 그렇다고는 하지만 이와 반대로 매우
상냥하게 유혹했다 하더라도 지금의 사태에 큰 변화는 없었
음에 틀림없다. 오히려 배출구가 없는 악성 질투에 시달렸을
가능성조차 있다. 그리고 결과는 어쨌든 폭행 같은 상황에
이를 수밖에 없었을 것이다.

당신의 두려움은 이윽고 나 자신도 예기치 않았던 관능의
경련으로 옮겨가고…… 아니 이제 관두자…… 아무리 일상
적 풍경에 대항하기 위한 연기였다고 하더라도 이것은 너무
나 일상적인 범주에서 벗어나 있었다. 똑같은 이탈이라 하더
라도 적어도 이것이 꿈이라면, 이제 비유라는 옷을 우아하게
입을 정도의 여유는 있었지만, 거의 상상력이 결여된 사실적
공상에 지나지 않았다. 이런 판에 박힌 방식은 이제 지긋지
긋하다.

하지만 마지막 광경만은 아무리 판에 박힌 모양이라 하더
라도 입을 싹 닦고 모르는 체할 수 없을 것 같다. 판에 박힌

모양이었을 뿐만 아니라 추악하다는 점에서도 막의 끝을 장식하는 데 어울리게 뛰어났지만, 동시에 나의 다음 행동을 재촉하는 중요한 계기가 되었다……. 나는 권총을 들이대면서 당신에게 어떤 자백을 강요하기 시작한다. 내가 집을 비운 동안 당신이 혼자서 자위행위를 한 적이 있는지 어떤지…… 숨겨도 소용없다. 했다는 것을 알고 있으니까. 그런 참을 수 없는 집요함으로…… 조금씩 조금씩 당신에게 달라붙었다. 인내도 이미 한계에 이르렀다. 이 더러운 망상에도 이제 최후의 일격을 가할 때가 온 것 같다. 어떤 방법으로 따끔한 맛을 보여줄까. 순식간에 나는 뭔가 한마디라도 당신이 대답하는 것과 동시에 가면을 벗어 보이는 것이 가장 좋고, 또 그 방법 외에는 없다고 굳게 믿었다.

하지만 도대체 누구에게 일침을 가한단 말인가…… 가면에게? 나에게? 아니면 당신에게?…… 그 점에 대해서는 아직 그다지 깊게 생각하지 않았다. 생각하지 않았다는 것이 맞다. 내가 일침을 가하고 싶었던 것은 그 어느 것에 대해서도 아니고, 나로 하여금 이곳까지 내몰았던 바로 그 '얼굴'이라는 관념 그 자체에 대해서였기 때문에.

나는 나 자신과 가면이 이렇게까지 분열되어버린 것에 참을 수 없는 황폐함을 느꼈다. 어쩌면 다가오는 파국을 이미 예감하고 있었는지도 모른다. 가면은 그 이름과 같이 어디까지나 나의 거짓 얼굴이고, 내 인격의 본질은 그런 것으로 좌우될 리가 없었음에도, 당신의 눈이 한번 통과한 가면은 아득히 손이 닿지 않는 곳으로 날아가버려 나는 어찌할 바를 모르고 그저 멍하니 바라볼 수밖에 없었다. 이래서는 가면을 만든 의도와는 달리 얼굴이 승리했다는 것을 인정해버리는 것이 된다. 자신을 하나의 인격으로 통일하기 위해서는 가면을 벗어던져버리고 가면극 그 자체에 종지부를 찍을 필요가 있었다.

그렇다고는 하나 가면도 거기까지는 고집을 부리지 않았다. 내 각오를 확인한 순간 쓴웃음을 지으면서 깨끗이 꽁지를 내리고는 거기서 공상을 끝내버렸다. 나도 그 이상 생각을 내달리지는 않았다. 공상 속에서 아무리 기를 써봤자 당장 내일 세운 계획을 포기할 생각이 없는 이상, 결국은 가면과 같은 죄로, 가재는 게 편에 불과했다……. 아니 완전히 죄가 같다는 것은 아니다. 그렇게까지 비굴해질 필요는 없을 것이다. 적어도 내일 계획에는 권총을 들이댄다든가 하는 것은 예정에 들어 있지 않다. 성적인 요소도 없는 건 아니지만 그런 파렴치한 일은 절대 있을 수 없다. 우연히 전차에 같이 타게 된 추상적인 상대라면 몰라도 자기 아내에 대해서 설마 치한이 될 리는 없지 않은가.

마지막으로 집 앞을 지나 담 너머로 거실 창문을 들여다보았을 때, 내가 본 것은 천장에 매달아 말리고 있는 허연 다시마 같은 몇 겹의 붕대였다. 내가 거짓 출장에서 돌아올 예정인 모레를 대비해서 낡은 복면용 붕대를 세탁해놓은 것이다……. 순간 나는 심장이 횡격막을 뚫고 2, 30센티미터나 아래로 떨어진 듯한 기분이 들었다……. 역시 나는 당신을 사랑하고 있었다. 분명 서투른 방식이긴 했지만 사랑하고 있었다는 것에는 변함이 없다. 하지만 그런 방식으로밖에 그 사랑을 확인할 수 없었다는 것은 결코 행복한 일은 아니었다. 수학여행을 못 간 아이처럼 새삼스럽게 명승고적지에 질투를 느끼지 않을 수 없었던 것이다.

(별지 삽입에 의한 덧붙임 ― 장황한 듯하지만 여기서 다시 한번 저 가면의 파렴치한 공상에 대해서 현장 검토를 해보고 싶다. 그것도 지금 와서 되돌아보면 그 공상을 둘러싼 홍정에는 내가 받아들인 그 이상의 의미가 숨겨져 있어서, 추리소설식으로 말한다면 범인을 밝혀내기 위한 열쇠가…… 혹은 사건 전체의 결말이 암시되어…… 모조리 그곳에 나와 있었던 것 같은 느낌이 들기 때문이다.

그렇긴 해도 결말은 결말로서 특별히 정리해서 쓸 생각이다. 늦어도 이것을 쓰고 있는 지금부터 사흘 내에 이 수기를 당신에게 보일 예정이지만, 그 사흘이라는 것은 바꿔 말하면 결말을 짓는 데 필요한 시간을 어림잡아본 것에 지나지 않는다. 따라서 단순히 결말을 추리하는 것만이 목적이라면, 일부러 이런 덧글을 달지 않고 최후 진술에 포함시켜버리면 그것으로 끝나는 것이었다. 수기로서의 결말도 당연히 그편이 좋을 것이다. 내 목표는 좀 더 다른 데 있었다. 변명하려 한 것이 오히려 족쇄가 채워진 꼴이 된 치한의 개념…… 혹은 나와 가면과의 차이점을 강조한…… 것을 적어도 고쳐놓고 싶다. 이미 죄상을 인정했기 때문에 사실을 왜곡하지 않는 한, 나에게도 해명의 여지 정도는 남겨줘도 좋지 않을까.

그날 나는 기껏해야 귀여운 자식에게 여행을 시킨다는 정도의 가벼운 기분으로 가면과 함께 나섰었다. 처음으로 사슬이 풀린 개처럼 까불듯이 감염되어서 나까지 명랑해져 들뜬 기분이었다. 하지만 질투라는 뜻밖의 불청객 덕분에 나와 가면은 당신을 둘러싸고 뜻하지 않은 격렬한 싸움을 벌이지 않으면 안 되는 처지에 놓였다.

그렇다 해도 그 질투는 동시에 당신에 대한 사랑과 집착을 새삼 상기시켰고…… 덕분에 이튿날로 예정됐던 계획은 점점 더 피할 수 없게 되어…… 본의 아니게 나는 가면에게 일시적 휴전을 신청하지 않을 수 없었다.

물론 응어리는 깊이 가시처럼 박힌 채 남아 있었다. 상행선은 한산해서 어디에 앉더라도 창문이 검은 거울이 되어 내 가면을 비추었다. 턱수염을 기르고 묘하게 멋을 부린 옷차림으로, 저녁 무렵인데도 선글라스를 끼고 있는 정체를 알 수 없는 녀석…… 일단은 점잖게 휴전에 응했다 하더라도 응하지 않으면 벗겨버리겠다는 최후통첩을 던지고 난 이후의 일이다. 게다가 녀석은 주머니에 권총까지 감추고 있다. 조금도 방심할 수 없다. 나에게는 가면이 비아냥거리는 웃음을 띠며 이렇게 말하는 것만 같았다.

—뭐 쓸데없는 푸념은 그만둬. 너에게 난 필요악이니까…… 나를 말살할 정도라면 처음부터 아무것도 하지 않는 게 좋았을 것이다. …… 손을 댄 이상, 불평 따위는 하지 마라…… 왜냐하면 손에 넣으려고 하면 미리 그만한 대가를 지불할 각오를 해야 하니까…….

창문을 조금 열어보았다. 촉촉하면서도 매서운 밤바람이 불어왔지만 목덜미와 손바닥만 차갑게 해줄 뿐 필요악 앞에서는 딱 멈춰서 달아오르는 볼에는 닿으려고도 하지 않았다. 심리적으로는 서로 다른 것이 고통이었던 가면이 생리적으로는 너무나 밀착되어 있어서 오히려 꼴도 보기 싫다. 잘못 해넣은 의치라는 것이 바로 이런 것일지도 모르겠다.

하지만…… 이라며 나도 지지 않고 정당화하는 데 여념이 없고…… 그럭저럭 휴전협정이 지켜지고 있는 이상 다소의 구속(예를 들면 질투)을 참기만 하면 당신과의 통로 회복이라는 당면 과제만큼은 어떻게든 이루어낼 수 있을 것 같다. 아무리 뭐라 해도 아내인 당신에게 그런 파렴치한 관심을 가진다거나 할 수는 없지 않을까. 게다가 가면에 대한 기분에 반비례해서 나는 당신에 대해서 깜짝 놀랄 정도로 고분고분해졌다.

그러나 그럴까?—결과는 당신도 이미 알고 있는 그대로이니, 굳이 여기서는 되풀이하지 않더라도…… 문제는 결과만이 아니다……. 자기 혼자만 그런 식으로 특별 취급하는 것에 과연 어느 정도의 근거가 있다는 것일까?

확실히 치한적 행위라는 녀석은 추상적인 인간관계의 성적 측면이라고 말할 수 있을지도 모른다. 너무 멀어서 상상력이 미치지 않는 추상적인 관계에 머물러 있는 이상 타인은 어차피 적이라는 추상적인 대립물이 될 수밖에 없고, 그 중의 성적 대립 부분이 결국 치한적 행위가 된다는 것이리라. 즉 추상적인 여성이 존재하는 한, 남성이 치한이 될 가능성은 피할 수 없는 필연이라는 것이 된다. 흔히 생각하는 것처럼 치한이 반드시 여성의 적은 아니며, 오히려 여성이야말로 치한의 적일지도 모르는 것이다. 그렇다면 치한적 존재는 비뚤어진 성(性)이라기보다는 오히려 현대사회에서 성(性)의 가장 평균적인 형식이라고 생각할 수 있지 않을까.

아무튼 이웃과 적(敵)이 이미 옛날처럼 누구나가 쉽게 알아볼 수 있는 확실한 경계선으로 구별되지 않게 되어버린 것이 현대이다. 전차를 타면 이웃보다도 더 가까이에 수없이 많은 적들이 옆에 딱 붙어서 있다. 우편물로 위장해서 집 안에까지 들어오는 적도 있는가 하면 전파가 되어 세포 속에까지 침투하려고 하는 막아낼 수 없는 적도 있다. 그런 식으로 적의 포위는 이미 일상적인 풍속이 되었고, 이웃 같은 건 사막에 떨어진 바늘만큼도 눈에 띄지 않는 존재가 되어버렸다. 그래서 "모든 타인을 이웃으로"라는 구제(救濟) 사상이 나오기도 했지만, 아무튼 억(億)이라는 단위로 세지 않으면 안 되는 타인. 어디에 그만큼 방대한 상상력이 저장될 수 있을까. 제 분수도 모르고 오르지 못할 나무는 그만 쳐다보고 타인은 적이라고 깨끗이 체념의 경지에 이르는 편이 처세술로서도 합리적이지 않을까. 빨리 고독의 면역체를 만들어버리는 편이 차라리 안전한 것은 아닐까.

그리고 그런 식으로 고독에 식상해버린 인간이라면, 이웃은커녕 아내에 대해서도 치한이 안 된다는 보장은 어디에도 없을 것이다. 내 경우라 하더라도 예외는 있을 수 없다. 가면의 작용에 조금이나마 인간관계의 추상화를 인정한다면…… 그야말로 추상화 그 자체이기 때문에 그런 공상에 젖어들기도 했겠지만…… 거기에서 해결책을 찾으려고 한 내가 자기 일은 뒷전에 제쳐두고 입을 싹 닦고 모른 체할 수는 없지 않은가. 그렇다. 아무리 듣기 좋은 소리를 늘어놓더라도 이런 계획을 세웠다는 것 자체가 이미 치한적인 망상에 지나지 않는지도 모른다.

그렇게 되면 가면의 계획은 나만의 특별한 소망이 아니라 추상화된 현대인에게는 매우 흔한 욕망의 표현에 지나지 않는 것이 되고……또 언뜻 봐서는 아무래도 가면에게 지기라도 한 것 같지만 실제로는 진 것도 그 무엇도 아니고…….

잠깐만! 특별하지 않는 것은 가면의 계획만은 아니었다. 그 가면의 도움을 빌리지 않으면 안 되었던 얼굴의 상실이라고 하는 나의 운명 자체가 예외인 것이 아니라 오히려 현대인에게 공통된 운명이었던 것은 아닐까……과연 굉장한 발견이다. 나의 절망은 얼굴의 상실 그 자체보다도 오히려 자신의 운명에 타인과 공통된 과제가 조금도 없었다는 점이다. 암 환자에 대해서조차 타인과 운명을 같이하고 있다는 점에서 부러움을 금할 수 없을 정도였다. 그것이 그렇지 않다고 한다면……내가 빠져버린 이 구렁텅이가 우연히 입을 벌리고 있던 낡은 우물 같은 게 아니고 세상에 그 소재가 잘 알려져 있는 감옥의 한 방이었다고 한다면, 당연히 나의 절망에도 큰 영향을 끼치지 않을 수 없을 것이다. 내가 무엇을 말하고 싶어 하는지 당신이 모를 리가 없을 것이다. 변성기가 시작된 소년들과 생리가 시작된 소녀들이 자위행위의 유혹을 알고, 그 유혹을 자기 혼자 이상한 병에 걸렸다고 생각하고 있는 동안에 엄습해오는 그 고독한 절망감…… 혹은 누구나가 한번은 경험하는 홍역 같은 것에 지나지 않는 최초의 하찮은 도둑질(비즈라든가, 지우개 자투리라든가 혹은 연필심이라든가)을 자기 혼자만의 수치스런 죄라고 생각하고 있는 동안에 느끼는 그 굴욕적인 절망감…… 운 나쁘게 그 무지(無知)가 일정 기간 이상 계속되면 결국에는 중독 증상을 초래해 정말로 성적 범죄자나 절도 상습자가 될지도 모른다. 그리고 그 함정을 피하기 위해서 아무리 죄의식에 깊이 빠져봤자 전혀 도움이 되지 않는다.

차라리 모두가 똑같은 공범자라는 것을 알고 난 후 고독에서 벗어나는 것이 무엇보다도 효과적인 해결책이다.

그래서인지도 모른다. 그 이후 거리로 나와 잘 마시지도 못하는 술을 마구 마시면서 취기가 돌자 생판 모르는 타인인 이 사람 저 사람들을 마구 끌어안고 싶을 정도로 친근감을 느꼈던 것도─그 정경에 대해서는 바로 뒤에도 쓰여 있어 중복은 피하기로 하고─아마도 그 사람들 속에서 서로가 얼굴을 잃어버린 동지라는 편안함을 흐릿하게나마 느꼈던 탓은 아닐까. 그렇다고 해도 이웃에게서 친절함을 느꼈던 것이 아니라 다가오는 자 모두가 적이라는 너무나도 고독한 추상적 관계로 서로 공감하고 있었기 때문에, 도저히 소설 속의 등장인물처럼 선의라고 하는 따뜻한 전기담요 위에서 강아지처럼 서로 장난치는 장면은 기대할 수도 없었지만⋯⋯.

하지만 지금의 나로서는 이 콘크리트 벽 저편에 똑같은 운명을 가진 자가 죄수의 몸으로 갇혀 있다는 것을 안 것만으로도 큰 발견이다. 귀를 기울이면 옆방의 신음소리가 손에 잡힐 듯이 전해져 온다. 밤이 깊어지기라도 하면 무수한 한숨소리, 중얼거림, 훌쩍이며 우는 소리가 먹구름같이 솟아올라서 감옥 전체를 저주의 울림으로 채운다.

—나 혼자가 아니다, 나 혼자가 아니다, 나 혼자가 아니다⋯⋯.

하루라 하더라도 운이 좋으면 운동이나 목욕을 위한 시간을 배정받아 시선이나 몸짓, 속삭임으로 몰래 운명을 함께할 기회라도 가질 수 있다.

—나 혼자가 아니다, 나 혼자가 아니다, 나 혼자가 아니다⋯⋯.

그 소리들을 합산해보면 이 감옥의 거대함은 아무래도 예삿일은 아닌 것 같다. 생각해보면 무리도 아니다. 그들의 죄명이 얼굴을 잃은 죄, 타인과의 통로를 차단한 죄, 타인의 슬픔이나 즐거움에 대해 이해를 잃은 죄, 타인 속에 있는 미지의 것을 발견하는 두려움과 즐거움을 잃은 죄, 타인을 위해 창조할 의무를 잊은 죄, 같이 들을 음악을 잃어버린 죄, 그러한 현대의 인간관계 그 자체를 나타낸 죄인 이상, 이 세계 전체가 하나의 감옥이라는 섬을 형성하고 있는지도 모른다. 그렇다고 해서 내가 갇힌 몸이라는 점에는 물론 아무런 변화도 없다. 또 그들이 영혼의 얼굴밖에 잃지 않은 데 비해, 나는 생리적으로까지 잃어버렸기 때문에 유폐되었다는 그 정도에도 자연히 차이가 있다. 그럼에도 희망이 느껴진다. 혼자 생매장당하는 것과는 다르게 이 상황에서는 확실히 뭔가 희망을 품게 하는 것이 있다. 가면 없이는 노래할 수도 없고, 적과 싸울 수도 없으며, 치한이 될 수도 없고, 꿈을 꿀 수도 없다는 어중간한 부담감이 나 한 사람의 죄상이 아니라, 서로 이야기를 나눌 수 있는 공통 화제가 되어준 탓일까. 그럴는지도 모른다. 아마도 분명 그러한 것임에 틀림없다.

그런데 그 점에 있어 당신은 어떨까?……내 논리에 문제가 없다면 당신이라고 해서 예외는 아니다. 당연히 찬성하지 않을 수 없다고 생각하는데……물론 당연히 찬성해주겠지……그렇지 않으면 스커트 위를 잡고 있는 손을 뿌리치고 나를 상처 입은 원숭이 같은 입장으로 내모는 일도 없었을 것이고. 가면의 덫에 걸리는 것을 그저 보고 지나쳤을 리도 없으며, 또한 이런 수기를 쓰지 않을 수 없는 상황으로 내몰지도 않았을 것이다. 덕분에 모처럼 능동적이고 조화형인 당신의 얼굴도 결국은 가면에 지나지 않았다는 것이 드러나버렸다. 요컨대 우리는 한통속이었다. 특별히 나 혼자서만 짊어져야 하는 채무는 아니다. 이 수기를 쓴 만큼의 가치는 있었다는 셈이다. 설마 배나무에 던진 돌멩이처럼 아무 반응이 없었다는 것은 아니다. 그 점에 대해서도 아마 당신은 분명 찬성해줄 것이다.

그러므로 쓰는 작업을 업신여겨서는 안 된다. 쓴다는 것은 단지 사실을 문자라는 배열로 옮겨놓은 것만이 아니라, 그 자체가 일종의 모험 여행이기도 하기 때문에. 우체부처럼 정해진 장소만을 돌아다니는 것이 아니다. 위험도 있거니와 발견도 있으며 충족도 있다. 언젠가 나는 쓰는 것 자체에 삶의 보람을 느끼기 시작해서 언제까지나 이렇게 계속 쓰고만 싶다고 생각한 적이 있었다. 그렇지만 이 것으로 결단을 내릴 수 있었다. 세상에서 가장 추악한 괴물이 아득히 멀리 있는 처녀에게 공물을 바치는 듯한 불안정한 자세를 이제는 취하지 않아도 될 것 같다. 사흘간의 예정을 나흘로 늘리고 다시 닷새로 늘리고 시간을 벌려는 행동은 하지 않아도 될 것 같다. 이 수기를 읽어준다면 통로의 복구 작업은 아마도 우리 두 사람의 공동 작업이 될 것이 틀림없다. 끌려가는 자의 노래라고나 할까. 아니 지나치게 낙관하고 있어도 자만할 정도는 아니다. 서로 상처받은 동지라는 것을 안 이상, 서로 위로받고 싶은 마음을 기대한다고 해서 특별히 문제될 건 없지 않을까. 자, 두려워하지 말고 불을 끄자. 조명이 꺼지면 어차피 가면무도회도 막을 내리게 된다. 맨얼굴도 가면도 없는 암흑 속에서 다시 한번 서로를 제대로 확인해보고 싶다. 나는 그 어둠 속에서 분명히 들려올 새로운 선율을 믿으려 하고 있다.)

전차에서 내리자 재빨리 호프집으로 뛰어들었다. 물방울로 흐려진 잔의 감촉이 이처럼 고맙게 느껴진 것도 드문 일이다. 가면으로 얼굴의 피부 호흡이 방해받은 탓일까, 목의 점막이 콧속까지 바싹 말라 있었다. 반 리터를 펌프처럼 빨아올려 단번에 마셔버렸다.

그러자 오랜만에 맛본 알코올은 취기가 도는 것도 평소보다 빨랐다.

당연하지만 가면에는 취한 기색이 안 보인다. 보이지 않는 대신 거머리들이 근질근질하다며 몸부림을 쳤다. 그래도 상관 않고 두 잔, 세 잔 뒤쫓기라도 하듯이 계속 마시는 동안 어느새 근질근질한 가려움의 고비를 넘겼다. 다시 기분에 젖어 청주 한 병을 추가로 시켰다.

그러는 사이에 갑자기 초조함이 사라지고 나는 이상하게도 흥분하여 도전적인 기분이 되었다. 어쩌면 가면까지 취기가 돌기 시작한 것 같다.─얼굴, 얼굴, 얼굴, 얼굴…… 땀 대신에 눈물이 고인 눈을 비비고 가게 안을 가득 메우고 있는 무수한 얼굴을 담배 연기와 소음을 헤치고, 여봐란듯이 째려본다……. 어때 할 말 있으면 해봐!…… 할 말이 없겠지? 있을 리가 없지. 그렇게 술을 마시면서 술주정을 한다는 것 자체가 가면을 존경하고 그리워하고 있다는 증거니까……. 직장 상사를 욕한다든지, 아는 사람의 아는 사람의 아는 사람이 대단한 사람이라고 아무리 자랑해도, 결국은 맨얼굴 이외의 것이 되어보려고 기를 쓰고 있는 것이다…….그렇다 하더라도 어설픈 취기다……. 맨얼굴로는 가면처럼 취하는 것은 절대 불가능하니까……. 맨얼굴로 가능한 게 있다면 기껏해야 취한 맨얼굴이 고작이니까……. 죽을 만큼 엉망으로 취했다 하더라도 겨우 가면의 근사치로, 가면 그 자체는 될 수 없다. 만약 이름이나 직업, 가족, 호적까지도 지워 없애버리려고 한다면 치사량 이상의 독약에라도 의지할 수밖에 없다……. 하지만 가면은 다르다……. 가면이 취하는 방식은 천재적이다……. 한 방울의 알코올의 힘조차 빌리지 않고 완전하게 누구도 아닌 인간이 될 수 있다는 것이다……. 바로 지금의 나처럼!…… 나?…… 아니, 이 녀석은 가면이다……. 이제 방금 맺은 휴전협정도 잊어버리고 또다시 가면이 제멋대로 나왔다……. 그러나 나 자신도 가면 못지않게 취기가 돌았는지 그다지 가면을 나무라고 싶은 생각이 들지 않았다……. 이러면 내일 계획에 책임을 질 수 있을까?…… 그렇게 묻는 목소리에도 그다지 절실한 것이 없고 어느새 가면의 자치권 요구를 받아들인 꼴이 되었다.

　가면은 점점 더 뻔뻔스러워졌다. 끝내는 나를 둘러싼 콘크리트 요새만큼이나 성장해서, 나는 그 콘크리트로 만든 갑옷 속에 완전히 휩싸인 채 중장비를 든 사냥꾼 같은 기분으로 밤거리로 기어나갔다. 총 구멍으로 밖을 내다보니 거리는 마치 불구가 된 들고양이 집 같았다. 누구나가 자신의 잘린 꼬리나 귀, 발목 등을 찾아 헤매고, 무언가 바라듯이 서로 뒤엉켜 탐색하듯 코를 벌름거리면서 돌아다니고 있다. 나는 이름도 신분도 나이도 없는 가면 뒤에 몸을 숨기고 자신에게만 보증된 그 안전함에 우쭐해지는 듯한 기분이 들었다. 사람들의 자유가 불투명한 유리의 자유라면, 나의 자유는 투명한 유리의 자유다. 순식간에 내 욕망은 비등점에 다다르고 지금 당장이라도 그 자유를 현실로 시험해보고 싶어 견딜 수 없다……. 그렇다. 생존의 목적이라는 것은 어쩌면 자유를 소비하는 데 있을 것이다. 사람은 종종 자유를 저장하는 것이 인생의 목적이라고 행동하지만, 결국 자유의 만성적 결핍에서 오는 착각에 지나지 않는 것은 아닐까. 그런 것을 목적으로 한다든지 하기 때문에 우주의 끝 그 건너편을 논하는 데에 빠지게 되고, 수전노가 된다든가, 그렇지 않으면 종교적으로 발광해버린다든가, 어느 한쪽으로밖에 될 수 없는 것이다……. 그렇고말고, 내일의 계획이라 할지라도 그 자체가 목적이 될 수는 없다. 당신을 유혹함으로써 여권의 통용범위를 확장하려는 것이므로, 이것은 역시 일종의 수단이라고 생각한다. 중요한 것은 뭐라 해도 지금이다. 지금 가면의 가능성을 유감없이 활용하는 것이다.

(덧붙임 — 물론 술기운에 하는 억지 이론에 지나지 않는다. 당신에게 사랑을 고백하고는 입에 침이 마르기도 전에 뻔뻔하게도 밀회를 정당화하는 것 같은 그런 뻔뻔스런 이론을 인정해주기를 바랄 생각은 없으며, 또 나 자신도 인정할 생각은 없다. 없기 때문에 지금 이렇게 가면과의 결별을 적고 있는 것이다. 그런데 약간 신경 쓰이는 것은 술이 깨어 있을 때도 분명 이와 똑같은 이론을 당연하다는 듯이 떠벌렸던 것 같은 생각이 드는데…….

"목적은 연구성과에 있는 게 아니라 연구과정 그 자체가 목적이다"……그렇다. 연구자라면 누구나가 당연하다는 듯이 하는 말……언뜻 보기에 관계없는 것처럼 보이지만, 생각해보면 결국 같은 얘길 하고 있는 것 같아서 참을 수 없다. 연구과정이란, 즉 물질에 대한 자유의 소비에 지나지 않는다. 그것에 대해서 연구성과 쪽은 오히려 가치로 환산되고 자유를 저장하려고 재촉한다. 그래서 결국 목적과 수단을 혼동하여, 쉽게 성과만 중요시하는 것을 서로 경고하자는 것이 목적인 것이다. 지극히 옳고 명확한 논리라고는 생각하지만 이렇게 나열해보니, 그 구조는 술 취한 가면의 엉터리 이론과 똑같다. 왠지 석연치 않다. 나는 가면을 초월했다고 생각했는데 사실은 가면을 힘겨워했던 것은 아닐까. 그렇지 않으면 자유라는 녀석은 본래가 소량으로는 충분히 약이 되지만, 기준량이 넘으면 그 즉시 부작용을 일으키는 극약과 같은 것이란 말인가. 당신의 의견을 듣고 싶다. 만약 아무래도 이 가면의 주장을 따르지 않으면 안 된다고 한다면, 모처럼 장황하게 쓴 이전의 가면 감옥설도, 아니 어쩌면 이 수기 전체가 모조리 오해의 산물이었다고 할 수 있을지도 모른다. 설마 당신이 밀통(密通)을 정당화하는 듯한 그런 이론에 찬성하리라고는 생각할 수 없지만…….)

자, 이 넘쳐나는 자유를 어떤 식으로 요리해볼까…….

그 탐욕스러운 모습을 누군가 냉정한 눈으로 관찰한 자가 있다면 꽤나 눈살을 찌푸렸을 게 틀림없다. 그러나 고맙게도 가면은 본래 그 누구도 아니기 때문에 어떻게 생각하든 전혀 아무렇지가 않다. 부끄러워할 필요도 없거니와 변명할 필요도 없다는 이 해방감은 어지간히 기분 좋은 게 아니다. 특히 수치심으로부터의 해방은 나를 귓전까지 거품 내뿜는 듯한 음악 속에 흠뻑 젖어들게 해주었다.

(장외주—그렇다, 이 음악의 회복이야말로 대서특필해 두지 않으면 안 된다. 네온사인도, 가로등도, 하얗게 흐려진 밤하늘도, 스타킹과 함께 신축하고 있는 여자들의 다리도, 잊힌 골목도, 쓰레기통 속의 고양이 시체도, 녹아버린 담배꽁초도 그리고, 그리고, 도저히 말로 다 표현할 수 없는 모든 풍경이 각각 고유의 소리가 되어 울려서 연주하고 있다. 저 음악을 위해서만이라도 나는 그 기대했을 때의 진실을 믿고 싶다…….)

(덧붙임—말할 것도 없이 위의 '장외주'는 그 바로 앞의 '덧붙임'보다도 시간적으로는 앞서며, 아마도 본문을 쓴 직후에 쓴 것임에 틀림없다. 현재 기분으로는 어디에 그런 음악이 있었는지 생각해내는 것도 어려울 정도지만 단지 말소할 만한 확신도 없기 때문에 일단 남겨두었다.)

그러나 가면의 알리바이는 완벽하고 약속한 자유는 무한하다고 하는데, 뭔가 갖고 싶은 듯이 행동하는 자유만으로 만족하는 것은, 마치 갖기 힘든 큰돈을 손에 넣고는 어찌할 바를 모르는 빈털터리 같아서 오히려 보기 딱하지는 않을까. 이미 알고 있는 바다. 술기운에 그 해방감의 취기까지 더해져서 온몸이 욕망의 마디로 둘둘 말려 나는 혹투성이 노목처럼 되었다. 게다가 코끝에 놓인 그 자유는 나이나 지위, 직업

203

이라는 구속의 대가로 지불받은 지금까지의 자유에 비하면 너무나 생생한 것이다. 그저 잠자코 바라보고 있기만 하면 타액이 자기 입을 녹여버릴지도 모른다. 만족은커녕 내 가면은 통로가 딱 벌어져 아귀 입같이 완전히 열려 호시탐탐 사냥감이 다가오기를 기다리고 있다.

단지 공교롭게도 어떤 사냥감을 겨냥해야 할지, 그것이 자유의 소비라 할 만한 사냥감이 되어줄지 그 점은 알 수 없다. 자유를 절약하는 데 너무나 오랫동안 익숙해져 있었기 때문일까. 욕망이 결여되어 있다면 모르지만, 그야말로 온몸이 혹투성이가 되었음에도 우습게도 나는 자신의 욕망을 이론으로 산출해보지 않으면 안 된다.

특별히 훌륭한 욕망 같은 것으로 어깨에 힘주고 있었던 건 아니다. 어차피 알리바이는 보장되어 있고 아무리 파렴치하더라도, 또 부도덕한 것이라 하더라도 그 점은 전혀 상관이 없다. 오히려 맨얼굴로부터의 해방감을 맛보려는 것이어서, 양식(良識)을 빈축시키고, 법에 저촉되는 편이 바람직했던 것이다. 하지만 그 주문에 따라 떠오르는 것이 있다면……주머니 속 공기권총이 무의식중에 유도하고 있었는지도 모른다……. 공갈 협박하거나 노상강도 같은 그다지 눈에 띄지 않는 폭력단의 앞잡이 같은 행위뿐이다. 물론 그런 것이라도 실제로 잘 해치울 수만 있다면 나로서는 큰 공적이 될 것이다. 정체가 폭로되면 그 짜맞춤의 교묘함은 우선 의심할 여지 없이 특종 기삿거리다. 정말로 해볼 생각이 있다면 굳이 말릴 생각은 없다. 아무튼 유사 가면들도 추상화된 인간 관계의 실체를 알려줄 정도의 효과는 있었고, 적어도 울적해 있던 거머리의 한을 풀어줄 수 있으리라.

하지만 위선도 그 무엇도 아닌 종류의 악덕에는 왠지 선뜻 마음이 내키지 않았다. 이유는 너무나 간단한 것으로, 하나는 특별히 본격적인 가면일 필요는 없고 붕대 복면으로도 충분하다는 점. 또 하나는 공갈 협박을 하더라도 그 자체가 목적이라기보다는 오히려 자유를 얻기 위한 자금조달이라는 수단 쪽이 강하다는 점이다. 게다가 나는 출장 여비 중 나머지 8만 엔 정도를 그대로 주머니 속에 넣어두고 있었다. 오늘 밤과 내일 하루 연명해야만 한다면 이것으로 부족하지는 않다. 자금조달이라고 하는 수단은 다급해진 상황이 되고 나서 하면 된다.

그렇다면 수단이 섞이지 않은 순수한 목적이라는 것은 도대체 어떤 것일까. 생각나는 대로 나열해본 불법행위라는 것의 대부분이 재미있게도 합법적이지 않은 소유권의 이동, 즉 금전에 얽힌 것뿐이었다는 사실이다. 예를 들면 그 중에서는 비교적 순수한 정열의 집중이라고 불리는 도박행위……심리학자에 따르면 만성적 긴장의 지속에서 오는 불안을 순간적인 긴장의 폭발로 바꿔놓으려는 도피적 욕망이라고 하지만…… 만일 순수하게 그것뿐이라면 확실히 자유의 소비일지도 모르고, 도피적이든 뭐든 전혀 상관없겠지만…… 하지만 그 순간적 긴장이라 하더라도 거기에서 금전의 거래를 없애버린다면 너무 싱겁지 않을까. 하나의 도박이 다음 도박의 조건이 되고, 그 사슬이 서로 얽혀가서 끝내는 상습적으로 된다는 것 자체가 결국 목적과 수단 사이의 진폭에 지나지 않는다는 사실을 증거로 들고 있다고 생각되지만…… 하물며 사기·횡령·강도·위조, 그 밖에 갖가지 대표적인 범죄로 수단을 포함하지 않는 것들은 생각할 수 없을 것 같다. 법을 무시하고 제멋대로 행동하는 것처럼 보이는 사람들도 실제로는 의외로 결핍 속에서 자유롭지 못한 세계에 사는 사람이다. 순수한 목적이라고 하는 것은 단순한 환상에 지나지 않는 것일까.

전혀 경향이 다른 바람이나 충동도 없지는 않았다. 예를 들어 연구소 자재과의 수위를 협박해서 창고에서 자재를 마음대로 가져와버린다든지, 감리국의 잠긴 캐비닛을 부숴서 실험진행표나 경비감사 서류를 훔쳐낸다든가, 그런 너무나도 나다운 실용적인 바람이다. 이것은 연구소에서 명목상의 독립밖에 주려고 하지 않는 회사에 대한 불만이라는 동기에다 사리사욕이라곤 전혀 없는, 차라리 어린이 대상 연속 텔레비전 영화를 만들고 싶을 정도의 기분 좋은 몽상이다. 하지만 역시 수단이라는 점에는 변함없고, 그것보다도 모처럼 가면이라는 역할을 제대로 살리지 못할지도 모른다. 가면만

이 할 수 있는 일을 만족할 정도로 해내고, 그 생활에 일단
발을 디디고 난 뒤라면(장외주—두말할 필요도 없이 특별한
지장이라도 생기지 않는 한, 나는 이 가면과 맨얼굴의 이중
생활을 언제까지나 계속해나갈 작정이다) 한번 더 다시 생각
해볼 여지가 있었을지도 모르지만…….

　그래도 그렇게 잡다한 범죄 속에서 예외의 가능성을 풍기
는 것이 한 가지 있기는 있었다. 방화다. 방화에도 보험금을
노린다든가 절도 후의 증거인멸이라든가, 명예심에 사로잡
힌 소방대원의 계획이라든가, 분명히 자유를 저축하기 위한
수단에 지나지 않는 것도 당연히 있을 것이다. 또한 그다지
타산적이지 않은 원한에 의한 방화라 하더라도 결국은 동결
되고 빼앗긴 자유를 되찾기 위한 경우가 대부분이지 않을
까…… 하지만 그것을 대가로 얻는 것은 아무것도 없다. 직
접 그 자체로 욕망이 충족되는 것 같은 순수한 방화…… 이
글거리며 타오르는 불꽃이 벽을 핥고 기둥을 비틀어 구부리
고 천장을 가르고 순식간에 구름을 향해 솟아오르자마자 우
왕좌왕하는 구경꾼을 거들떠보지도 않고, 바로 조금 전까지
의심할 여지도 없이 그곳에 존재하고 있었던 역사의 한 조각
을 잿더미로 만들어버리는, 그 극적인 파괴 자체가 영혼의
굶주림을 채워주는 영양제와 같은, 아무것도 섞이지 않은 방
화…… 그런 경우도 있을 것 같다는 생각이 들었다. 물론 정
상적인 욕망이라고는 생각하지 않는다. 속된 말로 방화마(放

火魔)라고, 악마 마(魔)라는 글자까지 붙여서 부를 정도여서 당연히 상식적인 궤도에서 벗어나 있다. 그러나 상식선에 얽매이지 않는 것이 가면이 가면으로 존재하는 연유이므로, 자유의 소비만 보장된다면 정상·비정상에 대해서는 굳이 따질 것이 못 된다.

……그렇다고는 하지만 내가 방화의 충동이 없는 한 어쩔 수 없지 않은가. 뭔가 의미 있는 듯한 간판들이 어깨를 맞대기라도 하듯이 북적대고 있는 큰길 사이의 골목을 누비고 다니면서, 돌연 그곳의 처마 밑이나 저쪽의 모르타르(시멘트, 모래, 물을 함께 혼합한 건축재료의 하나) 틈 사이에서 불을 내뿜는 장면을 떠올려보았지만 도무지 기분이 나아질 것 같은 기미도 없었다. 그렇다고 특별히 두려워하고 있었던 건 아니다. 당신 역시 한번 가면을 써보기만 하면 바로 납득이 되겠지만, 그러한 위반 행위에 대한 억제심이란 녀석은 의외로 의지할 가치가 없고 남을 위한 마음도 없다. 예를 들면, 꽤나 겁이 많은 아이일지라도 얼굴을 가리고 손가락 틈 사이로 보면, 아무렇지 않게 공포영화를 감상할 수 있다. 또한 짙은 화장을 하는 여자일수록 유혹을 당하기 쉽다고 한다. 성적인 유혹뿐만 아니라 상습적으로 물건을 사는 체하며 훔치는 사람들의 경우도 확실하게 통계적으로 입증되어 있다. 질서다, 관례다, 법도다 하며 아무리 거품 물며 외쳐댄들 결국은 맨얼굴이라고 하는 아주 얇은 가죽 한 장으로 지탱하고 있는,

언제 무너질지 모를 모래성에 지나지 않는 것은 아닐까.

…… 그렇고말고, 나는 두려워하지 않았다. 이제 와서 뻔뻔스럽게 꽁무니를 빼봤자 소용없다. 본래부터 가면 그 자체가 파렴치함의 결정체인 것이다. 법으로 금지되어 있지 않다고 하는 것만으로, 가면을 가면으로 쉽게 눈치 채지 못하게 변장하는 것 이상으로 약속을 무시한 행위도 아마 없을 것이다. 요컨대 방화마의 심리는 상상할 수 있어도 내가 방화마는 아닌 것이다. 그러나 모처럼 우연히 찾아온 유일하게 순수했던 목적이 공교롭게도 주문한 물건이 아니자 나도 약간은 불안한 기분이 들었다. 물론 어떻게 해도 달리 적당한 대안이 없으면 역시 어찌할 도리가 없지 않을까. 그래도 아무것도 하지 않는 것보다는 낫다. 혹투성이가 되어 쑤셔대고 있는 이 욕망의 모든 것이 설마 수단이라고만은 생각하지 않는다. 아무리 자유를 절약하는 데에 익숙해져왔다 해도 그건 너무나 비참하다. 아무튼 방화는 일단 유보해두기로 하고…….

잠깐만, 여기까지 쓰다가 생각난 게 있는데, 고의인지 우연인지 몰라도 아주 중요한 것을 빠뜨렸다. 불법 행위로 든다면 당연히 가장 먼저 들었어야 할 또 하나의 악마 마(魔)…… 즉 예의 거리의 악마[길에서 무작위로 순식간에 지나치면서 만난 사람들에게 해를 끼치는 살인마]라고 하는 녀석. 방화마가 순수한 목적의 패거리에 들어가는 것을 허용한다면, 거리의 악마 역시 그 범주에 들어간다고 해도 이상할 게 없다. 방화마만큼 외견상 화려하지는 못하지만 내면적으로는 살인보다 더한 파괴행위란 있을 수 없을 테니…… 그렇다 해도 이 정도의 대표선수를 어째서 까맣게 잊어버린 것일까. 아니 대표선수이기 때문에 그야말로 오히려 깜박 잊어버린 것이 아닐까. 방화조차 썩 마음에 내키지 않았을 정도니까. 그보다 한 수위의 파괴충동으로는 대개 문제가 될 수도 없다고, 처음부터 포기하고 아예 생각의 범주에서 제외한 게 아닐까.

외향적이며 비조화형…… 사냥꾼임을 자처하는 내 가면이 파괴충동이라고 듣고 이도저도 아닌 태도를 취한 것은 아무래도 실체가 드러나는 듯한 이야기였지만, 사실이었기 때문에 어쩔 수 없다. 그러나 자꾸 되풀이하는 것 같지만 결코 겁쟁이는 아니다. 특별히 겁쟁이라는 것을 부정해야 한다고 생각해서 부정하는 것은 아니다. 사실 어디를 어떻게 두드려 봐도 거리의 악마나 방화마는커녕 악마 마(魔)라는 글자 하나조차 나올 것 같지가 않았다……. 그때 가면을 부추기고 있던 천 볼트의 전류와도 같은 것은 어쩌면 그런 파괴충동 같은 것과는 전혀 질이 다른…… 이상하게 끈적끈적하게 들러붙는 듯한…… 도저히 적당한 표현을 찾기 어렵지만, 아무튼 파괴와는 대조적이라고 해도 좋을 듯한 그런 성질의 것이다.

그렇다고는 해도 나의 내부에 파괴충동이 전혀 없다는 것은 과장일 것이다. 나와 같은 고통을 맛보게 하기 위해서 당신의 얼굴 가죽을 벗겨주고 싶다든가, 전 세계 사람들을 장님으로 만들기 위해 시신경을 마비시키는 독가스를 공중에 살포하는 것을 상상해본다든가, 그런 충동에 사로잡혀 있었던 적도 한두 번이 아니다. 분명, 이 수기 속에서도 몇 번이나 비슷한 욕설을 퍼부은 기억이 있다. 의외였지만……그러나 생각해보면……그런 분풀이는 모두 가면이 완성되기 이전의 일로, 완성된 후에는 같은 항의라 하더라도 뭔가 미묘한 변화가 일어난 듯한 느낌이 들지 않는 것도 아니다. 아마도 뭔가 변화가 일어났을 것이다. 일어났기 때문에 가면은 자기의 자유를 좀 더 다른 데에 소비하고 싶어 했다. 단순히 파괴해서 가면에게는 그 범행의 뒷수습을 돕게끔 한다는 정도의 소극적인 것이 아니고……지겹다. 도대체 무얼 말하고 싶은 거지?……사랑이니, 우정이니, 상호이해라느니, 뭔가 그런 고전적 조화라도 바라고 있는 건가?……아니면 적당히 달콤하면서도 끈기가 있어서 포근하게 체온을 느끼게 하는 노점상에서 팔고 있는 솜사탕이라도 빨아 먹고 싶다는 건가?

나는 자기 욕구를 채우지 못하는 갓난애처럼 초조해하면서 어느 커피숍으로 들어가 주먹만 하게 목 속에서 올라오는 욕망의 혹에 닥치는 대로 아이스크림과 냉수를 교대로 부어주었다. 뭔가 하고 싶지만 뭘 하면 좋을지 모르는……이 상태라면 아무것도 하지 말고 끝내버릴까. 하기 싫은 것을 무리하게 해버릴까…… 아무것도 하지 않는 동안에 후회하기 시작한다……. 마치 젖은 양말을 신고 참고 있는 듯한 비참하면서도 질척이는 감촉이다……. 가면 속이 사우나처럼 더워져 코피라도 나올 것 같다……. 이제 슬슬 진지하게 도와주는 편이 좋을 것 같다……. 우습기 짝이 없다는 것도 뻔히 알면서 나는 스스로 자신의 정신분석 의사가 되어 끈기 있게 자신의 욕망을 정리하고 분석하여 추려내어서, 그 혹 속에 쌓여 있는 울적함의 정체를 밝혀내고 이름을 지어주지 않으면 안 된다.

필요하다면 먼저 결론부터 이야기하겠다. 성욕(性慾)이었던 것이다. 웃어버리겠지. 확실히 서두가 거창한 것치고는 너무나 진부한 결론이다. 그렇구나 하고 이해해버리면 나 역시 마음에 집히는 것이 전혀 없지는 않다. 그저 마치 대수학 입문적인 진부함으로 확실한 증거도 없이 응해버리는 것은 뭔가 욕심 부리는 것 같아 참을 수가 없을 것이다. 자존심이라는 녀석은 대체로 양립될 수 없는 것처럼 보이는 파렴치함과 의외로 아무렇지 않게 함께할 수도 있는 것 같다.

자, 이 세 번째 노트도 어느새 얼마 남지 않았다. 그렇게 가면의 시운전에만 매달려 있어봤자 소용없다. 하지만 장황한 것 같지만 가장 순수한 자유의 소비가 사실은 성욕이었다는 이 증거만은 역시 말해두는 편이 좋을 것 같다. 자유의 소비는 아무리 순수해도 그 자체로 가치가 생기는 것은 아니고 ─가치를 말한다면 오히려 자유의 생산 쪽일 것이다─ 또한 내 논리가 절대적으로 옳다고 고집할 생각은 없지만, 아무튼 그 다음날의 내 행동은 모두 이 성욕관(性慾觀)에 이끌려 행해진 것이고, 당신에게 재판의 공정성을 기대한 이상, 나 자신에 대해서도 정직해야만 한다고 생각한다.

심술궂게만 하지 않았다면 가면이 왜 방화나 살인에 등을 돌렸는지, 그 기분을 이해해주는 것도 그다지 어렵지 않다. 우선 첫째로 가면 자체가 세간의 관습에 대한 중대한 파괴행위였다. 방화나 살인이 과연 그 이상의 파괴가 되는지 어떤지 단순한 상식만으로는 대답할 수 없다. 그것을 확실히 해두고자 한다면 내가 내 것과 똑같을 정도로 정교한 가면을 대량 생산하여 보급하기 시작했을 때의 여론을 상상해보는 것이 가장 좋다. 아마 가면은 폭발적인 인기를 얻어 우리 공장은 확장에 확장을 거듭하면서도 매일 조업을 한다 해도 모자랄 것이다. 어떤 인간은 갑자기 소멸하기도 하고, 또 어떤 인간은 동시에 두 사람·세 사람으로 분열한다. 신분증명서는 소용없어지고 수배용 몽타주사진도 아무 쓸모가 없어지고, 맞선용 사진도 찢어버린다. 낯익은 사람과 그렇지 않은

213

사람이 뒤죽박죽되어 알리바이의 관념 그 자체가 붕괴해버린다. 서로 타인을 믿을 수 없을 뿐만 아니라 타인을 의심할 근거조차 잃어버려서 마치 아무것도 비치지 않는 거울을 보고 있는 듯한, 인간관계의 파산상태로 공중에 매달려 있지 않으면 안 된다.

아니, 어쩌면 한층 더 안 좋은 상태조차 각오하지 않으면 안 될 것이다. 누구나가 보이지 않게 된 타인보다도 투명해짐으로써 보이지 않는 불안감에서 벗어나려고 잇따라서 새 가면으로 교환하기 시작한다. 그리고 끊임없이 새로운 가면을 추구하는 습관이 일상화되었을 때, 개인이라고 하는 말은 공중화장실의 낙서에서밖에 볼 수 없는 음란한 글이 되어버리고, 가정이라든가 국민이라든가, 권리라든가 의무라고 하는 개인의 그릇이나 포장 같은 것도 간절한 해설 없이는 이해하기 어려운 사어(死語)가 되어버릴 것이다.

인간은 과연 그런 반복되는 파산을 견뎌내고 그런 무중력상태 속에서도 꽤나 나름대로 새로운 약속을 찾아내고 새로운 습관을 만들어갈 수 있을까? 물론 불가능하다고 단언할 생각은 없다. 인간의 범상치 않은 순응력과 변신 능력의 깊이에 대해서는 이미 전쟁과 혁명으로 점철된 역사가 증명하고 있는 그대로다. 하지만 그전에…… 가면에게 그런 뻔뻔스럽고 거만한 만연을 허용해버리기 전에…… 과연 방역반(防疫班)을 조직하려고 하는 방어본능을 행사하지 않고 끝낼 정도의 대범함이 있는지 어떤지, 오히려 그 점이 문제라고 생각한다. 개인의 욕망으로서는 아무리 가면에게 매혹된다고 하더라도 세간의 관습이라는 녀석이 우선 완강히 바리케이드를 구축해서 저항하는 자세를 취할 것이 틀림없다. 예를 들어 관청에서도, 회사나 경찰서, 연구소에서도 근무 중에는 가면의 사용을 금지한다는 식이다. 나아가 보다 적극적으로 인기배우들이 얼굴의 판권을 주장하고 가면의 자유 제작에 반대하는 운동을 일으키는 일조차도 생각해보지 않으면 안될 것이다. 보다 비근한 예를 든다면 남편은 아내에 대해서, 아내는 남편에 대해서 변함없는 애정을 약속하기 위해서는 별도의 가면을 숨겨놓지 않겠다는 것을 서로 약속하지 않을 수 없다. 또한 상거래 장소에서는 교섭에 앞서 서로 상대방 얼굴의 껍질을 잡아보는 새로운 방식조차 생길지 모른다. 입사시험의 면접장에서는 얼굴에다 바늘을 찔러 피를 흘리게 하는 기이한 관습조차 생겨날지도 모른다. 나아가서는 경찰이 심문할 때 얼굴에 손을 댄 것이 과연 정당했는지 아니면 지나친 행동이었는지가 끝내는 법정싸움까지 가게 되고, 이에 대해서 학자가 연구논문을 발표하거나 하는 경우를 충분히 연상할 수 있다.

그래서 이 즈음이 되면 신문의 신상 상담란에는 가면에 속아서 결혼한 아가씨의— 자신의 가면에 관한 것은 내팽개쳐두고— 푸념이 연일 게재될 것이다. 그러나 그 회답도 막상

막하로 요령부득의 무책임한 것이어서, "약혼 중에 한 번도 맨얼굴을 보이지 않은 불성실함은 물론 비난받아 마땅하다. 그러나 그렇게 말하는 당신도 맨얼굴의 인생관에서 아직 완전하게 해방되지 않은 것은 아닙니까. 속이는 것도, 속지 않는 것도 가면이 가면다운 이유인 것입니다. 이 기회에 당신도 가면을 새로 맞추고 심기일전해서 인생의 새 출발을 하시면 어떠신지요. 서로 어제에 얽매이지 말고, 내일을 걱정하지 않는 자세를 지님으로써 그야말로 모처럼 이 가면 시대를 살아가는 가치도 있을 것이니 말입니다, 운운." ……결국 아무리 속고 또 속아서 그 상황이 화제가 되고 문제가 되더라도 일반적으로는 아직까지 속이는 즐거움을 압도하기에는 충분치 않을 것이다. 모순을 안고 있으면서도 이 단계에서는 여전히 가면의 매력 쪽이 지배적일지도 모른다.

물론 공제액을 정산해본 결과 확실히 손실이 되는 부분도 없는 것은 아니다. 추리소설의 인기 따위는 당연히 초라하게 떨어지고 새롭게 이중·삼중인격을 다룬 가족 소설이 한때 판을 치는 듯이 보이지만 여분의 가면이 일인당 평균 다섯 종류 이상으로 되면, 그것조차 너무 복잡한 줄거리에 이미 독자는 인내성의 한계를 넘어서게 되며 일부 시대소설 마니아의 수요를 충족시키는 이상에는 소설의 존재 이유 그 자체마저 소멸해버릴 가능성도 있다. 소설에 한하지 않고, 본래 가면이 구경거리인 영화나 연극조차 정해진 역할을 등장시킬 수 없기 때문에, 극히 추상적인 암호 같은 것이 되고 일반적인 흥미로 붙잡아두기도 어려워지게 될 것이다.

또한 대부분의 화장품 회사가 도산하고, 미용실도 잇따라 문을 닫고, 광고 대리점은 20퍼센트 이상이나 수입이 줄어들 것이다. 그래서 각종 작가협회는 빠짐없이 가면이 초래한 인간 파괴를 울부짖고, 미용연구가나 일부 피부과 의사들은 일제히 가면이 피부에 미치는 해독에 대한 대논쟁을 펼 것이 틀림없다.

하지만 그런 것이 과연 금주(禁酒)동맹의 팸플릿 이상의 효력을 가질 수 있을지는 매우 의심스럽다. 게다가 우리 '가면제조주식회사'는 이미 전국에 수주·가공·판매망을 지닌 거대한 독점기업으로 성장할 것이고, 불과 한 주먹밖에 안 되는 불평분자의 입을 막는 일쯤은 갓난쟁이의 손을 비트는 정도일 것이다.

문제는 아마도 그 다음 시기에 올 것이다. 가면의 보급이 일단 포화 상태에 이르러, 호기심이나 진귀한 단계가 끝나고, 가면 나름대로의 일상성을 회복할 즈음, 그때까지는 오히려 성가신 인간관계로부터의 해방감으로 한층 더 맛을 내기 위한 양념 정도로 여겨졌던 그 미미한 죄와 악덕의 냄새가 갑자기 너무 발효된 낫토(納豆, 일본의 전통 콩 발효 식품) 같은 자극적인 냄새를 풍기고 새삼 불안을 느끼기 시작하는 시기……축제의 들뜬 기분으로 구경거리 정도로 생각했던 각

양각색의 가장(假裝)놀이가 놀이는커녕 언젠가 나에게도 해를 미칠지 모르는 귀찮은 범죄로 의식되기 시작하는 시기……예를 들면, 타인의 맨얼굴 도용을 전문으로 하는 무허가 업자가 나타나서, 국회의원이 푼돈을 사기 친다든가, 모 유명 화가가 결혼 사기 상습자로 고소를 당한다든가, 시장(市長)이 자동차 강도 용의자로 체포된다든가, 사회당 간부가 마치 파시스트와 같은 연설을 한다든가, 은행 중역간부가 은행 강도로 기소된다든가 하는 식의 정말로 어처구니없는 사건이 빈발하여 처음에는 가설극장 구경거리 정도로 여겨 웃으면서 구경했는데, 문득 정신을 차리고 보니 자신과 똑같이 생긴 타인이 바로 눈앞에서 열심히 소매치기나 물건 훔치는 데 정신이 팔려 있다……. 이런 사태에 언젠가는 직면하게 되리라는 점이다. 그렇게 되면 모처럼의 알리바이도 유죄 증명을 거부하는 대신에 무죄를 입증하는 데도 소용없게 되고 오히려 손발이 휘감긴 듯이 느껴지기 시작하는 것은 아닐까. 남을 속이는 재미도 속는 불안 앞에서는 전혀 그 존재가 드러나지 않을 것이다. 그리하여 그런 회한의 고통을 겨우 침을 발라 묽게 하려는 듯한 기분이 들었을 때, 교사들의 교육목표의 상실—형성해야 할 인격개념을 잃어버렸기 때문에 당연한 일이다—이 반영되어서인지 아이들의 등교가 눈에 띄게 감소되고, 집단적으로 계속해서 부랑화(浮浪化)되고 있다는 소문이라도 듣게 되면, 대부분이 자식을 가진 부모들

일이라며, 손바닥 뒤집듯이 공황과 동요가 일어나고 가면의 유혹을 저주하기 시작할 것이 틀림없다. 당장 유행에 민감한 신문 논설위원들이 가면 등록제도를 제창하기 시작한다거나 하겠지만, 유감스럽게도 가면과 등록제도는 마치 문짝 없는 감옥이 의미를 두지 않는 것과 같은 것으로 서로 상극이다. 등록된 가면은 이미 가면이 아니다. 여론은 여기서 일변하여 사람들은 가면을 벗어던지고 가면 추방을 위해 정부의 개입을 강요한다. 이 운동은 시민과 경찰의 연합이라는 역사상 그 유례를 찾아볼 수 없는 형태로, 가면금지령은 어이없을 정도로 간단하게 실현될 것이다.

그러나 정부가 지나치게 두려워하는 것은 예나 지금이나 다름이 없다. 처음에는 단속이라 하더라도 기껏해야 경범죄 정도로 다룬다. 이러한 소극적인 태도는 오히려 일부 사람들의 호기심을 자극하여 밀조공장과 암거래 조직을 만연시키는 결과를 낳아, 마치 미국의 금주법 시대를 연상케 하는 혼돈의 계절이 다가온다. 그래서 뒤늦게나마 법령 개정이 부득이하게 된다. 가면의 착용은 오직 안면이 눈에 띌 정도로 손상되었다고 인정되는 경우나, 중증의 노이로제 환자에게 치료를 목적으로 의사가 처방하는 경우에 한해서 관계 관청이 허가증을 발행한다는 식으로 마약 수준의 엄격한 취급을 받게 된다. 하지만 서류 위조나 기술자의 매수가 끊이지 않고 어느새 이 특례조차 폐지되어 가면 전문 검사관까지 임명되어 가면은 철저하게 단속 대상이 된다. 그래도 가면에 의한 범죄는 전혀 줄지 않고 여전히 신문 사회면의 꽃일 뿐만 아니라, 결국에는 똑같이 닮은 가면을 마치 제복처럼 뒤집어쓰는 우익단체가 등장하고 정부 요인을 습격하는 불상사가 일어나는 지경에 이르러서야, 법원도 가면 사용은 그 자체만으로도 이미 흉악한 모살죄(謀殺罪)에 필적한다는 견해를 보이고 여론도 이것을 서슴없이 지지하기에 이른다.

(덧붙임 — 술김에 하는 공상이긴 하지만 이 공상은 꽤나 재미있다. 만약 그 단체의 구성원이 백 명이라고 한다면 당원 한 사람 한 사람이 모두가 백 분의 일의 혐의와 백 분의 구십구라는 알리바이를 갖게 되고, 행위는 있어도 수행자가 없다는 궤변적인 결과를 낳는다. 언뜻 상당히 지능적인 범죄로 보이면서도 매우 동물적인 잔인함을 느끼게 하는 것은 무엇 때문일까. 어쩌면 그 범행의 완벽한 익명성 때문으로 생각되지만, 완벽한 익명이라는 것은 완벽한 집단에게 자신의 이름을 희생양으로 바쳐버린다. 그것은 자기방위를 위한 지능적인 장치라기보다는 오히려 죽음에 직면한 개체가 나타내는 본능적인 경향이 아닐까. 마치 적이 침략했을 때 민족 · 국가 · 동업조합 · 계급 · 인종 · 종교 등의 집단이 우선 가장 먼저 충성이라는 이름의 제단을 쌓으려 하듯이. 개인은 죽음에 대해서 항상 피해자

이지만 완벽한 집단에 있어서 죽음은 단지 속성에 지나지 않는다. 완벽한 집단이란 근본적으로 가해자적 성격을 띤다. 완벽한 집단의 예로서 군대를, 완벽한 익명의 예로서 군사를 각각 예를 든다면 우선 이해하기에 그리 어렵지 않을 것이다……. 하지만 그렇게 생각해보면 내 공상에는 다소 모순이 있는 것 같다. 군대 제복 자체를 모살죄와 같은 것으로 판정할 수 없는 법정이 왜 똑같은 가면을 뒤집어쓴 우익집단에 대해서는 그렇게도 엄격한 태도를 취할까. 국가가 가면을 질서에 배반하는 악이라고 보았다기보다, 의외로 국가 자신이 하나의 거대한 가면이며, 내부에 다른 가면이 중복되는 것을 거부했을 뿐이 아닐까. 그렇다면 세상에서 가장 해가 없는 것은 무정부주의자라는 셈이 되겠는데…….)

자, 이런 식으로 무심코 호기심에 끌린다든지 하지 않는 한 가면의 존재 그 자체가 본질적으로 파괴적인 것이라는 점이 확실히 드러난 셈이다. 모살죄에 필적할 정도니 방화마는 물론이고 거리의 악마라고 하더라도 조금도 손색없이 어깨를 견줄 수 있다. 자기 자신이 파괴 그 자체인 듯한 그런 가면이……자기 존재에 의해서 파괴된 인간관계의 폐허 속을 한창 헤매고 있는 중인데도……새삼 유사한 파괴충동 같은 것에 마음이 끌리지 않는다 하더라도 그리 이상할 것은 없

221

다. 아무리 욕망이 혹이 되어서 욱신거린다 해도 파괴는 자기의 존재 그 자체만으로도 이미 충분하다.

생후 사십 시간도 채 안 되는 가면의 젖비린내 나는 구원적인 욕망…… 거머리 소굴을 비집고 막 나온 굶주린 탈옥자의 욕망…… 아직 수갑 자국이 생생한 탐욕적인 위주머니가 우선 달려든다면 도대체 어떤 자유가 있을까…….

아니, 솔직히 말한다면 전혀 대답이 없지는 않다. 본래 욕망이란 녀석은 서로 논하여 이해하는 것이 아니라, 그저 느끼기만 하면 그것으로 충분하다. 점잔 빼지 말고 말해버리자. 즉 저 종족을 위해 희생물이 되고 싶다는 경련과도 같은 충동이었다. 그런 것은 거리에 나선 순간부터 자각이 된다. 무엇을 지금까지 마치 변명이라도 하듯이 가지고 다닐 필요가 있었을까. 가지고 다니면 다소나마 수치스러움을 모면할 수 있을지도 모른다는 계산이었을까? 아니 자꾸 변명하는 것 같지만 새삼스럽게 창피하다는 것에 연연해하지 않았다는 것만큼은 단언해두어도 좋다. 내가 연연해했던 것은 오직 한 가지, 그 욕망 위에 싫어도 당신과의 관계를 생각해보지 않을 수는 없었다는 것이다.

당신과의 관계라는 것은 물론 예의 가면의 파렴치한 공상에 관한 것이다. 무엇을 느끼고 무엇을 바라고 무엇을 시도하고 싶어 하든 모든 게 공상으로 이어지고, 모처럼 잊히고 있던 질투의 독이 다시 숨을 쉬어 혈관 속에서 흐름에 거스르는 운동을 하기 시작한다. 그리고 그것이 다시 내일 계획의 연상으로 이어져갔다고 하더라도 그리 이상할 것은 없다. 이런 상황에 어지간한 가면도 질려버려서 꼼짝달싹하지 못했다. 여하튼 가면의 자유로움은 오로지 타인과의 추상적 관계에 있었는데 이것은 날개 잘린 새나 마찬가지다. 겨우 추방을 모면하고 휴전이 이루어진 가면으로서는 결국 입 다물고 가만히 있을 수만은 없었다.

그래서 가면은 나를 달래어 언제까지 그런 쓸데없는 생각을 하고만 있어서는 가면은커녕 자기 자신까지도 수단화되어버릴지도 모른다…… 얼굴은 아무리 가면이라 하더라도 몸은 여전히 본래 그대로의 나 자신인 것이다…… 자, 눈을 감고 세상에서 빛이 사라져버렸다고 생각하는 게 낫다…… 순간, 가면과 나는 하나가 되어 질투하지 않으면 안 되는 상대 따위는 어디에도 없다…… 당신을 만진 것이 나 자신이라면 당신에게 만져지는 것도 나 자신이며, 망설일 일 따위는 추호도 없는 것이다.

(장외주—생각해보면 제멋대로의 이론이다. 나에게 있어 아무리 동일인이라 하더라도 타인에게 있어서 다른 사

223

람이면 이미 반은 다른 사람이라 할 수 있지 않을까. 우리 황색 인종도 처음부터 황색 인종이었던 건 아니다. 피부색이 다른 인종으로부터 그렇게 명명됨으로써 비로소 황색 인종이 되었다. 그 얼굴 약속을 무시하고 하반신만을 인격의 기점으로 삼는 것은 그야말로 사기나 마찬가지다. 만약 어디까지나 하반신이 같다는 것을 고집할 생각이라면 가면의 치한적 행동에 대해서도 짐작의 여지 없이 나 자신이 책임을 져야 한다. 당신을 향해서는 공상 속에서조차 그토록 겁도 없이 배반에 대해 힐책하고 질투라는 독으로 벌벌 떨게 하면서, 자신의 일이 되는 순간에 순수한 자유의 소비니 뭐니 하면서 그것이 얼마나 당신에게 상처가 되는 것인지는 생각하려고도 하지 않았다. 결국, 질투 그 자체가 권리만을 주장하고 의무는 인정하려고 하지 않는 애완용 고양이 정도밖에 안 되는 것일까…….)

그런 식으로 나를 타이르는 한편, 가면은 전혀 아무것도 느끼고 있지 않은 듯한 멍청한 얼굴로 먼저 일반적인 욕망에서부터 시작하여 점차 각종 체에 걸러서 남겨진 것으로 무슨 일이 있길 바라는 마음 같은 것은 조금도 없다는 것을 나 자신에게 납득시키지 않으면 안 되었다. 그렇다고는 하지만 순수한 의미의 욕망이란 의외로 종류도 적고 단순하다. 게다가 파괴충동을 제외해도 좋다고 한다면 나머지는 그다지 손이

가는 일은 아니었다. 예를 들면, 문득 떠오르는 것들만 이곳에 써본다 하더라도—

우선, 3대 욕망이라고 불리는 식욕, 성욕, 수면에 대한 욕망. 그리고 일반적인 것으로는 배설 욕망, 목마름에 대한 욕망, 탈출 욕망, 소유 욕망, 유희 욕망 같은 것이다. 다소 특수한 것으로는 자살 욕망이나 술·담배·마약 등에 의한 중독성 욕망. 욕망을 다시 넓은 의미로 해석하면 명예욕이나 노동에 대한 욕망 등을 넣어도 좋을 것이다.

하지만 '자유의 소비'라는 첫 번째 거름망만으로도 그 대부분이 걸러져서 떨어져버린다. 실제로 아무리 잠이 마구 쏟아진다 하더라도 그 자체가 목적이 되는 것이란 거의 있을 수 없다. 어디까지나 보다 정신을 차리기 위한 수단에 지나지 않으며, 어떻게 봐도 이것은 오히려 자유의 저장에 속한다. 같은 이유로 배설·갈증·소유·탈출·명예·노동 같은 것도 우선 검토 대상 밖에 두는 게 좋을 것 같다……. 단지 마지막의 노동만큼은 그렇게 가볍게 배설 같은 수단으로 취급해버리면 역시 조심스럽지 못하다는 비난을 피할 수 없다. 분명 그 결과의 산물을 생각한다면, 노동이야말로 모든 욕망 위에 군림해야 하는 것인지도 모른다. 물건을 만들어내지 않으면 역사도 없었을 것이고, 세계도 없었을 것이며, 어쩌면 인간이라는 의식조차 성립될 수 없었을 게 분명하다. 게다가 노동이란 녀석은 노동을 넘어서기 위한 노동이라고 하는 자기 부정을 매개로 하기만 한다면, 그 자체로서도 충분히 목적이 될 수 있다. 게다가 아무리 자기 목적을 위한다고 해도 소유나 명예욕과 같이 보기 흉하지도 않거니와 황폐하다는 인상을 주지도 않는다. 가령 그런 상태에 있었다 하더라도, 세상은 그저 "진지한 녀석이군" 하고 끄덕일 것이다. 그리고 앙심을 품거나 지나치게 책망한다거나 할 걱정은 없다. 아무튼 세상에는 좋은 일로 돈을 벌 수 있는 일이라든가, 돈벌이가 되는 일이라든가, 비싸게 매기는 일이라든가가 있을 뿐이기 때문에⋯⋯.

단지 유감스러운 것은 너무나 축복받은 그런 상태가 가면으로서는 견딜 수가 없었다. 어떠한 형태로든 금지령을 어기지 않으면 모처럼 가면을 쓴 의미가 없어져버린다. '가면만의 자유'는 뭐라 해도 불법행위인 것이다. (당장 나는 연구소 일에 60퍼센트 정도의 만족을 느끼고 있었고⋯⋯ 빼앗기기라도 할 것 같으면 90퍼센트 정도의 미련조차도 생길지도 모른다⋯⋯. 그래도 가면 없이 그런대로 끝내왔다.) 노동을 위한 노동은 첫 번째 거름망에서만은 그럭저럭 빠져나올 수 있었더라도 결국은 이 두 번째 거름망에서 걸러져버리는 운명이다. 미리 말해두지만 나는 가치를 논하는 것이 아니다. 알리바이가 보장된 탈옥수의 눈앞에 있는 욕망을 말하고 있을 뿐이다. 더불어 나머지 욕망 중에 역시 식욕도 이 두 번째 거름망에 걸러질 것 같다. 음식을 먹고 돈을 내지 않는 무전취

식(無錢飮食)은 목적이기보다는 수단이므로 처음부터 문제 삼지 않기로 하고, 배불리 먹어서는 안 된다는 식의 법률에 관한 것을 어딘가에서 들어본 적이 있었다. 금지된 식욕은 전쟁터나 형무소 안이 아니면 좀처럼 쉽게 떠오르지 않는다. 그래도 굳이 찾아낸다면 인육공식(人肉供食)이라는 것일 것이다. 하지만 그것도 식욕이라기보다는 오히려 살인에 덧붙여진 겉치레적인 요소가 강하다. 그리고 살인은 이미 보류로 결정된 것이다.

게다가 자살도 일단 금지 사항으로 되어 있다고는 하지만, 맨얼굴로 할 수 없는 것은 아니었고, 또한 가면은 겨우 '생매장' 되기 직전에 탈출해 나왔다. 여기서 자살할 정도라면 처음부터 아무것도 하지 않는 편이 나았다. 또한 놀고 싶은 욕망도 독립된 하나의 단위로 생각하기보다는 어떤 때는 탈출의 변형이고, 또 어떤 때는 대상이 없는 노동의 일종이라는 식으로, 이미 봐온 복합물로 간주하는 입장을 취하고자 한다. 더구나 중독의 기호에 대해서는 취기와 마찬가지로 요컨대 졸렬한 가면의 모방에 지나지 않기 때문에…… 이상적인 도취 상태에 있던 내가…… 새삼스럽게 문제 삼을 필요도 없는 것이리라.

그럼, 이런 식으로 몇 번이나 거르고 거른 끝에 가장 조건에 적합한 것으로서 최후에 남은 것이 문제의 희생물적인 경련이었다.

그런데 당신은 이 이론을 어떻게 생각할까. 그래, 물론 이것은 핑계다. 결국 그날 밤 나는 순수하게 자유를 소비했다면 성범죄 이외에는 아무것도 아니라는 핑계거리에 다다랐을 뿐, 실제로는 어떤 범죄와도 유사한 행동을 하지 않았다. 내키지 않았던 것도 아니고 기회가 없었던 것도 아닌데 아무튼 실행에는 옮기지 못했다. 그래서 내가 묻고 있는 것도 그저 그 이론에 관한 것뿐이다.

설마 당신의 동의를 얻을 수 있을 거라는 그런 달콤한 기대를 하는 것은 아니다. 아마 당신 눈에는 뭔가 어리석을 정도의 결함이 확실히 비쳤을 것이다. 이미 그 이론의 파탄을 현실로 경험해버렸기 때문에 결함의 존재를 인정하지 않을 수 없다. 그런데 나에게는 그때도 보이지 않았고, 현재까지도 아직 볼 수 없는 상태다. 즉……아마도…… 가면의 강인한 설득에 마지못해 굴복하는 듯한 태도를 취한 것으로, 그것이 사실은 자신의 욕망이라는 것을 스스로에게도 속이려고 한 것은 아닐까.

그러고 보니, 나는 성(性)에 관한 출입금지 표지판을 차버리는 데 매우 망설였던 반면에 비슷한 강도로 처음부터 강하게 끌렸었다. 생각해보면 무리도 아니었다. 나는 되도록이면

만지지 않으려고 애썼지만, 성범죄를 긍정하지 않는 한 가면에게 당신을 유혹하게 하는 계획도 실제로는 성립될 수 없을 것이었을 테니까. 한 번 정도의 유혹이라면 별문제는 없다. 하지만 가면과 당신과의 관계를 지속시켜서 거기에 하나의 새로운 세계를 만들 생각이라면 나는 아무래도 성(性)의 규칙 위반을 사랑하지 않으면 안 되었다. 그렇지 않고서는 어떻게 질투로 뼛속까지 부식시키지 않고, 그런 이중생활에 견뎌낼 수 있었을까. 저 가면의 장황하고도 번거롭기 그지없는 설득도 분명 나의 의식적인 도발 탓이었을 것이다.

그래, 우습게도 그럭저럭 변명다운 확실한 증거가 생기자 나는 순식간에 가면의 욕망에 전적으로 공감해버렸다. 미리 말해두지만 공복이나 갈증같이 성(性) 그 자체에 굶주려 있었던 것은 아니다. 가면이 끌리고 있었던 것은 어디까지나 성(性)의 금지사항을 어기는 일이다. 만일 금지라는 자각이 없었다면 과연 그토록 전율적인 매력을 느꼈을지 의심스럽다. 그리고 그 매력을 직시하고 있으면, 가장 염려스러운 저질투라는 독도 어찌 된 건지 급속하게 그 독성을 잃어가는 듯해서 나는 마치 독을 제거하는 알약이라도 빨고 있듯이 더더욱 치한의 충동에 빠져들고 있었다.

그런 치한의 눈으로 새삼 주위를 둘러보니 마을 전체가 마치 성(性)의 출입금지 표지판으로 둘러싸인 기괴한 성(城)으로조차 보인다. 견고하게 이루어져 있으면 모르겠지만 성채

곳곳이 좀먹거나 못이 빠져 있어서 당장이라도 부서질 듯한 표정을 하고 있다. 울타리라는 울타리가 마치 침입을 기다리고 있는 듯해서 길 가는 마을 사람들 마음을 쑤셔놓고 있으면서도, 정작 가까이 다가가 자세히 보면 좀먹거나 못이 빠진 자국 모든 것이 위장일 뿐, 그 이상은 한 발짝도 다가설 수도 없다. 성(性)이란, 성(性)의 금지란 도대체 무엇인가. 그 위장(僞裝)의 의미를 두고 미심쩍어한다거나, 성채의 유래에 대해 고개를 갸웃거리는 순간 누구나가 치한이 되어버리지 않을 수 없다. 물론 그 자신도 그러한 울타리의 하나에 지나지 않는다. 그렇기 때문에 치한은 자신의 욕망에 고통과 회한의 눈물을 흘리지 않으면 안 된다. 그는 성(性)의 금기를 깰 때, 동시에 자기 자신의 울타리도 짓밟아버린다. 그러나 일단 울타리의 존재에 의구심을 가지는 이상, 그 정확한 유래를 밝혀낼 때까지는 마음이 편해질 리가 없다. 치한이란 대개 일단 수수께끼를 자각한 이상, 어떤 희생을 치르고라도 풀어야만 하는 고지식한 탐구자를 말한다.

그래서 나도 겨우 탐구자 축에 끼여 우선 가장 먼저 한 바(bar)를 들여다보았다. 뭔가 특별한 걸 기대했던 것은 아니다. 좀먹거나 못 빠진 자국을 위장해서 여봐란듯이 간판으로 내걸고 있는 가게로서 약간의 흥미를 가졌을 뿐이다. 게다가 가게 안에서 팔고 있는 것은 알코올이라는 가짜 가면이다. 지금의 나에겐 제격인 장소임에 틀림없다.

예상대로 아주 편안했다. 거짓 빛을 차단한 거짓 어둠⋯⋯ 거짓 미소 아래의 거짓 퇴폐⋯⋯ 꿈속에서처럼 악을 범할 수도 없고 선을 행할 수도 없는 허공에 매달린 욕망⋯⋯ 위선과 위악이 절묘하게 배합된 아말감〔수은과 다른 금속의 합금〕⋯⋯ 자리에 앉자마자 전신의 모공이 열리기 시작하고, 나는 언더락 위스키를 주문하고 곧장 옆자리에 앉은 남색 옷을 입은 여자의 손가락을 만지기 시작했다. 아니, 내가 아니라 가면이 말이다. 여자의 손가락은 땀에 젖어 있는데도, 그 땀은 밀가루를 뿌린 듯이 바삭바삭했다. 물론 여자는 내가 하는 대로 가만히 있었다. 화를 내지 않는 게 거짓말이라면 화를 내는 것도 똑같이 거짓말이다. 무엇을 해도 아무것도 하지 않은 것과 같았고, 아무것도 하지 않아도 모든 것을 한 것과 같은 것이다. 내가 거짓말을 하자 여자도 거짓말을 했다. 여자는 금방 다른 것을 생각하기 시작한 듯했지만, 나는 물론 모르는 척했다. 거머리나 당신이나 그리고 내 맨얼굴에 대한 복수를 위해 오늘 밤 어디 한번 이 여자를 가져볼까. 아니 걱정할 필요 없다. 어차피 여기서는 모든 일이 일어날 수 있는 동시에 결코 어떤 일도 일어나지 않을 테니. 내가 거짓말을 하고 또 여자가 거짓말을 하고, 그러고 나서 무슨 까닭인지 갑자기 여자가 내가 화가인 것 같다는 말을 꺼내 당황스러웠다.

　─왜? 어딘가 화가 같은 면이 있나?

―그게 말이죠. 가장 아무렇지도 않은 듯한 모습을 보시고 싶어 하는 게 화가들 아닌가요?

―역시, 그럴듯하군…… 그러면 화장이라는 것은 보이기 위해서 하는 걸까, 아니면 숨기기 위해서 하는 걸까?"

―그야 둘 다 해당되죠…… 라며 여자는 손톱 끝으로 네모난 과자를 집어 먹으면서…… 어느 쪽이든 결국은 진심이지 않겠어요!

―진심이라?…… 갑자기 마술사의 트릭이 발각되어 기운이 빠지는…… 그런 것은 똥이나 먹어라!

그러자 여자는 쌀쌀맞게 콧잔등을 찡그리면서,

―싫어요. 뻔한 일인데 일부러 그렇게 노골적으로 말 안 해도 되잖아요?……

정말 그렇다……. 아무리 진짜라 하더라도 여기서는 훌륭히 가짜가 되고, 아무리 가짜라 해도 훌륭한 진짜로서 통용되는 것이다. 치한이 되기 바로 직전에 금지된 성채에 찢어진 그림을 그리면서 노는 것이 이런 장소에서의 약속 같은 것이다……. 게다가 더 취하면 가면을 쓰고 있다는 자각조차 위태로운 상황이 될 것 같다……. 손바닥 안에서는 여자의 허벅지가 녹초가 된 듯 하품을 하기 시작했고, 이젠 슬슬 일어나야 할 때인 것 같았다. 결국 아무 일도 일어나지 않았지만 상관없다. 금지된 성채를 직접 손으로 만져보고 그 견고함을 확인한 것만으로도 큰 수확이었다고 생각해야 한다.

싫어도 내일은 당신의 성채에 필사적인 공격을 하지 않으면 안 된다……

그 뒤의 일은 망원경으로 들여다보는 것처럼 원근 감각조차 분명하지 않다. 그러나 술김에 가면을 잡아 벗기는 추태를 보이지도 않았고, 또 택시 운전기사에게는 우리 집이 아니라 아지트 쪽을 제대로 가르쳐주었다. 맨얼굴과 가면과의 거리라는 것은 아무리 정밀하게 맞추어봐도, 또 아무리 강력한 접착제를 사용해도 그렇게 간단하게는 메워지지 않는다. 아주 미세하게 깨어 있는 틈 속에서 나는 밤새도록 당신 꿈을 꾸었다. 그 꿈속에서 나에게 뭔가를 계속해서 간절히 바라고 있었다. 치한의 접근을 경고하고 있는 것 같기도 하지만, 어쩌면 나중에 억지로 갖다 붙인 상상이었을지도 모른다. 그리고 한번은 형무소 꿈도 꾼 것 같다.

다음 날은 정말이지 심한 숙취로 괴로웠다. 얼굴 전체가 부어올라서 욱신거렸다. 돌아온 뒤 뒤처리를 제대로 못해서 접착제가 스며들었는지도 모른다. 세수를 하는 김에 위 속을 비웠더니 어느 정도 편안해졌다. 하지만 아직 10시 전이다. 외출은 3시가 지나서 해도 좋으니, 두세 시간 정도 더 누워 있기로 했다.

지난 1년여에 걸친 노력이 모조리 그 한순간에 걸려 있다고 해도 좋을 정도로 중요한 때를 몇 시간 남겨두고 도대체 이게 무슨 꼴이란 말인가. 스스로도 한심하기 짝이 없어 아무리 이불을 끌어안고 잠들려 해도 도무지 잠을 이룰 수 있을 것 같지 않았다. 그렇게 분위기에 젖어 멍청하게 마셔댔다. 도대체 무엇이 즐거워서 그렇게 까불어댔을까…… 뭔가 생각해내지 않으면 안 될 것이 있는 것도 같지만…… 가면을 쓰고 투명인간이라도 된 듯 거리를 배회하고…… 성채…… 금지…… 그렇다, 나는 치한이 되어가고 있었다……. 고분자화학연구소의 소장 대리라는 것 외에는 완전히 무미건조하고, 이루 말할 수 없이 온순한 바로 내가…… 그렇다. 성채를 넘기 위해서는 어떻게 해서라도 치한이 되지 않을 수 없었던 것이다…….

나는 어젯밤의 인상을 확실히 기억해내려고 두개골 뒤쪽에 남아 있는 취기를 떨쳐버리려고 기를 썼다. 하지만 어젯밤에는 그렇게도 선명했던 치한의 마음이 도무지 돌아와 줄 것 같지가 않다. 가면을 쓰고 있지 않은 탓일까. 분명 그럴 것이다. 가면을 쓰는 순간 순식간에 규칙 깨는 일이 되살아나는 것이다. 아무리 무해한 사람들 사이에서라도 가면에 반응할 수 있을 정도의 범죄자는 반드시 숨어 있게 마련이다. 특별히 모든 배우가 범죄자적 경향을 지니고 있다는 식의 그런 극단적인 사실을 말하는 것은 아니다……. 당장 회사 내 운동회 때마다 가장행렬에 특별한 관심을 표하고 실제로도 발군의 재능을 보이는 것으로 유명한 서무과의 한 계장이 오히려 현실에 매우 만족해하는 보기 드문 낙천가였다는 사실이다……. 그러나 이쪽의 선량한 일상이 저쪽의 범죄 세계에 비해 반드시 안전하지 않다는 것을 깨달았을 경우, 그래도 여전히 그들이 범죄와 무관한 채로 있을 수 있을지…… 의심스럽다……. 매일 부지런히 타임 레코더를 누르고, 인감을 파고, 명함을 주문하고, 직함을 새기고, 저축을 하며, 옷깃의 길이를 재고, 환송회에서는 방명록을 쓰고, 생명보험에 들고, 부동산 등기를 하고, 무더위에는 안부 인사 편지를 보내고, 신분증명서에는 사진을 붙이고…… 그 중 어느 한 가지라도 잊어버리게 되면 순식간에 내팽개쳐질지도 모르는 세상에 살면서 한 번도 투명인간이 되고 싶다고 생각한 적이 없는 사람이 있다는 것은 좀 믿어지지가 않는다…….

그래도 아주 잠깐 동안 살포시 잠이 들었다. 바람이 부는지 덧문이 움직이는 소리에 눈을 떴다. 두통과 구역질은 다소 가라앉은 듯했지만 아직도 개운하지 않다.

목욕물을 데우려고 했지만 공교롭게도 물이 안 나왔다. 수압이 낮아서 이층까지 올라오지 못하는 건지도 모른다. 과감하게 대중목욕탕에 가기로 했다. 가면을 쓸지, 붕대를 감을지 잠시 망설인 뒤에 결국 가면을 쓰고 가기로 했다. 붕대 감은 얼굴이 낯선 손님에게 줄 인상을 생각하면 꺼려졌는데,

가면을 모든 조건에서 시험해보고 싶었다. (가면을 쓰면 역시나 금방 생기를 되찾게 된다.) 지갑을 찾기 위해 윗옷 주머니 속을 더듬자 뭔가 딱딱한 것이 만져졌다. 예의 공기권총과 금색 요요였다. 도중에 관리인 딸과 만날 경우를 대비해서 요요를 비누와 함께 수건으로 싸서 들고 나갔다.

유감스럽게도 그 딸아이는 만나지 못했다. 특별히 뭔가를 예감했던 것도 아니지만, 근처의 목욕탕을 피해서 일부러 버스로 한 정거장 정도 떨어진 옆 동네 목욕탕에 갔다. 방금 문을 열었는지 손님도 적고 탕의 물도 깨끗했다. 탕에 몸을 담그고 남은 취기를 없애려고 뜨거운 것도 꾹 참고 있으려니, 문득 반대편 구석에 검정 셔츠를 입은 채로 들어와 있는 남자가 눈에 띄었다. 그러나 셔츠가 아니라 문신이었다. 빛의 굴절로 인해 잘은 모르겠지만 생선껍질을 뒤집어쓰고 있는 듯한 느낌이었다.

처음에는 되도록 안 보는 척하고 있었지만 막상 신경 쓰기 시작하니까 점점 더 눈을 뗄 수가 없어졌다. 특별히 문신 그림에 신경 쓰인 것이 아니고 문신이라는 행위 자체가 목구멍에 걸려 나오지 않는 누군가의 이름처럼 나를 난처하게 만들어버렸다.

가면과 혈연관계라는 것을 느낀 탓인지도 모른다. 확실히 가면과 문신에는 둘 다 인공적인 피부 변형이라는 두드러진 공통점이 있다. 맨살을 파괴해서 다른 것으로 변모시키려고 하는 의지는 그야말로 둘 다 같은 점이다. 물론 차이점도 있다. 가면은 그 글자 그대로 어디까지나 '거짓'의 얼굴에 지나지 않지만 문신은 그대로 동화해서 피부의 일부가 되어버린다. 게다가 가면은 알리바이를 제공해주지만 문신은 오히려 자신을 돋보이게 하여 과시하고자 한다. 그 점에서는 가면보다도 오히려 붕대의 복면 쪽에 가까울지도 모른다. 아니, 눈에 띤다는 점만 본다면 내 거머리 소굴도 결코 뒤지지 않을 것이다.

그렇다 해도 알 수 없는 것은 그렇게 무리해서까지 도대체 무엇을 과시하려는 것인지……뭐, 그런 것은 자신 역시 대답할 수 없을지도 모르지만……대답할 수 없기 때문에 그야말로 과시할 만한 의미도 있을 것이다……. 본래 괴물이라는 녀석은 수수께끼를 좋아해서 알 수 없는 문제를 내고는 대답 못 하는 자에게 벌금을 우려내는 것을 상술로 삼는 경우가 많다……. 확실히 문신에는 회답을 강요하는 질문을 유도하는 성격이 있는 것 같다.

그 증거로 나 자신도 반드시 답을 찾아내겠다는 듯이 기를 쓰고 있었다. 예를 들어 자신이 문신을 했다고 생각하여 내면에서부터 그 기분을 느껴보기도 했다. 그러자 가장 먼저 느낀 것은 가시처럼 솟아나는 타인의 시선이었다. 이것은 거머리 소굴에서 이미 경험한 것이어서 쉽게 이해할 수 있다. 그리고 나서 차츰 하늘이 멀어져가고……주위에는 한낮의 빛이 반짝이고 있는데 내가 있는 장소만은 해가 완전히 저물어버렸다……. 맞아, 문신이라는 것은 분명 유배당한 사람들의 표시였지…… 죄의 표시였으니 빛조차도 가까이하지 못했다……. 그런데 어찌 된 셈인지 조금도 쫓기는 것 같지도 않고, 찜찜한 기분도 들지 않는다……. 당연하다……. 자진해서 죄의 표시를 자기 몸에 새기고 자기 의지대로 세상으로부터 자기 자신을 매장해버렸으니…… 이제 와서 후회할 이유라곤 전혀 없다…….

남자가 탕에서 나오자 벚꽃에 파묻혔던 무서운 얼굴이 몸을 비틀면서 엿빛 땀을 흘리고, 나는 마치 공범자라도 된 기분으로 그 거절하는 자세를 매우 상쾌하게 느끼고 있었다. 그렇다. 가면과 문신의 혈연관계는 그 형태가 같은 것이 아니라, 맨얼굴의 낯가죽에 그려진 경계선을 기준으로 어느 쪽에 살고 있느냐 하는 점에 있다. 문신의 고통을 견뎌낼 수 있는 인간이 있는 이상, 가면을 견뎌내는 것이 불가능하지는 않을 것이다.

그런데 목욕탕 출구에서 문신을 한 그 남자는 나에게 괜한 시비를 걸었다. 긴 소매 셔츠 속으로 문신이 가려지자 나이도 젊어 보이고 몸집도 작아보여서 훨씬 초라해 보였지만, 그래도 경계의 기색이 항상 몸에 배어 있어 위협하는 기술은 꽤나 능수능란했다.

쉰 목소리로 남자는 내가 무례한 시선을 보낸 데 대해 나무라면서 사과하기를 요구했다. 그렇게 말한 이상 분명 신경에 거슬렸던 모양이다. 요구대로 사과를 해버렸으면 끝날 일이었지만 재수가 없을 때는 될 일도 안 되고, 나는 탕 속에 너무 오랫동안 있어서 그런지 가면 속이 수프같이 끓어올랐고 당장이라도 빈혈로 쓰러지기 일보 직전이었다. 제대로 의미를 생각해보지도 않고,

　—하지만 문신이라는 것은 남에게 보이기 위한 것이 아닙니까?

　말이 끝나기도 전에 남자의 손이 순식간에 날아왔다. 그런데, 가면을 잡으려는 본능도 그에 못지않게 재빨랐다. 첫 번째 일격이 허사로 돌아가자 남자는 더욱 날카로워졌다. 갑자기 달려들어서는 마구 주먹을 휘두르며 틈을 노려 얼굴을 한 방 칠 기세였다. 결국 어딘가의 나무로 된 벽까지 내몰려 상대방 팔인지 내 팔인지—서로 뒤엉켜 있었기 때문에 확실치는 않으나—아무튼 그 어느 쪽인가가 내 턱을 아래에서 위로 비스듬하게 쳐 올리는 순간 쭈르르 미끄러져 가면이 벗겨져버렸다.

　여러 사람 앞에서 갑자기 바지가 벗겨지기라도 한 듯한 충격이었다. 그보다도 상대가 받은 충격도 만만치 않았을 것이다. 보기와는 달리 겁에 질린 듯한 목소리로 알 수 없는 말을 중얼거리며, 마치 자신이 피해자이기라도 하듯이 화난 발걸음으로 재빨리 달아나버렸다. 나는 반쯤 죽은 듯 만신창이가

된 기분으로 땀을 닦고 가면을 고쳐 썼다. 덩달아 떠들어댄 사람들도 있는 듯했지만 도저히 둘러볼 용기는 없었다. 관람석에서라면 실컷 웃을 수는 있지만…… 다음번 외출 때에는 절대로 공기권총을 잊지 않을 것이다.

(덧붙임—그 문신을 한 남자는 물론이고 그 자리에서 덩달아 떠들어댔던 사람들에게 나의 희비극은 도대체 어떤 식으로 보였을까. 아무리 웃어도 그저 웃는 것만으로는 끝나지 않았을 것이다. 분명 평생 잊을 수 없는 기억으로 남을 것이다. 하지만 도대체 어떤 형태로…… 포탄의 파편처럼 심장에 꽂혔는지…… 아니면 눈동자를 때려서 세상의 모습이 일그러지도록 한 건지…… 어느 쪽이든 확실히 말할 수 있는 것은 그들이 두 번 다시는 타인의 맨얼굴에 시선을 고정시키지 않을 거라는 사실이다. 타인은 망령처럼 훤히 보이게 되고 세상은 엷은 안료로 그린 유리그림처럼 홈투성이가 된다. 세상 자체가 가면처럼 믿기 어려운 것으로 보이기 시작하고 말할 수 없는 고독감에 사로잡힌다. 그렇다고 해서 같은 부류의 사람들에게 책임을 느끼거나 할 필요는 없다. 그들이 보고 있는 것이야말로 오히려 진실이니까. 보여지는 것은 가면뿐이며 진실은 직접 눈으로 볼 수 없고 더욱더 깊은 진실을 볼 수가 있기 때문에. 진실이란 녀석은 보는 눈에는 아무리 아프더라도 언젠가

반드시 그만한 보상이 있게 마련이다.

이미 이십 년 이상이나 지난 일이지만 나는 유기된 갓난아기의 시체를 본 적이 있다. 그 시체는 학교 뒤 풀숲에 누워 있었다. 분명 야구공을 주우러 갔다가 우연히 발견했던 것으로 기억된다. 시체는 고무공처럼 부풀어서 전체적으로 약간 붉은 기를 띠고 있었다. 입 언저리가 움직인 것 같아서 자세히 보니 셀 수 없을 정도로 많은 구더기가 입술을 찢으며 우글거리고 있었다. 나는 너무 놀란 나머지 그날부터 며칠 동안 제대로 밥도 먹지 못했다. 그 당시는 그저 잔혹하고 끔찍하다는 생각뿐이었는데 세월이 흐르는 동안 시체도 함께 성장했는지 납세공과도 같은 미끈거리는 피부에 희미한 붉은 기운만이 조용히 비애에 싸여 남아 있다. 이제 와서 굳이 그 시체의 기억에서 벗어나고 싶은 생각은 없다. 오히려 그 기억을 아끼고 있을 정도다. 그 시체를 떠올릴 때마다 나는 인간세계의 감정으로 되돌아오곤 한다. 시체는 플라스틱 이외에도 손으로 만질 수 있는 세계가 있다는 것을 나에게 상기시켜준다. 그 시체는 하나의 세계의 상징으로서 언제까지나 나와 함께 살아갈 게 분명하다.

아니, 특별히 완전한 타인을 위해서 이런 변명을 하고 있는 게 아니다. 지금은 이 염려가 고스란히 당신과도 상관있기 때문이다. 설령 상처가 깊이 느껴져도 아무쪼록 내

말을 믿어주길 바란다. 그것은 상처가 아니라 그저 가면 속을 들여다본 인상으로, 다소 강하게 남아 있는 기억에 지나지 않으니까. 나에게 있어서 어린 시절에 본 시체처럼 분명 당신에게도 이 기억을 아름답게 떠올릴 때가 올 것이 틀림없다.)

외출할 때 상처를 손질한다거나 접착제를 교환한다거나 해서 약간 시간이 걸렸다……. 사실은 도중에 가게에 들러 서 라이터나 수첩, 지갑·가면 전용의 일용품들을 살 생각이었지만…… 곧바로 목적지를 향해서 4시 정각에 역전 버스 정류장에 도착했다. 이곳에서 매주 목요일 당신이 수예강습회에서 돌아오는 것을 숨어서 기다리려고 한다. 슬슬 혼잡해 지려는 저녁 무렵이라, 번화가다운 소음이 김치통 속처럼 주변 공간을 과포화에 가까운 농도로 가득 메우고 있는데도, 어쩐지 나에게는 나뭇잎이 지기 시작하는 숲속같이 기묘하게도 쥐 죽은 듯 조용하게 느껴졌다. 조금 전의 충격이 아직 남아 있어 내 오감을 안쪽에서 압박하고 있었는지도 모른다. 눈을 감으면 강한 빛을 발하는 무수한 별이 모기떼처럼 소용돌이치고 있다. 아마 혈압도 오른 것 같다. 확실히 심한 충격이었다. 하지만 나쁜 일만 있었던 것도 아니었던 것 같다. 굴욕이 일종의 자극 요법이 되어 나를 규칙을 깨는 쪽으로 내몰고 있었다.

번화가에서 약간 안쪽으로 들어간 은행 건물 앞에서 기다리기로 했다. 한 단 정도 높게 되어 있어 내다보기가 좋으므로 약속장소로 이용하는 사람들도 많아 특별히 눈에 뜨일 걱정은 없다. 이쪽에서 찾아내기 전에 눈치를 챌 걱정은 일단 없다. 강습회는 4시까지니까 버스 한 대를 놓쳐도 10분 이내에 도착한다.

그렇다 해도 당신의 수예강습회가 이런 식으로 도움이 되어주리라고는 생각지도 못했다. 나에게 말하라고 한다면, 그런 아무 쓸모없는 일에 몇 년 동안 질리지도 않고 다니고 있다는 것 자체가 여자의 존재에 대한 불확실성을 설명하는 가장 좋은 증명이 되지 않을까. 특히 당신이 단추 만들기에 열중하고 있다는 것은 참으로 상징적일 수밖에 없다. 도대체 지금까지 얼마나 많은 크고 작은 단추를 깎고, 새기고, 채색하고, 갈아왔을까. 단추를 이용해 뭔가를 고정할 것도 아니면서, 꽤나 실용적인 것을 거의 비실용적인 것으로 만들어온 것이다. 아니 특별히 비난하려는 것은 아니다. 사실 나는 한 번도 그것을 반대한 적은 없다. 마음으로부터 축복해주고 싶을 정도다…….

…… 하지만 앞으로는 당신 자신도 주역의 한 사람이며, 그렇게 일일이 시간 경과를 쫓아서 설명을 한다거나 하는 일

도 없을 것이다. 필요한 것은 내 마음의 습곡을 뒤집어서 숨어 있던 기생충의 파렴치한 얼굴을 백일하에 드러내는 일뿐이다. 드디어 세 번째 버스가 도착하고 버스에서 내린 당신은 내가 서 있는 은행 앞을 지나갔다. 그 뒤를 쫓아서 나도 걷기 시작했다. 당신의 뒷모습은 이상하게도 활기에 차 있어 내가 주눅이 드는 것 같았다.

역으로 가는 교차로 신호 덕분에 당신을 따라잡았다. 그런데 여기서부터 역에 도착할 때까지의 몇 분 동안 어떻게 해서든 당신이 이해할 수 있게끔 잘 설득해야만 한다. 무리해서 억지로 할 수도 없고 그렇다고 마냥 시간을 지체할 수도 없다. 미리 갖고 있던 가죽세공을 한 당신이 만든 단추를 아무렇지도 않게 마치 주웠다는 듯이 내밀며 준비해둔 대사를 갑자기 뱉었다.

"이거 떨어뜨리신 거 아닙니까?"

당신은 놀란 기색을 감추려 들지도 않고 그렇게 된 원인을 밝혀내려고 손가방을 들어 올려 안을 살펴보기도 하고, 가방이 잘 여닫히는지 확인해보기도 하면서 도저히 납득이 안 간다는 표정으로 날카로운 시선을 나에게 두었다. 한번 말해버리자 단단히 벼른 이 기회를 놓쳐서는 안 되겠다 싶어 밀어붙이기식으로 다그쳐서는,

"모자에서 떨어진 것 아닌가요?"

"모자?"

"마술사라면 모자 속에서 토끼도 튀어나오게 하잖아요."

정작 당신은 조금도 웃지 않았다. 웃기는커녕 외과의사처럼 싸늘하면서도 날카로운 시선을 줄곧 내 입 언저리에 못박았다. 어쩌면 스스로는 의식하지 못했을지도 모르지만 넋을 잃은 듯한 응시였다. 만약 이 응시가 삼 초 정도 더 지속되었다면, 나는 들킨 게 아닌가 지레짐작을 해서 얼른 도망가버렸을지도 모른다. 하지만 그럴 리는 없다. 내 가면의 성공은 몇 차례의 기회를 통해 증명된 바 있다. 조금 전 문신한 남자처럼 억지로 열어젖힌다거나 아니면 직접 입술을 대본다든가(온도의 차이는 숨길 수 없다) 하지 않는 한 절대로 의심받을 걱정은 없다. 게다가 목소리도 의식적으로 평소보다 훨씬 나지막하게 바꿨고, 안 그래도 인공입술을 여러 번 겹쳐놓아서 하(ハ)행이나 마(マ)행, 와(ワ)행과 같이 입술을 사용하는 음은 완전히 변형되어버렸다.

역시 쓸데없는 걱정을 한 것 같다. 당신은 이내 시선을 돌리고, 여느 때처럼 멀리 허공을 응시하는 듯한 표정으로 돌아갔다. 그런데 그 응시의 눈길을 느끼는 순간 나의 치한은 완전히 꽁무니를 뺀 것 같았고, 만약 당신이 그대로 가버렸다면 나도 이것이 결국은 서로를 위해 최선이라 여기고 미련 없이 깨끗하게 계획을 중지했을지도 모른다. 어쨌거나 아직 한낮의 일인 데다가 당신 앞에서는 가면의 영험함도 다소 그 효력이 떨어지는 것 같았다. 그러나 당신도 순간 주저하고 있었다. 더군다나 우리 주위에는 흘러나오는 생각이 확산하기 전에 가장자리에서부터 빨아들여버리는 탐욕스런 바다 속 원생동물과도 같은 혼돈이 소용돌이치고 있었다. 당신이 한순간 주저함으로써 우리 사이에 생긴 자장(磁場)이 왜곡된 의미를 자세히 물어볼 여유도 없이 나는 그 주저함을 목표로 해서 즉시 준비해두었던 두 번째 대사를 내뱉었다.

(장외주—자장이 왜곡되었다는 표현은 실로 딱 들어맞는다. 아무래도 나는 그 순간 중대한 의미를 어렴풋이 예감하고 있었다. 예감만으로는 자랑도 안 되고 핑계도 안 되지만, 그 예감조차 없이 만약 이곳에 몇 줄이 빠져 있었다고 한다면…… 생각만 해도 끔찍하다……. 나는 둔감한 죄로 인해 골계(滑稽)의 형(刑)을 선고받고, 하는 일마다 매사가 웃음거리가 되어, 이 수기도 가면의 기록이 아니라 단순한 광대의 기록이 되어버릴지도 모른다. 광대도 좋지만 스스로 광대임을 자각하지 못하는 광대는 되고 싶지 않다.)

기억하고 있겠지. 나는 아무렇지도 않게 정말로 몰라서 문득이 그 버스 정류장을 물어본 것이다. 눈치 챘는지 어떤지 모르지만 그 정류장을 택한 이유는 그저 시간을 벌기 위한 수작 같은 것이 아니라, 깊이 생각을 거듭한 연후에 나온 교묘한 함정이었다.

우선 먼저 그 정류장이 같은 계통의 노선으로는 유일하게 역에 접해 있으면서도, 걸맞지 않게 불편하고도 눈에 잘 띄지 않는 위치에 있었던 점. 그 다음으로 지하도를 잘 이용하지 못하면 멀리 있는 육교로 돌아가지 않으면 안 되는 역의 반대편에 있었다는 점. 셋째로 그 지하도의 구조가 꽤나 복잡해서 몇 개나 되는 출입구의 어느 것과 어떠한 위치 관계에 있는지 간단한 몇 마디로는 설명하기 힘들다는 점. 마지막으로, 그 지하도를 이용하면 당신이 타려는 전차 플랫폼까지의 거리는 역 구내를 빠져나가는 거리와 그다지 다르지 않다는 점 등이다. 그리고 물론 당신은 그 정류장을 알고 있다.

대답을 기다리면서 과연 나는 긴장했던 모양이다. 흑심이 드러나지 않도록 신경을 쓴 탓인지 온몸이 어색하게 굳어져버려, 만일 가면을 쓰고 있지 않았더라면, 설령 당신이 길 안내에 응해주었다 하더라도 제대로 걸을 수 있었을지 어떨지 확신할 수 없을 정도였다. 그뿐만인가, 숨이 흐트러지는 것을 어떻게 용케도 숨길 수 있었을까 하는 것도 의심스럽다. 나는 얇은 유리 항아리 — 재채기를 하기만 해도 산산이 부서져버릴 듯한 종이보다도 얇은 유리 항아리 — 에라도 갇혀버린 듯한 기분으로 기다렸다. 내가 조바심을 내고 있었던 것도 부정할 수 없지만 당신 대답이 늦었던 것도 사실이다. 어째서 주저했는지 모르겠다. 나는 당신이 주저하고 있어서 신경이 쓰였다. 이런 일은 수락을 하든 거절을 하든 주저 없이 속단해야 할 성질의 것이다. 주저하면 할수록 점점 더 부자연스러워지고 아프지도 않은 배를 상대편이 눈치 채게 된다. 싫으면 모른다고 한마디만 하면 될 것을, 주저한 이상은 이미 반쯤은 응해버린 것이다. 반쯤 응한 것이 된 이상은 이미 거절할 핑계도 없다. 결심하기 좋게 무슨 말 한마디쯤 더 덧붙였으면 좋았을지도 모른다. 그때 둘 사이를 난폭하게 밀어내듯 한 젊은 사내가 바쁜 듯이 빠져나갔다. 문득 보니 우리 둘은 두드러진 장해물이 되어서 붐비면서 흐르는 인파에 소용돌이를 만들어놓고 있었다. 그 소용돌이 속에서 겨우겨우 자세를 가다듬어 당신은 살피는 듯한 시선으로 나를 돌아보았다. 이번에는 빙그르르 내 상체를 마치 달력을 젖히듯이 보고 있었다. 기분 나쁜 눈길이라고 생각하면서 나는 당신과의 거리를 좁혀 아무튼 다시 한번 결심을 촉구하자고 입을 떼려고 할 때 비로소 당신 쪽에서 대답을 해주었다.

그런데 당신의 그 대답을 들었을 때 성공했다고 내심으로 손뼉을 치면서도, 한편으로는 무언지 배반이라도 당한 듯한 씁쓸한 기분이었다……. 이것이 나니까 괜찮았지 만일 진짜로 생판 모르는 타인이었다면 어떻게 되겠는가…… 당신은 한번 망설이곤 승낙하는 대답을 했다…… 라고 하는 것은 그 승낙에다 망설이지 않으면 안 될 만한 의미를 부여한 것이 되고…… 즉 금지된 울타리 같은 걸 슬쩍 암시한 것이 되고…… 게다가 그걸 익히 알고 있으면서도 7, 8분 동안 거리로 치면 수백 미터 정도를 어깨를 나란히 하고 걷는다면, 이건 당연히 친절 이상의 것으로 받아들인들 어쩔 수 없다……. 적어도 주워준 단추의 보상으로 쳐도 값이 지나치게 먹힌다……. 다시 전적으로 말해서, 당신은 상대방의 마음에 자리한 치한을 의식적으로 도발케 한 것이다……. 그리고 의식적으로 도발한 이상은 당신 또한…….

아니 그것으로 좋았다. 애당초 그렇게 되기를 바란 계획이었으니까 잔소리가 있을 리 없다. 만일 일이 어긋나서 거절을 당했다면 이제까지 고생한 것이 몽땅 물거품이 되어버릴 뻔했다. 날짜를 다시 잡는다는 방법도 있긴 있지만, 첫 번째는 우연으로 보일지라도 두 번째는 고의라는 인상을 피할 수 없어서 점점 당신은 경계심을 굳히게 될 것이다. 그래 이만하기 천만다행이었어. 가면을 통해 당신을 되돌려 갖고, 그 당신을 통해 모든 타인을 되돌리자는 것은 말만 그럴듯하지 무미건조하고, 또 겉치레도 좋은 것도 아니고, 요컨대 성(性)의 금지라는 울타리를 쳐부수고 철저히 파렴치해지는 것이라고 바로 지난밤 골똘히 생각했던 일이 아닌가. 내가 금지된 성채를 뛰어넘으려고 한 이상, 상대편이 응할 기미가 있다고 해서 새삼 소란을 피울 건 없다. 미처 눈치 채지 못했다는 핑계를 낯가죽 뻔뻔하게 내밀 수는 없는 것이다. 나는 성채를 부수고 싶은데, 상대편은 부서지지 않기를 바란다면 그야말로 강간이라도 할 밖에 다른 길은 없다. 그런데, 그런 일 방통행적인 치한으로는 통로의 회복이 이루어질 리가 없다. 가면은 그 한 번뿐인 행위로 이 세상에서 사라져 없어져버리지 않으면 안 되는 것이다. 살았었다는 흔적 하나도 남겨두지 않고 게다가 강간쯤으로 될 수 있다면 일부러 가면의 힘을 빌리지 않더라도 거머리 소굴이 된 내 맨얼굴만으로도 충분했을 터였다.

과연 논리적으로는 그대로일는지도 모르겠다. 그런데 이제 바야흐로 진짜 당신과 나란히 타인으로만 꽉 찬 지하도 계단을 내려가는 동안에 나는 압도적인 당신의 존재감에 기가 죽고 흐트러지고 망설여져서 말로 다할 수 없는 고뇌로 금방 숨이 막힐 것만 같았다. 상상력의 빈곤이라고 지적당한다면 할 말이 없지만 그러나 일반적으로도 촉각을 세워서 상상한다는 것은 드문 일이 아닐까. 특별히 당신을 유리로 만든 인형이라든가 언어적인 기호라는 식으로 생각한 것은 아니지만, 이 실재적인 촉감은 역시 손 닿는 거리까지 가까워서야 비로소 느꼈다. 당신 쪽으로 가까이 있는 몸뚱이 반쪽이 일광욕을 지나치게 한 뒤처럼 민감해지고 털구멍 하나하나가 더위에 지친 개처럼 혓바닥을 내밀고 허덕이고 있었다. 그리고 그 촉감을 지닌 당신이 어떤 형태로든 타인을 받아들일 준비를 하고 있다고 생각하니, 나는 나 자신이 샛서방이 된 데다가 이유 없이 두드려 맞는 성불구자이기나 한 듯이 못 견딜 정도로 참담한 기분이 들어버렸다. 이런 식이라면 어제의 저 상대를 무시한 파렴치한 공상 쪽이 훨씬 더 온건하다. 강간이라고 해도 이보다는 더 건전하지 않을까. 나는 새삼스레 가면의 인상을 곰곰이 타인의 얼굴로서 떠올리고 턱수염을 기르고 이상하게 뽐을 낸 옷차림으로 항상 선글라스를 끼고 있는 그 사냥꾼 타입의 얼굴에 부글부글 끓어오르는 혐오와 증오를 느끼기 시작했다. 그리고 동시에 그 얼굴을 바로 그 자리에서 거부하지 않은 당신에 대해서도 나는 전혀 딴사람 같은 느낌으로 마치 보석을 바른 독약이라도 보듯이 애달파졌다.

그런데 가면은 달랐다. 가면은 내 고뇌를 빨아들여서 그걸 양분으로 바꿀 능력을 지니고 있는 모양으로, 마치 연못 속의 식물처럼 울창하게 욕망의 가지를 번성시키고 있었다. 당신에게 거부당하지 않았다는 것만으로도 이미 한 입 물어버린 거나 마찬가지라는 듯이, 깃 없는 엷은 녹색 블라우스에서 부드럽게 솟아올라 있는 그 과즙 단지 같은 목덜미에다가 울컥 상상의 엄니를 박아 넣고 있었다. 나에게는 당신이지만 가면에게는 마음에 든 한 여자에 지나지 않았기 때문에 그 버릇없음을 나무라본들 별수 없었다……. 그렇다. 나와 가면과는 그 지경으로까지 멀리 눈이 어른거릴 정도의 심연을 끼고 멀어져버렸다. 하지만 틀렸다고는 할망정 그건 겨우 몇 밀리 정도의 얼굴 표면뿐이고 그 밖에는 일체를 공유하고 있기 때문에 단순히 말장난처럼 보일지 모른다. 그러니까 한 장의 레코드 판의 홈을 떠올려보기 바란다. 그렇게 간단한 장치로 몇십 개라는 음색이 그대로 재현된다. 하물며 인간의 마음이 대립되는 두 개의 음색을 동시에 울린다고 해서 그다지 놀랄 것은 없다.

물론 놀랄 리가 없다. 바로 당신 자신부터가 분열되어 있다. 내가 이중인격자였듯이 당신도 이중인격자가 되어 있었다. 내가 타인의 가면을 쓴 별종 인간이라면, 당신은 당신의 가면을 쓴 별종 인간이다. 자기 자신의 가면을 쓴 별종 인간……너무 싱거운 배합이다……. 나는 두 번째 해후를 성사시키려고 이 계획을 짜둔 셈이었는데, 결과는 애매모호하게도 두 번째 이별이 될 것도 같다. 아무래도 나는 당치도 않은 계산 착오를 하고 있었는지도 모른다.

거기까지 대강 눈치를 챘으면 깨끗이 후퇴했어야 하는 건데……아니 후퇴까지는 않더라도 말 꺼낸 대로 정류장만 알고는 그 뒤의 계획은 그냥 미루었어야 좋았을 텐데……대체 무슨 이유로 느럭느럭이며 가면의 꽁무니를 쫓아갔을까……과연 설명을 할 만한 가치가 있는지 어떤지 확신할 수는 없지만, 배반당한 사람이 쫓기고 쫓긴 끝에 증오로 변하고, 차라리 이 지경까지 온 바에야 악착같이 당신의 부도덕을 보려고, 동기는 다르더라도 행동은 가면과 보조를 맞춘 결과가 된 셈이다……. 그런데 잠깐, 나는 이 수기의 첫머리에도 복수라는 말을 자주 써온 것 같은데……그래, 쓴 적이 있었다……. 당시 당신을 가면으로 속이는 것만으로 맨얼굴의 오만에 복수를 하자는 것이 가면을 제작한 전적인 이유였다. 그러는 사이에 타인과의 회복이라는 쪽으로 생각이 기울어 당신을 유혹하는 의미도 훨씬 내적인 것, 명상적인 것으로 변해갔는데, 다시 거기서 육체적인 것이 더해짐으로써 질투라는 형태의 감정 폭발이 일어나고, 그 질투를 통해서 갈증과도 같은 사랑의 경련에 사로잡히고, 금기의 성채에 가로막혀서 치한처럼 되고, 그리고 마지막으로 다시 한번 복수의 욕망에 사로잡혀 있었던 것 같다.

그런데 이 마지막 복수에는 무언지 석연치 않은 것이 있어 신경이 쓰인다. 당신의 정숙하지 못한 면을 확인한다고 해서 그게 대체 무슨 복수가 된다는 건지. 증거를 들이대고 당신의 참회를 듣자는 것인지. 아니면 당신에게 이혼을 강요하자는 것인지. 말도 안 된다. 그런 일 정도로 당신을 떠나게 하다니, 말도 안 된다. 당신과 가면이 짜고 짓부수어버린 그 금기의 성채의 뚫어진 틈으로 당신의 불결함을 들여다본다는 식으로밖에 당신과의 관계가 용납되지 않는다면, 좋다, 평생 동안이라도 들여다볼 용의는 있다. 그리고 복수는 그러한 도착상태의 지속 그 자체로서 충분히 이루어지는 게 아닐까. 나의 분열에 맞추어서라도 당신 자신도 또 같은 분열을 끝도 없이 참아내지 않으면 안 될 터이니까……사랑도 증오도 아니

253

다……. 가면도 맨얼굴도 아니다……. 오직 농밀한 회색 속에서 아무래도 나는 일종의 균형을 찾고 있었는지도 모른다.

그런데 나의 기세가 꺾인 단념에 대해 이번에는 의기양양할 터인 가면이 반대로 침착성을 잃기 시작했다. 그로부터 이십 분 후 지하도 한쪽 구석에 있는 레스토랑에서 커피를 스푼으로 저으면서 아무렇지도 않게 말한 당신의 한마디가 가면의 자신감을 빼앗고 자문자답의 마주 보는 거울 속으로 밀어넣었다.

"마침 남편이 출장 중이어서……."

그래서 어떻다는 건가. 당신도 그 다음은 더 말하지 않았고 가면도 들으려고 하지 않았다. 하긴 상식적인 해석을 한다면, 그러니까 돌아가서 저녁식사 준비를 할 필요가 없고 밖에서 먹어도 무방하다고, 이쪽의 권유에 응할 핑계를 대고 있는 듯이 보이기도 했지만, 그러나 그 어투의 거무스름한 냉기는 차라리 자기를 향해 자기를 주장하고 있는 듯한 의연함이 있었고, 쉽사리 거만해진 가면의 콧대를 손가락 끝으로 긁는 정도의 효과는 있었던 것 같다……. 그전에는 대체 어떤 대화가 서로 오고 갔었던가……. 맞아, 틀림없이 가면이 어디선가 주워 들은 듯한 대사로 당신의 손가락이 예쁘다고 칭찬하고, 덧붙여서 단추 세공으로 생긴 오른쪽 엄지손가락에 난 상처에 대해서 묻고, 그래도 여전히 당신의 손이 가면의 시선으로부터 비키려 들지 않는 걸 알고는 이름도 직업도 주거도 그런 조건을 일체 포함하지 않는 대수방정식과도 같은 인간관계를 화제로 삼아 당신 기분을 살피려 들기 시작한 직후의 일이 아닌가 한다. 유혹의 주도권이 어느 쪽에 있는가 하는 건 의심해보려고 하지도 않았고 당신을 뜻대로 조종해주려고 그저 만반의 준비를 하고 대기하고 있었던 가면도 이렇게 깨끗이 당하고서는, 반드시 져주기로 약속했던 상대로부터 별안간 내던져진 아이처럼 멍하게 있을 수밖에 없었다.

(장외주—그러고 보니까 그때 나는 내가 가면 뒤에 숨어 있는 걸 들키지나 않았나 하고 낭패한 듯한 기분에 사로잡혀 있었던 기억이 있다.)

생각해보면 틀림없이 유혹한 것은 가면이고 유혹당한 것은 당신이라는 보장은 어디에도 없다. 교묘하게 접근할 생각이었지만 의외로 가면의 농간과는 별도로 당신이 제멋대로 유혹당한 것은 아닐까. 그렇다고 이제 와서 다시 할 수도 없고 나를 격려하기 위해서도 가면은 더 유혹하기 위해 적극적으로 나갈 수밖에 없었다.

그러나 아무리 유혹하는 사람이 폼을 잡아도 그럴수록 더 당신이 유혹당한 여자가 된다는 사실에는 아무것도 달라질 게 없다. 한쪽 팔을 정복하면 정확하게 한쪽 팔만큼 배반당하고 양쪽 팔을 점령하면 양팔만큼 앙갚음을 당할 뿐이다. 예를 들어 그 레스토랑에 있는 동안 가면은 당신의 '남편'이 두 번 다시 화제에 오르지 않도록 애를 썼다. 그런 식이라면 거머리가 우글거린다는 이야기를 아무렇지도 않게 화제로 삼을 것 같고, 아무리 타인의 이야기라고 전제를 달아도 역시 두려운 일이었기 때문이다. 거기다가 당신 편에서 도무지 다가올 기척이 안 보이자, 이번에는 덮어놓고 화가 나기 시작하니 도무지 성가실 지경이다. 확실히 그것은 '그', 즉 나 자신을 무시하는 것이 틀림없다. 불쾌하기 짝이 없는 모멸이라고까지 할 수 있을지도 모른다. 그렇다면 만져주면 좋았느냐 하면 반드시 그렇다고 할 수는 없으니까 곤란한 것이다. 당신이 '그'를 끄집어내면 그건 싫더라도 가면에 대한 견제로서 작용할 것이다. 유혹한 입장에서는 역시 그대로 계속 공범으로 있어주길 희망할 수밖에 없다.

당신이 아랫입술만으로 이상하게 웃었다고 해서 신경이 쓰이고…… 당신 시선이 나를 지나쳐 너무 멀리 보는 것 같아 괴로워하고…… 마시라고 권한 맥주를 안 마셨다고 질책하고…… 너무 시원시원하게 잘 마셔서 신경이 쓰이고…… 마치 얼음 속에 들어가 있으면서 동시에 열탕이라도 뒤집어쓰고 있는 것 같았다. 또한 빵을 뜯고 있는 당신 손가락 끝─

단추 세공을 하다가 다친 상처를 별도로 한다면 물에 적신 토끼 가죽과도 같은 나긋나긋한 손가락—에 문득 왼쪽 눈이 전리품이라도 쳐다보듯이 추파를 보낼 참이면, 대번에 오른쪽 눈이 자기 아내가 외간 남자와 은밀히 바람피우는 현장을 목격한 사내처럼 고통으로 몸을 비틀고 있지 않으면 안 되었던 것이다. 그야말로 일인이역의 삼각관계인 것이다. 그것도 도면에 '나'와 '가면(=또 하나의 나)'과 '당신'이라는 선을 긋는다면 그저 직선이 되어버리는 비기하학적인 삼각관계인 것이다.

식사를 마치자 갑자기 시간이 젤리 모양으로 응고하기 시작한 듯했다. 천장의 무게 탓일까. 걸맞지 않을 정도로 둔중한 콘크리트 기둥이 중앙에 서 있어, 떠받들고 있는 것의 무게를 암시해준다. 게다가 이 지하 레스토랑에는 창이 없다. 24시간 단위의 태양 시간이 섞여들 여지 같은 것은 어디에도 없다. 있는 것은 오직 아무런 주기에 대한 변화가 없는 인공 조명뿐. 벽의 바로 밖은 단호하게 수직으로 잘린 지층과 지하 수맥으로, 그곳을 흐르고 있는 것은 적어도 몇만 년 단위의 시간일 것이다. 게다가 우리의 시간을 쫓으려고 달려올 터인 당신의 '남편'은 우리가 이렇게 기다리고 있는 한은 영원히 돌아오지 않을 것이다. 자, 시간이여, 자꾸자꾸 농축해 들어서 우리 둘만을 담은 단지가 되어버려라. 그렇게 되면 단지 통째로 거리를 가로질러 가 닿는 곳이 그대로 우리의 신혼 방이 되어줄 것이다.

그러나 나도 가면도 당신의 진위가 과연 어디 있는지 사실은 잘 모른다. 당신은 처음에 커피만을, 다음에 식사로, 이런 경우 속셈이 뻔한 순서에도 아무 주저함도 없이 ─ 마치 미리 기대하고 있었다고 착각할 정도로 전혀 저항이라곤 없이 ─ 응해주긴 했는데…… 그리하여 가면은 계획대로 가주는 모양이라고 완전히 낙관하고 있었는데…… 당신의 그 의식 구석구석에까지 모르타르를 흘려넣기라도 한 듯한 의연한 태도는 금방 다시 가면으로 하여금 모든 것을 의심하기 시작하기에 이르렀다. 물론 당신이 상냥하지 않았던 것은 아니다. 초대에 응해준 터에 상냥치 못하다면 이것은 금기의 성채를 지나치게 의식하고 있는 증거로서 오히려 다루기가 쉬웠을 터인데, 당신은 충분히 상냥했고 세세한 마음 씀씀이도 잊지 않고 있었다. 조금도 주눅 들지 않고 대담하고 자연스럽고 시원시원했다. 그러니까 여느 때의 당신과 조금도 변함이 없는 그야말로 당신다운 당신이었다.

그리고 그 변함없음이 오히려 가면으로 하여금 망설이게 했던 것이다. 도대체 어디에 유혹을 기다리는 자의 그 녹아들어가는 엿처럼 달콤한 숨결이나, 내부의 섬광에 눈이 부신 듯한 시선이나, 그런 기대로 인한 흥분이 감추어져 있다는 것인가?…… 아니면 하얀 둥근 테이블을 사이에 두고 우리 둘의 관계는 단지 태양 시간의 페이지 사이에 문득 끼워둔

보기 드문 한 조각 꽃잎이기라도 하단 말인가?…… 금기의 성채에 손을 대고 결국엔 상대방도 같이 파괴 작업에 참여하기 시작하는 순간을 침을 삼키면서 기다리는 것도 역시 가면의 일방적인 독선에 지나지 않는다는 걸까?…… 그렇다면 식사가 끝나면 동시에 이 일시적인 만남의 일시적인 결말이 되는 것인데…….

의례적인 예의로 식당 종업원이 식사 후 테이블 정리를 하고 갔다. 컵에 들어 있는 물 표면에 잔잔한 주름이 잡히는 걸 보니 지하철이 지나가는 모양이다. 가면은 초조하여 의미도 없는 수다를 떨고, 그 사이사이에 성적(性的)인 연상을 암시하는 것 같은 말을 이런 방법 저런 방법으로 끼워 넣어보는데, 동의는커녕 거부 반응조차 오지 않았다. 나는 가면이 낭패를 보는 걸 곁눈질해 보면서 비꼬듯 갈채를 보냈지만, 당신의 부도덕함이 드러나지 않는 것을 약간 아쉽게도 생각했다.

그런데 그런 상태가 20분 정도 지났을 즈음…… 기억하고 있나…… 지쳐빠진 가면이 살짝 발을 뻗쳐 자기의 구두 끝을 당신의 복사뼈 근처에다 지그시 눌러본 것이다. 보일 듯 말 듯한 동요가 당신의 표정을 스쳤다. 시선이 공중에 고정되어 버렸다. 미간이 살짝 어두워지며 입술이 살짝 떨렸다. 그런데 당신은 참으로 조용하게 차츰 빛이 번져가는 새벽 하늘과도 같은 관용으로 가면의 그 짓궂은 발장난을 감싸버렸다.

가면의 안쪽에는 웃음이 충만했다. 그 웃음은 출구가 막히고 감전이라도 된 듯 가면의 중추를 저리게 했다. 드디어 먹이를 쏘아 맞춘 모양이다. 역시 걱정할 정도는 아니었다. 구두 끝으로 전해져 오는 당신의 촉감에 온통 의식을 내맡기면서 가면도 겨우 입을 다물고 침묵의 대화를 즐길 여유를 되찾아 갔다.

사실 아무 의미도 없는 세상 돌아가는 이야기도 일단 시작해보면 꽤나 위험한 것이었다. 예를 들어 정원의 나무를 두고 이상하게도 이야기가 맞아들어간다든지, 아이 없는 부부에 대한 이야기가 슬쩍 화제에 오른다든지, 은유나 형용으로 별생각 없이 화학용어가 섞여든다든지, 자칫 마음을 놓고 있다가는 가면을 배반하는 증거자료를 나열하는 셈이 된다. 인간이 자신의 분비물로 일상생활을 오염시켜가는 정도는 개의 오줌 같은 것과는 비교도 안 된다고 한다.

하지만 나로서는 어쨌거나 잔혹한 충격이었다. 당신의 그 유유자적하게 유혹되어가는 모습은 내가 아직 상상조차 해보지 못한 일면이어서, 가면은 그것이 얼마나 매력적인 것인지 짐작도 할 수 없었기 때문에 한층 더 무서운 충격이었다. 게다가 당신의 복사뼈에 닿아 있는 내 발은 틀림없는 내 발이어서 확실히 자각할 수도 있는데, 그러면서도 전력을 기울여 그곳에 집중을 시키지 않으면 초점을 맺을 수 없는 먼 상상의 일이기도 한 듯이 꽤나 간접적인 인상에 머물러 있었다. 역시 얼굴이 별도라면 육체도 별도다. 예감은 하고 있었지만 실제로 맞부딪치고 보니, 새삼 고통으로 몸이 비틀리는 느낌이다. 복사뼈쯤으로 이 정도라면 당신의 온몸이 감촉적인 존재로 느낄 때, 나는 과연 제정신을 견지해낼 수 있을까. 그 자리에서 가면을 잡아 뜯어버리고 싶은 충동을 과연 견뎌내고 저항할 수 있을까. 이미 긴장의 한계가 느껴지는 초현실적인 우리의 삼각관계가 압력에 버티면서 그 형태를 유지할 수가 있을까…….

아아, 그 싸구려 호텔 방에서 나는 얼마나 이를 악물면서 그 고행을 참아냈는가. 가면을 잡아 뜯지도 않고, 당신 목을 졸라 죽이지도 않고, 스스로 굵은 새끼줄로 꼼짝달싹도 못하게 묶고는, 눈 부분만을 열린 봉지 속에 처넣은 채, 이제 범하게 될 당신을 지그시 보고 있지 않으면 안 되었다. 나올 길이 없는 울부짖음이 목에 걸려서 끄르륵거리고 있었다. 너무 간단하다!…… 너무나도 간단하다!…… 만난 지 겨우 다섯 시간도 지나지 않았는데, 아무리 그래도 이건 너무 간단하다!…… 적어도 약간이나마 저항이라도 해주었으면 좋았을 것을……그럼 몇 시간이면 성이 차겠나? 여섯 시간? 일곱 시간? 여덟 시간?…… 바보 같은 소리, 그런 논리는 너무

우스꽝스럽다……. 다섯 시간이건 오십 시간이건 오백 시간이건 그 음란함에는 변함이 없을 것이다…….

그럼 어째서 그 문드러진 삼각관계를 단호하게 결단을 내서 종지부를 찍지 않았는가. 복수를 위해서? 그럴지도 모른다. 그렇기도 하겠지만 또 다른 동기도 있는 것 같다. 단지 복수를 위해서라면 그 자리에서 가면을 잡아 뜯어 보이는 게 무엇보다도 효과적이지 않았을까. 하지만 나는 두려웠다. 나의 평온한 일상을 잔혹하게 파헤쳐서 짓부수어가는 가면의 잔혹한 짓도 물론 두려웠지만, 그 이상으로 저 닫힌 얼굴 없는 나날로 돌아간다는 게 더 두려웠다. 공포가 공포를 지탱하고 발을 잃어버려 지면에 내릴 수 없게 된 작은 새처럼 나는 그저 계속해서 날지 않으면 안 되었다……그런데 아무래도 그것만도 아닌 것 같다……정말로 견딜 수 없었다면 가면은 살려둔 채 당신을 죽이는 방법도 있었다……당신의 밀회는 이제 부정할 수 없는 사실이고 게다가 다행히도 가면인 나에게는 알리바이가 있다……이것이야말로 굉장한 규정위반이다……가면으로서는 필경 만족할 것이 틀림없다…….

하지만 나는 그렇지 않았다. 어째서일까? 당신을 잃기 싫어서인가? 아니, 잃기가 싫으면 죽일 이유도 있었다. 질투에 합리성을 찾아본들 헛수고다. 생각해봐라, 완강하게 나를 거부하고 얼굴을 돌리고만 있던 당신이 지금 가면 밑에서 둘로 찢어져서 뒹굴고 있다! 오직 아쉬운 점은, 불을 끄고 있어서 육안으로 확인할 수는 없었지만…… 성숙과 미숙함이 기묘하게 동거하고 있는 아래턱 부근…… 겨드랑이 밑의 잿빛 사마귀…… 맹장수술 자국…… 흰 머리칼이 섞인 곱슬머리…… 쭉 뻗은 두 다리 사이의 밤색 입술…… 이 모두가 탐해지고 정복되려 하고 있다. 가능하면 대낮의 태양 아래서 남김없이 모두 확인하고 싶다. 당신 역시 거머리 소굴을 보고는 거부하고 가면을 보고는 받아들였으니, 보여진들 불평을 늘어놓을 처지가 아니다. 그런데 불빛은 나에게도 좋은 상황이 아니었다. 우선 안경을 벗을 수가 없다. 게다가 옛날에 당신과 함께 스키를 타면서 다친 허리 상처 자국, 그 밖에 분명 나는 모르지만 당신은 알고 있을지도 모르는 여기저기의 육체적 특징이 드러날 게 분명하다.

하지만 그 대신에 나는 무릎, 팔, 손바닥, 혀, 코, 귀와…… 시각 이외의 모든 감각을 총동원해서 당신을 포획하는 데 집중했다. 숨결도, 한숨도, 관절의 움직임도, 근육의 신축도, 피부의 분비도, 성대의 경련도, 내장의 신음소리까지도 당신 몸으로부터 나오는 신호라면 무엇 하나 남기지 않고…….

그래도 역시 사형집행인만은 되지 않았다. 온몸의 수분이 증발하고 파삭파삭 말라가면서 몇 시간 동안이나, 나는 이 배덕을 견디는 싸움을 참아내지 않으면 안 되었다. 그 고뇌

속에서는 죽음도 평소에 상상할 정도의 심각함은 없어지고, 살인도 작은 야만적인 것일 수밖에 없었을 터인데…… 대체 뭐라고 생각하는지? 나에게 그 정도의 인내를 굳이 선택하게 한 것은…… 기묘한 이야기라고 생각할는지 모르지만 그것은, 범해지면서도 여전히 계속 지니고 있는 것은 당신의 그 위엄 탓이다……. 아니 위엄이라는 말은 우습다……. 그건 결코 강간 같은 건 아니었고 가면의 일방적인 규정 위반도 아니었으며, 당신은 한번이라도 거부라는 몸짓조차 보이지 않았으니까. 차라리 공범관계로 보아야 할 것이다……. 공범자가 제 짝에게 위엄 같은 걸 보인다면 희극이 되고 만다……. 그보다는 확신에 찬 공범자 행세라고 하는 편이 더 정확할는지 모르겠다……. 따라서 가면이 아무리 악전고투해도 능욕자는커녕 실은 치한조차 되지 못했다. 당신은 문자 그대로 도저히 범할 수 없는 그 무엇이었던 것이다……. 이것은 밀회이고 부도덕한 것임에는 변함이 없었지만…… 또한 그것은 나의 질투를 큰 솥 속의 콜타르처럼, 비 갠 끝의 연기처럼, 진흙과 함께 솟아오르는 온천처럼 격하게 끓어오르는 것임에는 틀림이 없지만…… 하지만 그 도저히 범할 수 없는 태도에 당신이 끝내는 가면에 굴복하지 않았다고 하는 그 예상 밖의 일은 완전히 내 의표를 찌르고 나를 압도해버렸다.

나는 지금도 당신의 그 확신에 찬 밀회의 의미를 충분히 이해했다고 할 수가 없다. 소위 호색도 아니었다. 호색이었다면 무언가 좀 더 교태를 부리는 따위가 눈에 띄어도 좋았을 것이다. 그러나 당신은 처음부터 끝까지 마치 의식이라도 치르듯이 조금도 진지함을 잃지 않았다. 나로서는 잘 모르겠다. 당신 속에서 어떤 일이 일어나고 있었는지 그 자취를 더듬어볼 수가 없다. 게다가 안 좋은 일은 그때 느낀 패배감이 끝내 마지막까지······ 적어도 이걸 쓰고 있는 지금까지도······ 사라지지 않고 얼룩으로 남겨졌다는 것이다. 이 보이지 않는 정신적인 자학은 질투의 발작보다도 무섭다. 모처럼 가면을 쓰고 통로를 열어 당신을 맞아들인 셈이었는데 당신은 나를 지나쳐 어느새 어디론가 가버렸다. 그리고 나는 가면을 쓰기 전과 마찬가지로 고독한 채로 남겨져버렸다.

아아, 나로서는 당신을 알 수가 없다. 설마하니 유혹을 받으면 상대를 가리지 않고 응하고, 당당히 여자를 연출하리라고는 생각되지 않지만······ 그러나 그렇지 않다는 보장도 없다. 아니면 당신은 내가 모르는 곳에서 천성적인 창부는 아니었는지. 아니 창부라면 그렇게도 엄숙하게 여성을 연출해내지는 못한다. 창부라면 치한을 만족시키면 시켰지, 그 비속함을 채찍질하면서 자학 속에 처넣는다든지 하지는 않았을 것이다. 대체 당신은 어떤 사람일까. 가면이 약이 올라 악착같이 기를 쓰고 성채를 부수려고 하는데, 당신은 성채에 손조차 대지 않고, 슬쩍 울타리를 빠져나가버렸다. 바람이거나 아니면 신(神)처럼…….

나로서는 당신을 잘 모르겠다. 더 당신을 시험하려고 든다면 언젠가 자멸하는 길밖에 없을 것 같다.

그 다음날 아침…… 이미 한낮이 되었지만…… 호텔을 나설 때 우리는 거의 말을 나누지 않았다. 끊임없이 쫓기듯이 어딘가로 출발하려는 꿈이라든지, 도중에 차표를 잃어버리는 꿈, 자고 있는 동안에 가면이 벗겨지지나 않을까 하는 불안감에 여러 차례 잠에서 깨곤 했더니, 피로가 말뚝처럼 미간에 박혔다. 하지만 피로나 수치심을 당신처럼 확실하게 얼굴에 드러내지 않고 넘길 수 있었던 것은, 뭐니 뭐니 해도 가면 덕분이다. 그런데 그 가면 때문에 세수를 할 수도 없고 수염을 깎을 수도 없다. 불어터진 얼굴이 변함없이 가면에게 눌리고, 자라난 수염 끝이 가면에 가려 눌려져 기분 나쁜 일이 한두 가지가 아니다. 이 정도가 되면 가면도 초라하기 그지없다. 어서 빨리 당신하고 헤어져 아지트로 돌아가고 싶다.

마지막으로 담배 한 대에 불을 붙이면서 처음부터 끝까지 손해 보는 역할만 강요당한 꼴인 내 맨얼굴이 옆구리에서 무언가 한마디, 당신의 그 자책의 상념을 건드릴 말을 막 하려고 할 때, 예의 코발트 그린색 단추를 망설이듯이 내밀어 나는 대번에 찔끔했다. 내가 주운 놈이 아니라 분명 보름 동안이나 주물럭거리고 있었던 놈이다. 그때는 거기에 열중하는 모습이 그저 화가 났었는데 지금 다시 생각해보니 당신 기분도 알 것 같았다. 두껍게 겹겹이 옻칠한 받침에다 바늘로 살짝 긁은 듯한 은테두리 선이 요염하게 얽혀서 어른거렸다. 당신의 울부짖음이 소리 없이 봉쇄된 듯했다. 나는 그 단추에서 늙은 여자에게 사랑받으며 키워진 고독한 고양이를 떠올렸다……. 순진하다면 순진할지도 모른다……. 하지만 한번도 당신 단추를 돌아보지 않았던 '그'에 대한 내 나름의 거센 항의라고 생각하자, 이건 또 뭐라 말할 수 없는 애절한 생각이 담긴 행동이란 말인가…… 힐책하려다가 도리어 힐책당하고, 아무래도 내 번번이 지는 모습도, 드디어 최고의 경지에 오른 것 같다. 여자는 빼앗는 것이라느니 하는 바보 같은 소리를 한 놈은 대체 어디에 있는 어떤 놈인가…….

　바깥은 온통 크롬 도금이라도 한 듯이 햇빛 속에서 흐렸다. 현실적인 것은 콧망울 속에 남아 있는 당신의 땀 냄새뿐이다. 얼굴 손질도 하는 둥 마는 둥 침대에 쓰러졌다가 눈을 뜬 것은 밝아올 무렵이었다. 거의 열일곱 시간 가까이나 잔 셈이다. 얼굴은 줄로 문댄 듯이 그을려 있었다. 창을 열고 점점 푸르게 밝아오는 하늘을 쳐다보며 젖은 타월로 마사지를 했다. 드디어 하늘은 당신에게서 받은 단추 색과 비슷해지고 이어서 스크루로 휘저으면서 배 꼬리로 사라져가는 바다 빛이 되었다. 왠지 허전하고 불안해져서 팔과 가슴 살을 아프게 꼬집고는 나도 모르게 신음소리를 냈다……. 이 무슨 불모의 순수함인가! 이런 미숙함 속에서 살아가면서 얻을 것이 있을 리가 없다. 차라리 어제 일도, 그저께 일도, 숨통을 끊듯이 사라져버렸으면 좋겠다. 계획을 그저 형식으로만 생각한다면 일단 성공했다고 할 수 없는 것도 아니지만, 하지만 그 성공으로 대체 누가 어떤 수확을 얻는단 말인가? 수확이라고 한다면 그것은 전혀 겁먹지 않고 당당하게 여자를 연기한 두툼하고 거대한 그림자처럼 가면 속을 뚫고 나간 당신 혼자뿐이다. 그런데 지금 여기 있는 것은 오직 푸른 하늘과 얼굴의 통증뿐…… 승자일 터인 가면은 책상 위에서 욕망을 몽땅 다써버린 뒤의 춘화(春畵)처럼 그저 바보스럽게 보였다……. 오히려 그 녀석을 표적으로 공기권총 사격 연습을 해볼까. 그 후에 다시 흔적 없이 찢어발겨 아무 일도 없었던 것으로 하면 어떨까…….

하지만 어느새 푸른 기운도 바래서 거리가 한낮의 얼굴을 드러내기 시작하자 감상적인 중얼거림도 낡은 부스럼 딱지처럼 벗겨져 떨어지고, 나는 또다시 거머리 소굴이라고 하는, 피하려고 해도 피할 수 없는 현실로 어쩔 수 없이 되돌아왔다. 가면에게 이제 와서 축제의 불꽃과도 같은 꿈은 안겨주지 못하겠지만, 가면을 포기하고 창문 하나 없는 돌로 된 감옥 속에 살면서 자기를 매장한다든지 하는 것은 더욱 질색이다. 어제와 같은 오늘로 아직 안정이 안 되어 있지만, 언젠가는 삼각관계의 정확한 무게를 밝히게 되면 교묘히 평형을 이루어 가면을 자유자재로 다루는 것은 그다지 불가능하지 않을 것이다. 일시적인 감정이 아무리 격해도 역시 시간을 들여 짜낸 계획에 할 말은 있을 게 틀림없다.

식사도 하는 둥 마는 둥하며 일찌감치 아지트를 뛰쳐나갔다. 이제는 일주일 만에 출장에서 돌아온 '나 자신'의 역할로 돌아가지 않으면 안 되기 때문에, 오늘은 오랜만에 붕대로 칭칭 감은 복면이다. 나올 때 유리창에 비친 내 얼굴을 보고 찔끔했다. 너무 심했다! 새삼스레 가면을 쓴 해방감이 간절히 느껴졌다. 지금 당장 이 발로 곧장 집으로 돌아간다면…… 자기 자신에게조차 자극적인 상상일 정도니까…… 어젯밤의 감촉을 아직 그대로 몸속에 간직하고 있을 게 틀림없는 당신에게 미친 영향도 상당할 것이다. 시도해볼 값어치는 충분히 있어 보인다. 단지 내가 견뎌낼 수 있다면 말이다. 유감스럽게 자신이 없었다. 어젯밤의 감촉은 나 역시 아직 남아 있다. 아마도 나는 발작적으로 일체를 폭로하고 광란 상태가 되어 당신을 비난할 것이다. 아무리 고뇌에 차 있다 하더라도 저 삼각관계를 아직 당분간은 그대로 놔두고 싶다. '나 자신'으로서 당신과 만나는 일은 당분간 완전히 깨어 있는 외부세계와 접하고, 마음을 가라앉힌 다음으로 하자. 그러나 그 외부세계는 정말로 깨어 있을까?……

　연구소 문은 아직 닫혀 있었다. 쪽문으로 들어가니 칫솔질을 하며 화분을 매만지고 있던 수위가 순간 소리도 지르지 못할 정도로 놀라고 있었다. 당황해서 현관 쪽으로 달려가려는 것을 멈춰 세워 열쇠만을 넘겨받았다. 익숙해져버린 약품 냄새는 잘 길들여진 구두 같았다. 그러나 인기척이라곤 없는 연구소 건물은 냄새라든가 발소리라든가 그러한 메아리 따위만 살고 있는 망령의 저택과도 같았다. 현실과의 부재관계를 되찾기 위해 출근표의 명찰을 바로하고 서둘러 하얀 작업복으로 갈아입었다. 흑판에 C반 조수에게 시켜두었던 실험 중간보고가 적혀 있었다. 꽤 좋은 성적이다. 그렇지만 그렇게 생각했을 뿐 뒤가 이어지지 않는다. 이 건물 속에서 경쟁심을 일으키기도 하고, 명예욕에 휘말리기도 하고, 질투심을 내기도 하고, 몰래 외국 문헌을 가져다가 앞질러 공을 세우려 하기도 하고, 인사문제로 걱정을 하기도 하고, 실험과 계산이 틀려 히스테리를 부리기도 하고, 아무튼 사는 보람을 느끼면서 열심히 일에 열중했던 것은, 실은 내가 아니라 나를 닮은 다른 누군가였고, 나는 냄새나 발소리와 마찬가지로 메아리 따위에 지나지 않았다는 느낌마저 든다……. 그래서는 곤란하다. 그렇다면 전혀 약속이 다르다. 기술에는 기술의 법칙이라는 게 있고, 얼굴이 어찌 되건 그런 것으로 영향을 받는다든지 할 리가 없다. 또는 물벼룩은 물벼룩끼리, 해파리는 해파리끼리, 기생충은 기생충끼리, 돼지는 돼지끼리, 침팬지는 침팬지끼리, 들쥐는 들쥐끼리, 그런 모든 단계의 인간관계를 내 나름대로 대충 갖춰놓고 있지 않으면 화학도 물리학도 의미를 지니지 않는다는 것일까? 당치도 않다! 인간관계 따위는 인간의 노동 중에 극히 작은 부속물에 지나지 않는다. 그렇지도 않으면 일시적인 방편 같은 가면극은 집어 치우고 바로 자살할 수밖에 없어져버린다…….

아니 괜한 신경 탓이다……. 아무도 없는데 냄새나 발소리만이 너무 두드러졌기 때문이다……. 남에게 폐를 끼칠 리도 없다. 고작 피부 일부분이 손상됐다고 해서 일에까지 영향을 미칠 리가 없다……. 여기서 하는 일은 누가 뭐라고 하든 간에 내 일인 것이다……. 투명인간이 되건, 매독으로 코가 떨어져 없어지건, 하마 같은 얼굴이 되건……기계를 만질 수 있고 생각할 수 있는 한은 내 컴퍼스 다리는 어디까지나 이 일과 연관되어 있다.

문득 당신을 생각했다. 여자라는 것은 컴퍼스 다리를 사랑 위에 세우는 것이라는 설이 있다. 진위 여부는 의심스럽지만, 사랑하는 것만으로도 행복해진다는 것이다. 그러면 지금 당신은 행복해하고 있을까?…… 갑자기 나는 내 목소리로 당신을 부르고 대답하는 당신 목소리를 듣고 싶어졌다. 수화기를 들어 다이얼을 돌렸는데, 하지만 두 번째 벨소리가 날 즈음에 끊어버렸다. 아직 마음의 준비가 안 되어 있다. 역시 나는 두려웠던 것이다.

어느덧 서서히 직원들도 출근하기 시작하고, 한 사람 한 사람으로부터 놀라움이 섞인 그러나 위로해주는 인사를 받고, 건물도 나도 겨우 인간다움을 되찾는다. 역시 쓸데없는 걱정이었다. 특별히 좋지도 않지만 그렇다고 나쁘지도 않다. 연구소에서는 일을 타인과의 통로로 삼고 그리고 부족한 부분을 가면으로 보충하기로 하고, 어쨌든 이 이중생활에 익숙해지면 합쳐서 훌륭히 독립된 한 사람으로서 제구실을 하게 될 것이다. 아니 가면은 단순히 맨얼굴의 대용품이 아니고, 어떤 금지된 성채도 자유롭게 넘나들 수 있는, 맨얼굴에게는 꿈과도 같은 특권조차 부여되므로 한 사람 몫은커녕, 동시에 몇 사람 몫을 나는 살아갈 수 있는 것이다. 아무튼 우선은 익숙해지는 거다. 때와 장소에 따라 가볍게 옷을 갈아입는 습관을 들이는 거다. 그거야말로 한 줄의 레코드판의 홈이 동시에 몇 가닥의 음색을 연주할 수 있는 것처럼……

오후에 작은 사건이 일어났다. 실험실 한구석에 머리를 맞대고 있던 네다섯 명의 그룹이 있었는데, 별생각 없이 다가가서 보자 중심인물이었던 젊은 조수 하나가 당황해하며 무언가를 감추려 했다. 물어보니까, 특별히 감추고 어쩌고 할 만한 것도 아닌 한국인의 도항문제를 어찌 해보려는 서명 용지였다. 더구나 책망도 하지 않았는데 장황하게 용서를 빌기 시작해 주위 사람들도 찜찜한 듯이 그 동향을 지켜보았다.

…… 과연 얼굴 없는 인간에게는 한국인을 위해 서명을 할 자격도 없다는 말인가. 물론 조수에게 악의가 있을 리 없고, 아마도 직관적으로 나를 자극하는지도 모를 요소가 있다고 지레 짐작하고, 도리어 불쌍히 여기는 마음에 경원해주었을 것이다. 처음부터 인간에게 얼굴이 없었다고 한다면 일본인이라든지, 한국인이라든지, 러시아인이라든지, 이탈리아인이라든지, 폴리네시아인이라든지 하는 그런 인종차별에 의한 문제들이 일어났을까도 의문이다. 그렇지만 얼굴이 다른 한국인에게는 그 정도로 그만큼 관용을 베푸는 이 청년이 얼굴 없는 나에게는 어째서 이렇게까지 차별을 하는 것일까? 인간은 진화 과정에서 원숭이로부터 독립을 할 때 흔히 일컬어지듯이 손이나 도구 등에 의해서가 아니라 얼굴로 구별해오기라도 했다는 말인가?

하지만 나는 뭐라고 하지도 않고 나도 서명할 수 있도록 부탁해보았다. 그런데 누군가가 가슴속으로 '후유' 하고 한숨을 내쉬었다. 뭔가 뒤끝이 안 좋고 어색했다…… 누구에게 열등감이 있어서 이렇게 마음에도 없는 짓을 하지 않으면 안 되었을까? …… '얼굴'이라고 하는 보이지 않는 벽이 가는 곳마다 앞을 가로막고 있다……. 이런데도 과연 깨어 있는 세계라 말할 수가 있을까…….

갑자기 견딜 수 없을 듯한 피로를 느껴 적당한 핑계를 대고 일찌감치 집으로 돌아왔다. 완전히 맨얼굴의 기분을 찾았

다고 할 수 있는 자신은 아직 없었지만, 더 기다려본들 크게
개선될 기미가 보이지 않았다. 어차피 붕대 복면이니까 목소
리를 내지 않는 한 마음의 동요를 간파당할 염려는 없고, 게
다가 나만 동요한다는 법은 당연히 없다. 오히려 당신의 동
요를 보고도 못 본 척하고 지나간 쪽이 더 괴롭지 않았을까.
설령 눈부신 듯한 낭패에 부닥치더라도 거기에 촉발되어 나
까지 이상해지는 일은 없도록 나는 나 자신에게 되풀이해서
들려주었다.

그런데 일주일 만에 나를 맞아들인 당신은 전혀 양심의 가
책을 느끼는 그림자조차 보이지 않고, 동작이나 표정 구석구
석까지 흐트러짐 없이 일주일 만의 미소를 띠고 조금도 꺼림
칙하지 않아 하는 데에는 나도 잠시 아연해질 수밖에 없었
다. 이건 마치 일주일 전의 당신을 고스란히 냉동수송기에
태워 운반해온 듯했다. 당신에게 있어 나는 이미 비밀을 감
출 노력을 할 필요조차 없을 만큼 희박한 존재가 되어버렸던
것일까? 아니면 부처 얼굴에 여우 마음으로 터무니없이 후
안무치한 게 당신의 정체였던가? 이렇게 되자 나도 그만 짓
궂게, 나 없는 동안의 보고를 듣고 고개를 끄덕여보았는데
역시 안색 하나 변하지 않고 열심히 내 옷을 손질하면서, 이
웃집에서 건폐율을 위반하는 증축을 시작한 것이 계기가 되
어 서로 투서 싸움이 유행하기 시작하여, 개 짖는 소리에 아
기가 불면증에 시달린다든지, 정원의 나무가 담 너머 도로

쪽으로 뻗어나갔다느니, 텔레비전을 켤 때는 창문을 닫으라느니, 전기세탁기 소리가 시끄러우니 새것으로 교체하라느니 하며, 꽤 큰 소동이 벌어지고 있다는 둥, 집안 살림꾼다운 화제를 혼자서 집짓기 놀이를 하면서 놀고 있는 아이와도 같은 순진무구한 억양으로, 그저 계속 이야기를 하는 거였다. 이것이 저 성숙할 대로 성숙한 여자의 정감을 솟아오르는 샘처럼 아낌없이 퍼올렸던 지난밤 당신과 똑같은 인간이란 말인가? 믿어지지가 않는다……. 내가 충분히 각오하고 나서 시작한 가면과 맨얼굴의 분열에 이다지도 악전고투하고 있는데, 당신은 순간의 분열에도 태연히 견뎌내고, 뒤에 회한의 그림자 하나 남기지 않았다……. 도대체 어떻게 된 일일까?……너무나도 불공평하다!…… 차라리 모든 걸 알고 있다고 송두리째 털어놓을까……만일 그때 그 단추를 주머니에라도 갖고 있었다면 아무 말없이 당신에게 내밀었을 것이 틀림없다.

    ……그런데 결국은 물고기처럼 묵묵히 있을 수밖에 없었다. 가면의 정체를 밝힌다는 것은 무장해제나 다름없다. 아니 그것으로 당신을 대등한 장소로까지 끌어내릴 수가 있다면 무장해제해도 좋다. 그러나 이 차감정산은 비율이 너무 좋지 않다. 아무리 당신의 위선을 벗겨낸다 하더라도 당신의 가면은 천 장이나 겹쳐져 있어 끊임없이 새로운 가면이 나타나는데, 내 가면은 한 장뿐이어서 그 뒤에는 평범한 맨얼굴

한 장조차도 남아 있지 않다.

게다가 일주일 만에 보는 우리 집도 해면처럼 잔뜩 일상성
을 빨아들여 벽도 천장도 방에 깔린 다다미도 흔들림 없이
견고해 보이긴 하지만, 그러나 한번 가면을 경험한 자에게는
그 견고함이 실은 습관이 된 금지된 성채의 일종에 지나지
않는다는 것을 싫더라도 간파하지 않을 수가 없다. 그리고
그 성채의 존재가 실재라기보다는 오히려 약속에 지나지 않
는 것과 마찬가지로, 가면을 벗은 나도 묘하게 엷은 환영과
같은 존재여서 가면 쪽이 — 가면을 통해서 접한 저 또 하나
의 세계 — 훨씬 실재감을 갖고 떠오르는 거였다. 그것은 우
리 집 벽에 대해서뿐만 아니라 물론 당신에 대해서도…… 저
죽음으로 잴 수밖에 없을 정도의 절망적인 패배감으로부터
아직 하루 밤낮도 지나지 않았는데, 더는 질리지도 않고 촉
각을 통해서 전개된 당신의 실재감에 나는 감각이 마비되는
듯한 허기를 느꼈다. 나는 떨고 있었다. 두더지는 털끝에 무
언가가 닿지 않으면 노이로제에 걸린다고 하는데, 나도 무슨
감촉을 찾아…… 맹렬히 작용하는 독임을 익히 알고 있으면
서 약기운이 떨어진 중독환자처럼…… 아무래도 이미 금단
증상을 일으키고 있는 것 같다.

나는 이제 더는 참을 수가 없었다. 뭐든지 좋으니까, 확실
한 육지로 빨리 헤엄쳐 돌아가고 싶었다. 내 집이라고 생각
한 것이 실은 거짓 집으로, 가면이야말로 — '거짓' 얼굴이기

는커녕 그곳만이 뱃멀미를 진정시키는 ─ 진짜 육지인 듯이
생각되었다. 출장으로 밀려 있던, 서둘지 않으면 안 될 실험
을 갑자기 생각해냈다는 걸 핑계로 저녁식사를 마치자마자
나가기로 하였다. 도중에 그만둘 수도 없는 실험이니, 어쩌
면 묵게 될지도 모른다고 말하자, 전혀 선례가 없던 일이었
음에도 당신은 약간 안됐다는 표정을 했을 뿐 별로 의심하는
기색도 그렇다고 불만인 듯한 기척도 보이지 않았다. 실제로
얼굴 없는 괴물이 외박을 하건, 어떤 구실을 만들건, 조금도
신경 쓸 일이 없다는 이야기다.

  아지트인 아파트 근처에 와서 도무지 기다릴 수가 없어 당
신에게 전화를 걸었다.

  "그 사람…… 돌아왔습니까?"

  "네에, 그런데 금방 또 일이 있다면서……."

  "당신이 전화를 받아서 다행이군. 그가 받으면 그냥 끊을
작정이었는데……."

  자신의 무모함에 이치의 앞뒤가 맞게 할 작정으로 말했는
데, 당신은 잠시 말이 없더니 작은 목소리로 이렇게 말했다.

  "불쌍해요……."

  그 말은 똑 하고 내 속으로 떨어져 순수한 알코올처럼 금
방 온몸으로 스며들었다. 생각해보니까 이것은 당신의 '그'
에 관한 첫 감상 같은 거였다. 그러나 그런 일에 구애받을 때
가 아니다. 통나무든 드럼통이든 좋으니까 어서 빨리 손이

닿는 곳으로 던져주지 않으면 물에 빠져버릴 것 같다……. 확실히 '그'가 실재해 있었다면 이 밀회는 약간 지나치게 무모하다. 언제 어떤 사정으로 돌아오지 않는다고 단정할 수 없다. 돌아오지 않더라도 전화가 걸려올 가능성은 충분히 있다. 낮이라면 몰라도 이런 시간에 집을 비운 것을 뭐라고 변명하면 좋을까. 나는 당신이 그런 걱정을 하면서 당연히 꺼릴 것이라고 생각했다……. 그런데 당신은 아무런 주저함도 없이 바로 응해준 것이다. 내가 버둥거렸던 것 못지않게 당신도 포획물을 찾아 파도 위를 발버둥치고 있었던 것일까? 결국 당신도 그저 파렴치한이었다. 내숭 떠는 위선자이고, 철면피에 찰나주의자이고, 음란한 여자 치한이고…… 붕대 밑에서 이를 악물면서 찌부러진 미소를 띠고 있었지만, 어느새 썰렁한 전율이 이를 가는 것을 봉쇄해 미소는 얼어붙고 말았다.

도대체 당신은 어떤 사람인가?

결코 거부하지 않고, 주눅들지 않고, 성채를 부수지 않고 빠져나가, 유혹한 사람을 오히려 역으로 유혹하고, 치한을 자학투성이로 만드는, 결코 범할 수 없는 당신은 도대체 어떤 사람인가? 그러고 보니 당신은 가면의 이름도, 성도, 직업도, 끝내 한번도 물으려 하지 않았다……. 마치 가면의 정체를 꿰뚫어보고 있는 것처럼…… 가면의 자유도, 알리바이도, 당신의 방식 앞에서는 그림자가 완전히 희미해져버리는 것이다……. 만일 신(神)이 있다면 당신을 가면 사냥꾼의 관리로 임명하면 좋겠다……. 언젠가 나도 당신에게 잡힐 것이 틀림없다…….

비상계단 아래 골목에서 누가 불렀다. 관리인 딸이었다. 예의 요요를 재촉했다. 순간 나는 대답을 하려다가 경악한 나머지 도망가려고 했다. 그 계집아이하고 약속을 한 것은 내가 아니라 가면 쪽이다. 겨우 진정하고 너무나도 낭패스러워 내가 할 수 있었던 일은 고작 잘 모르겠다는 몸짓을 해 보인 정도였다. 나로서는 그 애가 사람을 잘못 보았다고 생각할 수밖에는 수습할 길이 없었다.

하지만 계집아이는 그런 연극 같은 건 전혀 문제로도 치지 않는 모양으로 요요만 재촉했다. 혹시나 그 아이는 '가면'과 '붕대'는 형제니까, 한쪽에다 약속한 것은 자동적으로 다른 한쪽에도 전해졌을 거라고 단순하게 생각했을까?…… 아니 그런 희망적인 관측도 그 계집아이의 한마디로 보기 좋게 깨어져버렸다.

"괜찮아…… 비밀놀이니까……."

역시 처음부터 들켜버렸던 것이다! 하지만 어떻게 간파했단 말인가? 어느 대목에서 그런 실수를 저질렀을까? 가면을 쓰고 있는 걸 문틈으로 들여다보기라도 한 것일까?

하지만 계집아이는 그저 고개를 저으며 모르고 있었던 이유를 더 모르겠다는 식의 말만을 되풀이했다. 결국 내 가면은 성장발육이 더딘 이 아이의 눈조차 끝내 속일 수 없는 정도의 것이었을까……아니 오히려 발육이 늦은 아이여서 꿰뚫어볼 수 있었을까. 가면이 개를 속일 수 없는 것과 마찬가지로, 분석적인 어른 눈보다는 미분화된 직관 쪽이 때로는 훨씬 예리한가보다. 가장 가까운 당신마저 쉽게 속일 수 있었던 가면에게 그런 엄청난 결점이 있을 리가 없다.

아니 이 체험의 의미는 그런 알리바이 찾기처럼 단순한 것은 아니었다. 문득 나는 그 '미분화된 직관'의 바닥을 알 수 없는 깊이를 느끼면서, 점차로 복받쳐오르는 전율을 도저히 견디어낼 수가 없었다. 이 직관이 암시하는 것은 아무래도 이 일 년 동안의 나의 체험 전체를 단번에 무너뜨릴 수도 있는 것이었다……. 생각해보면, 이거야말로 그 계집아이가 붕대나 가면이라는 외모에 사로잡히지 않고 나의 본질을 보고 있었다는 증거가 아닐까. 그러한 눈이 현실로 존재하고 있었던 거다. 그런 계집아이의 눈으로 보면 내가 했던 것은 어지간히 우스운 일이었을는지도 모른다.

갑자기 가면의 정열도 거머리의 원한도 못 견디게 허망하게 생각되어, 웅웅거리며 회전을 계속하고 있던 삼각형도, 정전이 된 유원지의 놀이기구와 같이 슬슬 멈추기 시작했다…….

계집아이를 문밖에서 기다리게 하고 요요를 갖다주었다. 계집아이는 다시 한번 "비밀놀이야" 하고 속삭이곤 양 입가의 웃음을 숨기지 못한 채 손가락 끝에다 휘감으면서 달려 내려갔다. 이유도 없이 눈물이 솟구쳐 올라왔다. 얼굴을 씻고 연고를 떼어내고 접착제를 바르고 가면을 썼는데, 가면과 얼굴 사이에는 이미 휑하게 틈이 나 있었다. 뭐 상관없다……. 나는 흐린 하늘 아래 잔잔한 호수 표면처럼 약간은 슬프게, 그러나 확신에 찬 명료함으로 저 눈을 믿으면 되는 거라고 되풀이해서 자기 자신에게 들려주었다. 정말로 타인과 만나기를 바란다면 누구라도 저 직관으로 돌아가려고 노력하는 것 이외에는 길이 없는 게 아닐까…….

그리고 그날 밤 당신과의 두 번째 밀회에서 돌아온 후, 드디어 결심을 하고 나는 이 수기를 쓰기로 한 것이다.

실은 그날 밤, 나는 그 행위를 하던 중에 자칫 가면을 벗을 뻔했었다. 저 관리인 딸조차 간단히 꿰뚫어본 내 가면에 당신이 의심도 없이 유혹되는 것을 도저히 참을 수가 없었다. 게다가 나는 벌써 지쳐 있었다. 가면은 이미 당신을 되돌리기 위한 수단이 아니라, 당신의 배반을 확인하기 위한 몰래카메라가 되고 있었다. 나는 나를 회복시킬 생각으로 가면을 만들었는데 만들고 나니까 가면은 나로부터 제멋대로 도망가버리고 그 도망을 즐기려고 태도를 바꾸자, 이번에는 나 자신이 그 앞을 가로막고 방해를 한다. 게다가 그 사이에서 당신만은 전혀 상처를 입지 않고 있다. 이런 상태를 지속시켜간다면 끝에 가서는 어떻게 될까. '나'는 앞으로 기회 있을 때마다 가면 살해를 꾸밀 것이고, 가면은 가면대로 그 보복을 영원히 봉쇄하려고 온갖 수단으로 나를 견제하려 들 것이 틀림없다. 예를 들어 당신을 말살하려고 한다거나 해서…….

결국 일을 악화시키지 않으려면 당신도 같이 입회해서 삼자 합의로 이 삼각관계를 청산할 길밖에 없었다. 그리고 이 수기를 쓰기 시작했는데…… 가면은 처음에 나의 이 결심을 꽤나 경멸했지만 실행을 수반하지 않아서 비웃으면서도 말 없이 묵과해주었다……. 그로부터 벌써 두 달 가까이 지났다. 그사이 열 번 이상이나 밀회를 거듭했고 그때마다 눈앞에 다가선 이별을 생각하고 정말 살이 베어지는 느낌을 맛보았다. 그냥 둘러대는 말이 아니라, 내 경우 실제로 살을 에는 듯했다. 자신을 잃고 도중에 몇 번이나 이 수기를 쓰지 않으려고 했는지도 모른다. 어느 날 눈을 떠보니까 가면이 찰싹 얼굴에 들러붙어서 자신의 맨얼굴과 같아져버렸다는 식의 동화와도 같은 기적을 바라고 가면을 쓴 채 자본 일조차 있다. 그런데 그런 기적은 물론 일어날 리가 없다. 계속 쓸 수밖에 없었다.

그때 가장 격려가 되어준 것은 사람들 눈에 띄지 않는 비상계단 그늘에서 혼자 가만히 요요를 하고 있는 그 딸아이를 쳐다보는 일이었다. 자신의 불행을 명확히 자각할 수 없을 정도로 큰 불행을 짊어진 이 어린아이는 그러나 불행에 고뇌하고 있는 행복한 사람들보다는 얼마나 행복한지 모른다. 아마도 그 잃는 것을 두려워하지 않는 마음자세가 저 직관을 기르게 되었을 것이다. 나도 저 어린아이처럼 잃는 것에 대해 견뎌내고 싶다.

마침 오늘 아침 신문에 기괴한 가면 사진이 실려 있는 것을 보았다. 어딘가 미개인의 가면 같았다. 얼굴 전체에 새끼줄을 감았던 자국이 기하학적인 무늬를 만들고, 지네와 같은 코가 얼굴 중심을 기어 머리 위로 솟아오르고, 턱에는 불규칙한 뭔지 알 수 없는 물체 몇 개가 드리워져 있다. 선명하지 않은 인쇄였지만 나는 한동안 빨려 들어가듯이 들여다보았다. 그러자 그 사진에 겹쳐져서 얼굴에 문신을 한 미개인의 얼굴이 떠오르고, 그 위에 천으로 얼굴을 덮은 아랍 여인들의 모습이 떠올랐다. 그러고 나서 누군가에게 들은,《겐지이야기》〔源氏物語, 11세기 초 여류작가 무라사키 시키부가 쓴 대하소설〕속의 여자들이 얼굴을 드러내는 것은 치부를 드러내는 것과 같이 생각했다는 이야기가 떠올랐다. 그걸 누구한테서 들었냐 하면 그 누구도 아닌 당신에게서다. 언젠가 가면이 밀회를 할 때 당신으로부터 들은 거였다. 도대체 무슨 생각으로 그런 이야기를 했을까? 이야기 속의 그녀들은 머리카락만을 사내에게 보이는 거라고 생각하여, 죽을 때도 얼굴을 소맷자락으로 덮고 죽는다고 한다. 나는 당신의 의도를 알아내려고 얼굴 감춘 여자들에 관해 여러 가지를 생각해보았는데, 갑자기 그렇게 얼굴이 없던 시대가 그림 두루마리처럼 펴져서 나도 모르게 가슴이 철렁했다. 그러면 얼굴은 옛날부터 밝은 곳에 드러내놓는 것이 아니고, 문명이 얼굴에다 한낮의 빛을 들이어 비로소 얼굴에 인간의 중심을 두었다는 것일까…… 얼굴이 있었던 것이 아니라 만들어진 것이라고 한다면, 나도 가면을 만들었지만 실은 가면도 아무것도 아니고 그거야말로 나의 맨얼굴이고 맨얼굴이라고 생각했던 것이 실은 가면이었다는 것도…… 아니 이제 됐다. 이제 와서 그런 일이야 아무려면 어떤가…… 아무래도 가면도 타협하려는 것 같고, 이쯤에서 슬슬 결말을 내기로 할까…… 단지 가능하다면 다음번에는 당신의 고백도 들을 수 있었으면 한다……. 이제 앞으로 우리가 어디로 가야 하는지 모르겠지만, 아직 이야기를 나누어볼 여지쯤은 남아 있을 것 같은데…….

어제 마지막 밀회를 위해 당신에게 이 아지트 지도를 건네주었다. 이제 그 약속시간이 다 되어가고 있다. 뭔가 빠뜨리고 쓴 것은 없을까, 있더라도 이젠 시간이 없다. 가면은 당신과의 이별을 아쉬워하고 있다. 예의 그 단추는 당연히 '그'의 것이니까 그와 함께 매장하기로 하자.

자, 당신도 이것으로 다 읽은 셈이다. 침대 머리맡 재떨이 밑에 열쇠가 있으니까 그것으로 양복장을 열어보기 바란다. 정면 고무장화 왼쪽에 가면의 시체와 그 단추가 들어 있다. 처분은 일체 당신에게 일임한다. 나는 한 발 앞서 집으로 돌아가 있겠다. 당신이 지금까지와 마찬가지로 아무 일도 없었던 듯한 얼굴로 돌아와줄 것을 마음속으로 바라면서…….

회색노트를 거꾸로 해서

그 여백에다 마지막 페이지에서부터 써 넣는

나만을 위한 기록

······나는 계속 기다렸다······ 겨울 내내 밟히고 밟혀서 이제 머리를 쳐들어도 좋다는 신호가 있을 때까지는, 아무튼 기다리고 있을 수밖에 없는 보리 싹처럼 아무런 감정도 없이 그저 계속 기다리고만 있다······.

처음부터 노인의 얼굴로 태어나기라도 한 듯 그 아지트인 아파트에서 분명 무릎을 뻗어볼 여유도 없이 세 권의 노트를 읽어갈 당신의 모습을 떠올리면서, 나는 기다린다고 하는 단 하나의 신경섬유밖에 갖고 있지 않은 원생동물처럼 빛도 색 깔도 없는 공허한 기대에 그저 꼼짝 않고 몸을 맡기고만 있 었다······.

그런데 묘하게도 눈앞에 떠오르는 것은 당신의 모습으로, 이 수기가 당신의 내부에 그려낼 궤적의 자취를 더듬는 것은 어찌 된 일인지 전혀 할 수가 없었다. 그뿐인가 그토록 여러 번 읽고 또 읽어서 구석구석 당장에 달달 욀 수 있을 정도로 속속들이 알고 있던 이 수기의 내용 자체가 마치 얼룩투성이 유리창 너머 보이는 풍경처럼 떠올릴 실마리조차 분간할 수 없을 정도가 되어버렸다. 내 마음은 말린 오징어처럼 늘어졌고 차갑고 짰다. 이제 와서 아무리 버둥거려본들 다시 해보는 건 불가능할 거라는 체념 때문이었을까. 그러고 보면 이 공백 상태는 일련의 실험을 마치고, 겨우 한숨을 돌릴 때에도 이따금씩 경험하는 일이었다. 그리고 그 실험이 큰 것일수록 그 공백도 또한 뿌리 깊은 것이다.

그러므로 도가 지나친 내기의 결과 어떤 주사위 숫자가 나오건 일체 당신에게 맡기자는 심경이었다. 이러한 가면의 정체를 폭로하는 것이 당신에게 상처를 주고 욕되게 한다는 것쯤은 물론 알고 있지만, 그러나 당신은 역시 나를 배신하고 상처를 주었다. 그 점을 대차대조한다면 아마도 비슷비슷할 게 틀림없다. 그렇다고 해서 특별히 태도를 바꾸거나 하는 게 아니고, 당신이 이 수기에 대해서 어떤 반응을 나타내건 그것을 트집잡을 생각은 추호도 없다. 만일 사태가 가면 이전의 상태보다도 더 악화돼서 우리의 관계가 얼음기둥 속에 갇히게 될지라도, 그 나름대로 하나의 해결로 받아들일 각오는 충분히 되어 있다.

아니 해결까지는 아니더라도 적어도 사태의 수습이긴 할 것이다. 쏩쓸름한 회한, 조바심, 패배감, 저주, 자학적인 감상……그런 원망 같은 생각을 싹 싸두기로 하고, 좋든 나쁘든 이것으로 막중한 임무를 다했다는 체념의 한숨이 내 마음을 빈틈없이 모조리 칠해놓았다. 당연히 잘되었으면 하고 바라는 마음도 없지는 않았지만, 갑자기 침대 위에서 가면을 벗겨 보인다든지 하지 않고, 이렇게 수기 형태를 취했다는 것 자체부터 이미 백기를 든 표시였던 것이다. 어떤 결과가 되건 그 이상한 삼각관계—조금의 휴식조차 없이 암처럼 증식을 계속하고 있던 질투의 자가 중독—에 비한다면 훨씬 나은 게 틀림없다.

게다가 생각해보니 전혀 수확이 없었던 것도 아니다. 언뜻 보아서는 헛수고만 한 끝에 도로아미타불이 된 듯이 보이지 않는 건 아니지만, 그 정도의 체험이 아무 영향도 남기지 않은 채 그대로 사라질 리는 없지 않을까. 적어도 맨얼굴이 불완전한 가면에 지나지 않았음을 꿰뚫어본 것만으로도 큰 수확인 것이다. 지나치게 낙천적일지도 모르지만, 이 지혜가 언젠가는 큰 힘이 되어 설령 영원히 녹지 않는 얼음기둥 속에 갇혀버렸다고 하더라도, 다행히 얼음기둥 속에서 인생을 더듬어 찾아, 지금까지와 같이 버둥거리는 일은 두 번 다시 안 해도 될 것 같기도 한데…… 하지만 그런 일은 당신이 항복 조건을 지니고 돌아온 다음에 새로운 마음으로 천천히 생각하면 좋겠다. 지금은 아무튼 기다리는 일 이외에는 없으니까…….

나는 실이 끊어진 꼭두각시 인형처럼 흐물흐물하게 거실 다다미 위에 자빠져서 시간의 흐름에 대해 되도록 저항을 적게 하려는 듯 그 일에만 신경 쓰고 있었다. 창틀과 이웃집 처마로 잘린 하얀 장방형 하늘이 마치 형무소 담벼락의 연장선처럼 보였다. 하지만 나는 눈을 돌리려고 하지 않고 차라리 그쪽으로 생각하려고 애를 쓰기까지 하였다. 갇혀 있는 것은 뭐 나 혼자만이 아니고 이 세상 전체가 하나의 형무소라고 생각한 것은 그때의 내 기분과 너무나도 꼭 같았다. 그리고 누구나가 이 세상으로부터 탈주하려 기를 쓰고 있는 거라고, 한층 더 상상의 나래를 펴본다. 그런데 꼬리뼈처럼 실제로는 아무 쓸모라곤 없는 군더더기에 지나지 않게 된 맨얼굴이 생각지도 않던 족쇄가 되어 혼자서 탈주에 성공한 자는 아직 없는 것 같다. …… 하지만 나는 다르다……. 나만큼은 극히 짧은 시간이었지만 저 담벼락 너머를 경험했다……. 그 너무나도 농밀한 대기를 견뎌내지 못하고 금방 도망치긴 했을 망정 어쨌든 나는 알고 있다……. 저 담벼락의 존재가 부정되지 않는 한, 불완전한 가면의 모방에 지나지 않은 맨얼굴이 나에게 우월감을 지닐 까닭은 조금도 없다……. 그리고 당신도 나의 고백을 들은 이상 적어도 이 점에 관해서는 설마 이의를 제기한다든지 할 수는 없으리라고 생각한다…….

그런데 그 하늘을 가린 콘크리트 담벼락이 차츰 빛을 잃고 까맣게 어둠 속으로 녹아드는 데에 따라, 시간에 거역하지 않으려는 노력만은 도저히 달랠 수 없는 조바심 속으로 빠져들기 시작했다. 도대체 당신은 어디까지 읽은 걸까? 한 시간에 읽을 수 있는 평균 매수를 알면 대강 짐작을 할 수 있겠는데……일 분 동안 일 페이지라고 한다면 육십 페이지……
그로부터 네 시간 이십 분이 지났으니까 빠르면 이젠 다 읽
었을지도 모른다. 그렇지만 문장에 구애받아 답보상태인 곳
도 있을 것이다. 뱃멀미하듯 잠시 이를 악물고 분한 걸 참는
대목도 있을 것이다. 그렇다 하더라도 아무리 시간이 걸린다
고 해도 앞으로 한 시간이면 충분할 거다……. 그런데 나는
돌연 까닭도 없이 벌떡 일어나서는 특별히 일어날 필요까지
는 없었는데 하고 다시 생각했지만, 그러나 이제 와서 다시
잘 기분도 나지 않았다. 불을 켜려고 일어선 김에 물주전자
를 가스 불에 올려놓았다. 부엌에서 나오다가 문득 당신 냄
새가 코를 스쳤다. 어쩌면 침실 입구의 화장대 부근에서 나
는 화장품 냄새인 듯했다.

갑자기 나는 목 안에 루골액〔요오드용액〕을 발랐을 때 같은
발작적인 구토감에 휘말렸다. 바로 노출된 거머리 소굴의 반
응인가보다. 그런데 이미 한번 가면극의 주역을 맡아버린 나
에게 이제 와서 타인의 화장을 왈가왈부할 자격이 있을까.
더 관대해지지 않으면 안 되겠다. 언제까지나 화장이나 가발
에 구애를 받는 어린애 같은 상태에서 빨리 졸업하지 않으면
안 된다. 그래서 뱀을 싫어하는 치료법을 배워 화장하는 심
리에 온 의식을 집중해보기로 한다. 화장…… 얼굴 가
공…… 그건 확실히 맨얼굴의 부정이다……. 표정을 변형해
서 한 발짝이라도 타인에게 다가가려고 하는 기특한 노력인

것이다……. 그런데 그 화장이 생각대로 효과를 내는 경우…… 그래도 그녀들은 그 화장에 대해서 과연 질투를 느끼지 않고 넘길 수 있을까?…… 별로 그럴 것 같지도 않다……. 정말 우스운 일도 다 있다……. 그 질투심 많은 여자들이 자기 얼굴을 점령한 타인에 대해서는 아무런 반응도 하지 않는 것은 도대체 웬일인가?…… 상상력이 빈곤해서인가 아니면 자기희생 정신에 의해서인가…… 또는 자신도 상상력도 너무 과잉되어 자기 자신도 타인도 구별할 수 없게 되어버려서인가…… 모처럼 노린 것도 과녁이 빗나가 도무지 화장을 싫어하는 요법이 되어줄 것 같지 않았다. (그야 지금은 다르다. 지금이라면 그 뒤에 이런 식으로 덧붙이겠다. 여자들이 자기 화장에 질투를 하지 않는 것은 아마 맨얼굴의 가치 하락을 직관적으로 꿰뚫어보고 있기 때문이다. 맨얼굴의 고마움 같은 것은 요컨대 세습재산이 신분을 보장하고 있던 시대의 유물에 지나지 않는다는 것을, 공교롭게도 재산 같은 것과는 인연이 없었던 것으로 본능적으로 느끼고 있었던 탓일 것이다. 이제 와서 맨얼굴의 권위 같은 것에 매달리고 있는 사내들보다 훨씬 현실적이고 또한 이치에도 맞는 게 아닐까. 다만 그 여자들도 아이들에게는 화장을 금지시킨다. 역시 어느 구석엔가 일말의 불안을 느끼고 있는 걸까? 그렇다고 하더라도 그 책임은 여자들이 확신이 없어서라기보다는 오히려 초등학교 교육의 보수성에서 찾아야 할지도 모른다. 차라리 초등학교 교육에서부터 화장의 효용을 철저하게 가르친다면, 자연히 사내들도 저항 없이 화장을 받아들이게 될 것이고…… 아니 그만두자, 이제 와서 아무리 다른 가능성을 주장해본들 결국 일부러 허세 부리는 꼴이 될지도 모른다. 결국 확실한 것은 가면도 나의 잠재적인 화장 공포증을 끝내는 치유할 수는 없었다고 하는 그 한 가지밖에는 없는지도 모른다.)

기분을 달래기 위해 텔레비전을 켜보았다. 운 나쁠 때는 별수가 없는 거여서, 마침 해외 뉴스 시간으로 미국의 흑인 폭동이 보도되고 있었다. 백인 경관에게 잡혀서 끌려가는 셔츠가 찢어진 빈약한 흑인이 겹쳐지면서 아나운서가 사무적인 억양으로 말하고 있었다.

─긴 검은 여름을 맞아 우려했던 뉴욕의 인종 소동은 관계자들이 예상했던 대로의 결과가 되어 할렘가는 헬멧을 쓴 흑인, 백인, 경관 오백 명 이상이 거리를 메워, 지난 1943년 여름 이후 처음 보는 경계 상황이다. 각처의 교회들은 일요 예배와 함께 항의집회가…….

잇새에 날카로운 생선뼈가 박힌 듯한 아픔과 음울함이 뒤섞인 안절부절, 어찌해볼 수가 없는 기분이었다. 하긴 나와 흑인 사이에는 편견의 대상이 되어 있다는 것 이외에는 거의 아무런 공통점도 없다. 흑인에게는 연대할 수 있는 동료라도 있지만, 나는 오직 나 혼자뿐이다. 흑인 문제는 중대한 사회적 문제가 될 수 있지만, 내 경우는 어디까지나 개인적인 틀에 머물러 거기에서 한 발짝도 나갈 수가 없다. 하지만 내가 그 폭동 광경에 숨 막힐 듯한 답답한 느낌이 든 것은 나처럼 얼굴을 잃어버린 남녀가 몇천 명이나 한자리에 모여 있는 경우를 상상했기 때문이다. 우리도 흑인들처럼 편견을 향해 용감하게 일어설 수가 있을까. 있을 수 없는 일이다. 그 경우 생각할 수 있는 행동이란 서로 추한 모습에 정나미가 떨어져 동료끼리 치고받기를 하든가, 아니면 비슷하게 생긴 무리가 완전히 시야에서 사라질 때까지 나 살려라 하고 도망을 치는 게 고작이 아닐까…… 아니 그러기라도 한다면 아직 참을 수 있다. 그런데 나는 확실히 그 폭동에 매혹되고 있었다. 아무 필연성도 없는 주제에 극히 조그마한 계기로 말미암아 우리 괴물 집단은 제대로 생긴 무리의 얼굴을 향해 일제히 공격을 개시할지도 모르는 것이다. 증오일까. 아니면 평범하게 생긴 얼굴을 쳐부수어 한 사람이라도 이쪽 동료가 불어나게 하자는 실리적인 책략에서일까. 양쪽 다 제각기 중요한 동기임에는 틀림이 없지만, 그보다도 나는 폭동이라는 태풍 속에 일개 졸병으로서 묻혀버리고 싶다. 확실히 병사야말로 바로 완벽한 익명적 존재이고 얼굴 같은 걸 지니지 않더라도 사명을 완수하는 데에는 아무런 지장도 없으며 훌륭하게 존재이유를 부여받는다. 의외로 얼굴 없는 부대야말로 이상적인 병사들의 집단인지도 모른다. 기죽지 않고 오직 파괴를 위한 파괴에 매진하는 이상적인 전투부대일지도 모른다.

그래, 공상 속에서라면 확실히 그대로일는지도 모른다. 그런데 현실로는 여전히 나 혼자뿐이다. 포켓에 공기권총을 숨겨두고서 참새 한 마리도 잡으려고 하지 않은 나다. 진절머리를 내며 텔레비전을 끄고 시계를 보니 이미 예정했던 한 시간은 지나버렸다.

그제야 나도 당황했다. 바깥 기척에 귀를 기울이고 몇 분 간격마다 시계를 확인하면서 시시각각 수위를 높여가는 불안의 홍수에 조바심이 나서 견딜 수가 없었다……. 옳지, 발소리가 들린다!…… 하지만 이웃집 개가 짖어대는 것을 보니 어쩐지 다른 사람인 모양이다. 그럼 이 소리는?…… 역시 아니다……. 당신 구두 소리라면 그렇게 체중을 감당하지 못하는 소리를 낼 리가 없다. 얼마 있다가 차가 서고 차문을 열고 닫는 소리가 들렸는데 유감스럽게도 그건 뒤쪽 빈터 쪽이다. 나는 점점 안절부절못했다. 도대체 어떻게 된 것일까. 무언가 예측하지 못했던 사건이라도 일어난 걸까. 교통사고라든지 치한의 습격이라든지……. 그렇다면 적어도 전화라도 해주면 좋으련만…… 아무리 치한을 좋아하는 당신일망정……아니 그건 아니다. 설령 농담일지라도 해서 좋은 일과 안 되는 일이 있는 법이다……. 그 경험은 결코 그런 어법으로 말해서는 안 되는, 너무나도 민감한 얇은 피부밖에 갖고 있지 않았다…….

그 정도로 신경이 쓰이면 차라리 이쪽에서 마중이라도 가 보면 어떨까. 뭐 서두를 것은 없다. 지금부터 가본들 어차피 엇갈릴뿐이다. 읽기만 한다면 벌써 다 읽었을 텐데, 나에게 뭐라고 대답하면 좋을지 그 모든 느낌을 종합하려면 필경 많은 시간이 걸릴 것이다. 게다가 당신에게 맡긴 가면을 매장하는 일도 있다. 노트는 증거물로 남겨둔다고 하더라도 가면과 단추는 악몽의 흔적을 일체 씻어버리기 위해 잘게 잘라서 치워버리느라고, 그래서 예상 외로 손이 가고 있는지도 모른다. 어쨌든 간에 그 다음은 시간문제다. 어쩌면 이미 요 근방까지 돌아왔을지도 모른다. 이제 삼 분만 지나면 당신은 현관에 서서 언제나처럼 짤막하게 두 번 벨을 누르고는……그렇다, 이제 이 분……이제 일 분…….

아니다. 다시 한번 처음부터 하기로 하자. 이제 오 분……이제 사 분……이제 삼 분……이제 이 분……이제 일 분……하고 되풀이하는 동안에, 어느 사이에 9시가 되고 10시가 되고 드디어 머지않아 11시가 되려고 한다. 내 의식은 너무도 긴장한 나머지 뚫린 한 개의 강철통처럼 되어, 먼 거리의 술렁거리는 소리에 맞춰 신음을 하고 주뼛주뼛하게 속삭이는 소리로 되묻는다. 대체 어떤 가능성이 있을 수 있을까……. 이곳으로 돌아오지 않고 그 밖에 어디 갈 데가 있다는 것일까……. 하지만 아무런 대답도 돌아오지는 않았다……. 당연한 일이다……. 다른 대답 같은 게 있을 턱이 없다……. 당신이 어지간히 이 수기를 잘못 읽거나 하지 않는 한은…….

별안간 나는 욕지거리를 퍼붓고 있었다. 욕지거리를 퍼부어대면서 서둘러 얼굴에다 붕대를 감고 문도 제대로 닫는 둥 마는 둥 밖으로 뛰어나갔다. 뭘 꾸물거리고 있었담! 이런 일이었다면 더 빨리 결심해버려도 좋았을 터인데, 이미 늦었는지도 모르겠군! 늦어? 뭐가 늦어? 어쩔 셈으로 이런 소리를 하는지 나도 잘 모르지만, 하지만 그 예감은 괴물의 목 속만큼이나 어둡고 또한 불길한 열기로 차올라 있었다.

……그리하여 그 예감은 바로 적중했다. 아파트에 닿은 것은 12시 조금 전이었다. 방에 불은 꺼져 있고 사람 기척이라곤 없다. 이 시간이 되기까지 태평하게 기다리고 있었던 내 독선에 마구 욕지거리를 하면서 비상계단을 올라 침을 꿀꺽 삼키며 문을 연다. 턱에서 심장 부근이 얇은 파라핀 종이처럼 찌직찌직 소리를 내고 있었다. 물건 소리가 안 나는 걸 확인해보고 가만히 불을 켜본다. 당신은 없었다. 당신 시체도 없었다. 방 풍경은 내가 이곳을 나섰을 때 그대로였다. 테이블 위에는 세 권의 노트가 가지런히 놓여 있고, 우선 첫 노트의 첫 페이지를 열어봐주길 바란다고 쓴 종이쪽지까지, 게다가 그 위에 잉크병을 올려놓은 것까지 그대로 있었다……. 그러면 당신은 결국 이 방에는 나타나지 않았다는 말인가?……점점 도무지 뭐가 뭔지 모르겠다……. 읽고 나서

모습을 감춘 것보다는 읽지 않고 행방불명이 된 편이 다소 부담은 가벼울망정 변고임에는 틀림없다. 양복장 안을 들여다본다. 가면에도 단추에도 손을 댄 흔적은 전혀 없었다.

그런데 잠깐…… 이 냄새는…… 그렇다. 이 곰팡이 냄새와 먼지 냄새에 섞여 어렴풋하게 풍기는 것은 틀림없는 당신 냄새다. 그렇다면 역시 당신은 나타났던 거다. 하지만 적어 놓은 쪽지까지 그대로 있다는 것은 노트를 무시했다는 표시로 보이는데…… 모처럼 여기까지 왔으면서 대체 어쩔 셈이었을까?

별생각 없이 그 쪽지를 들여다보곤 움찔한다. 종이는 내가 썼던 그 종이인데 글씨체가 다르다. 뒷면을 이용해서 당신의 필체로 적힌, 나한테 보내는 편지였다. 아무래도 노트를 읽고 나서 실종된 모양이다. 드디어 예상되었던 범위 내에서 가장 최악의 사태에 다다른 것 같다.

아니 최악이라는 말을 그렇게 함부로 써서는 안 된다. 그 편지 내용은 지금까지 지녔던 어떤 예상도 뛰어넘어서 완전히 내 의표를 찔렀다. 아무리 내가 두려워하고 망설이고 고뇌하고 걱정했다고 한들 그런 것들은 이미 문제도 아니었다. 붓 한 번 더 댐으로써 벼룩이가 코끼리로 변해버리는 퀴즈 그림처럼 내 시도의 일체가 의도했던 것과는 전혀 다른 것으로 변해버렸다. 가면의 결단…… 가면의 사상…… 맨얼굴과의 싸움…… 그리고 이 수기를 통해 해내려고 했던 내 소

원의 일체가 속이 훤히 들여다보이는 한 막의 연극이 되고
만 것이다. 두렵다. 스스로가 스스로에게 이 정도의 조소와
모욕을 줄 수 있으리라고 대체 누가 상상이나 할 수 있었을
까……

아내의 편지

　장화 속에서 죽어 있었던 것은 가면이 아니라 당신이었습니다. 당신의 가면극을 알고 있었던 것은 그 요요의 어린아이뿐이 아니랍니다. 나 역시 처음 본 순간……당신이 자장(磁場)의 변형이 어쩌고 하면서 꽤나 신이 나 있던 그 순간부터 완전히 간파하고 있었습니다. 어떻게 해서 알아차렸냐는 등 물어서 나를 욕되게는 하지 말아주세요. 물론 나는 당황하고 망설이기도 하고 어찌할 바를 몰랐습니다. 아무튼 평소의 당신에게서는 상상조차 할 수 없는 대담한 방법이었으니까요. 하지만 당신의 그 자신만만한 모습을 보고 있는 동안에 나도 어느새 착각해버리고 말았습니다. 당신이라면 내가 알아차렸다는 것을 충분히 알고 있을 게 틀림없다고. 만사 양해하고 서로 말없이 연극을 계속하자고 재촉을 하고 있는 것으로 말입니다. 처음에는 꽤나 두렵게 생각되었지만 금방 생각을 바꾸어서 이것은 나에 대한 위로인지도 모른다고 생각했습니다. 그러자 당신은 하고 있는 일을 약간은 겸연쩍어하고 있는 것 같지만 꽤나 섬세하고 부드럽게, 함께 춤을 추자고 손을 내미는 듯 생각되기 시작했습니다. 게다가 당신이 놀랄 만큼 진지하게 계속 속는 척하는 것을 보고 있는 동안

에 내 마음은 점점 더 감사하는 마음으로 가득 차기 시작했
고, 그래서 그런 식으로 순순히 당신 뒤를 따라갈 기분도 났
던 것입니다.

하지만 당신은 하나부터 열까지 다르게 생각하고 있었군
요. 그동안 당신은 내가 거부한 듯이 썼지만 그것은 거짓입
니다. 당신은 당신이 당신을 스스로 거부하고 있던 것은 아
닌가요? 그 자기를 거부하고 싶은 마음은 나도 알 것만 같습
니다. 이렇게 된 이상은 괴로움에 동참할 수밖에 없다고 나
도 반 이상은 단념해버리고 말았습니다. 그렇기 때문에 당신
의 가면이 나에게는 너무나 기쁘게 생각되었던 것입니다. 나
는 행복한 마음으로 심지어 이렇게까지 생각하고 있었습니
다. 사랑이라는 것은 서로 가면 벗기기 내기를 하는 것이라
고, 그러기 위해서도 사랑하는 사람을 위해서는 가면을 뒤집
어쓸 노력을 하지 않으면 안 되는 거라고. 가면이 없으면 그
것을 벗겨낼 즐거움도 없게 되는 셈이니까요. 알겠습니까,
이 뜻을.

알지 못할 리는 없으실 테지요. 당신도 마지막에는 자기가
가면이라고 생각했던 것이 실은 맨얼굴이고, 맨얼굴이라고
생각했던 것이 실은 가면이었을는지도 모른다고 의심하고
계시지 않았나요. 그렇고말고요. 누구라도 유혹당하는 자라
면 그런 정도쯤 이미 알고 나서 유혹당하는 겁니다.

하지만 이제 가면은 돌아와주질 않습니다. 당신도 처음에

는 가면으로 자신을 되찾으려 했던 것 같은데, 어느 사이에 자기로부터 도망가기 위한 방패막이로밖에 생각하지 않았습니다. 그러면 가면이 아니라 다른 맨얼굴과 같은 것 아닌가요. 드디어 꼬리를 드러내고 말았군요. 가면을 두고 하는 말이 아니라, 당신을 두고 하는 말입니다. 가면은 가면이라는 것을 상대에게 알림으로써 가면을 쓰고 있는 의미도 있는 게 아닐까요. 당신이 눈엣가시처럼 여기는 여자의 화장인들 결코 화장임을 숨기려고 들지는 않습니다. 결국 가면이 나빴던 것이 아니고 당신이 가면 다루는 법을 너무 모르고 있었던 것에 불과합니다. 그 증거로 당신은 가면을 쓰고 있어도 할 수 있는 일이 하나도 없었습니다. 좋은 일이건 나쁜 일이건 아무 일도 못했어요. 그저 거리를 얼쩡거리며 돌아다니고, 나중에는 제 꽁지를 입으로 물고 있는 뱀처럼 이 긴 고백을 썼을 뿐이에요. 얼굴에 화상을 입건 안 입건, 가면을 쓰건 안 쓰건, 그런 당신에게는 아무런 변화가 없었나요. 당신은 이미 가면을 다시 불러올 수도 없어요. 가면이 돌아오지 않는 이상 나 역시 돌아갈 리가 없는 거 아닌가요.

그렇다 하더라도 무서운 고백이었습니다. 어디 한구석 나쁜 데가 없음에도, 억지로 수술대 위에 올려져 용도도 사용법도 알 수 없는 꽤 까다롭게 생긴 몇백 가지 종류의 메스나 가위로 여기저기 아무 데고 잘리는 느낌이었습니다. 그런 생각으로 다시 한번 쓰신 것을 읽어보세요. 당신이라면 분명 내 비명 소리를 들을 게 틀림없습니다. 시간이 허락된다면 그 비명의 뜻을 일일이 설명해드리고 싶을 정도입니다. 하지만 우물쭈물하다가는 당신이 이곳으로 돌아올 것 같아서 두렵습니다. 정말로 두렵습니다. 얼굴은 사람들끼리의 통로라느니 운운하면서 세관 관리처럼 자기가 맡은 문 이외에는 생각하지 않는 소라 조개 같은 당신. 원래 성채 안쪽에 있던 나를 꼼짝 못하게 머무르게 해놓았을 뿐인데, 마치 형무소 담벼락만 한 성채를 넘어서 부녀자 유괴죄를 범하기라도 한 듯이 소란을 피우지 않고는 마음에 성이 차지 않는 허세투성이인 당신. 그럼에도 내 얼굴에 초점이 맞춰지자 당황하면서 한마디 의논도 없이 깨끗이 가면의 입구에 못을 박아버린 당신. 과연 말씀하시는 대로 세상에는 죽음이 충만하고 있는지도 모르겠습니다. 하지만 그 죽음의 씨를 뿌린 것은 역시 당신과 같이, 타인이라고는 도무지 모르고 있는 자들의 짓이었던 게 아닐까요.

당신에게 필요한 것은 내가 아니라 분명히 거울입니다. 어떤 타인도 당신에게 있어서는 어쨌든 자기를 비추는 거울밖엔 안 되니까요. 그런 거울 속 사막 같은 데에 나는 두 번 다시 돌아가고 싶진 않습니다. 평생이 걸려도 소화해낼 수 없는 우롱으로 내 내장은 이제 터져버릴 지경입니다.

(이어 판독할 수 없을 정도로 지워진 두 줄 반 정도 삭제된 부분이 있음)

……이 무슨 불의의 기습이란 말인가. 당신이 내 가면을 가면으로 알아차렸으면서 그대로 계속해서 속은 체하고 있었다니. 지네와 같은 발을 지닌 수치의 떼거리가 겨드랑이 밑이나 등줄기, 옆구리 등등 가장 닭살이 돋기 쉬운 부분만을 골라, 설금설금 기어 다니기 시작한다. 분명 수치를 느끼는 신경은 피부 표면 근처에 있는 모양이다. 나는 치욕의 두드러기로 물에 빠져 죽은 사람 모양 퉁퉁 부풀어버렸다. 어릿광대임을 자각하지 못하는 어릿광대만은 되고 싶지 않노라고, 제법 그럴듯한 대사를 중얼거리며. 그 대사 자체가 어릿광대의 대사이기 때문에 마음이 편하다. 당신이 만사를 꿰뚫어보고 있었다니. 그건 마치 거짓 주문을 믿어버리고 구경꾼들이 구경하고 있으리라고는 추호도 의심하지 않은 채 자기만이 투명인간이라도 된 듯이, 혼자 연극을 했던 거나 마찬가지가 아닌가. 수치의 떼거리가 내 피부를 갈며 돌아다닌다. 그 갈린 피부의 고랑 사이에 성게 가시를 심으며 돌아다닌다. 이제 곧 나도 가시 돋아 있는 동물의 한 패거리에 끼일 게 틀림없다…….

나는 비틀비틀 흔들거리며 언제까지나 그냥 멍청히 서 있었다. 그림자도 같이 흔들리고 있는 걸 보니 기분 탓이 아니라 진짜로 흔들거리고 있었다. 그렇다고 해도 어쩌다가 돌이킬 수 없는 잘못을 저지르고 말았을까. 어딘가에서 버스를 잘못 탄 것 같다. 대체 어디까지 되돌아가야만 올바른 방향으로 갈아탈 수 있는 걸까. 흔들흔들 흔들리면서 얼룩투성이가 되어버린 보기 힘든 지도에 의지해서 기억의 순서를 되짚어본다.

이 수기를 쓰자고 마음먹은 저 질투 속에 잠겼던 깊은 밤……당신에게 처음 말을 걸었던 저 유혹의 오후……치한이 되려고 마음먹었던 그 전후……겨우 가면의 밑그림을 완성한 미소 짓던 새벽……가면 제작에 들어선 비 내리던 밤……그리고 거기에 이르기까지 긴 붕대와 거머리 소굴 시대……이제 틀려버린 것일까?……여기까지 와서도 갈아타지 못한다면 잘못된 출발점은 한층 더 맞은편까지 거슬러 올라가 더듬어 찾지 않으면 안 된다. 역시 당신 주장대로 어떠한 그릇이든 관계없이 본체는 처음부터 썩은 물이었을까…….

특별히 당신의 주장을 그대로 인정하는 것은 아니다. 특히 죽음의 씨앗을 뿌리면서 다닌 것이 나같이 타인을 모르는 작자들이었다는 의견에는 도저히 찬성 못하겠다. 타인을 모른다고 하는 표현 그 자체는 꽤나 핵심을 찔러 재미있다고 생각하지만, 이것을 결과 이상으로 보는 것은 아무리 생각해도 지나치다. 타인을 모른다는 것은 어디까지나 결과지 원인은 아니다. 왜냐하면…… 수기에도 썼지만…… 현대 사회에 필요한 것은 대개가 추상적인 인간관계뿐이어서, 그래서 나같이 얼굴을 상실해버린 사람이라도 급료만큼은 지장 없이 받을 수가 있다. 따라서 자연히 구체적인 인간관계인 이웃의 존재는 점점 더 폐물 취급을 받게 되고 고작 책 속이라든가 가정이라는 고독한 섬들 속에서 겨우겨우 목숨을 부지해가고 있는 셈이다. 아무리 텔레비전의 홈드라마가 달콤한 가족 찬가를 되풀이해도 사람들에게 값이 매겨지고 임금이 사정되어 생활권의 보호를 받는 것은 이미 적과 치한밖에는 없어져버린 그 바깥의 세계인 것이다. 어떤 타인에게도 독과 죽음의 냄새가 붙어다니고 있어 사람들은 언젠가 타인 알레르기 환자가 되어버릴 것이다. 물론 고독도 두렵지만 이웃의 가면에게 배반당하는 것은 더 무섭다. 어설프게 이웃에 대한 환상을 품고 있다가 현대로부터 낙오해가는 바보만은 연기하고 싶지 않다. 언뜻 보기에 평범하기 짝이 없는 이 하루하루 반복되는 나날도 결국은 일상화된 싸움터에 지나지 않을 것이다. 사람들은 열심히 얼굴에다 쇠살문을 내고 자물쇠를 잠그어 타인의 침입을 막는 작업에 온 힘을 쏟는다. 그리고 기회만 있으면—마치 내 가면이 시도했던 것처럼—자기 얼굴로부터 도망가 투명인간이라도 되고 싶다고 이루어질 수 없는 소망을 꿈꾼다. 알려고 들어서 알 수 있는, 그렇게 만만한 게 타인은 아니다. 이 점에 관해서라면 타인을 모른다는 한마디로 타인을 쏘아 맞힌 듯이 생각하고 있는 당신 쪽이 도리어 중증의 타인을 모르는 환자가 아닐까.

하기야 그런 하찮은 것은 이제 와서 새삼 신경 써본들 별수 없다. 중요한 것은 이론이나 핑계가 아니라 사실이다. 나를 노려 과녁을 맞추고 확실하게 치명상을 입힌 것은 저 두가지 지적이다. 그 하나는 말할 필요도 없이 당신이 가면의 정체를 꿰뚫어보면서도 계속 속는 체하고 있었다는 그 잔혹한 폭로. 그리고 또 하나는 알리바이다, 익명이다, 순수한 목적이다, 금지의 파괴다 등등 멋대로 온갖 말을 늘어놓으면서 실제로는 뭐 한 가지 행동다운 행동을 수반하지 못하고 겨우제 꼬리를 문 뱀과도 같은 수기를 써낸 것뿐이 아닌가 하는 용서 없는 추궁.

강철 방패 정도로 기대를 걸었던 내 가면은 판유리보다도 맥없이 부서지고 이제 더 반론의 여지도 없다. 확실히 말하지만 그 가면은 가면이라기보다는 차라리 새로운 맨얼굴에 가까운 것이었다는 느낌도 든다. 맨얼굴이 가면의 불완전한 모방이라고 하는 자기 가설을 여전히 고집할 셈이라면 나는 일부러 고생해서 가짜 가면을 만든 셈이 된다.

그럴지도 모르겠다……. 문득 앞서 신문에서 본 미개인의 가면을 떠올렸다. 어쩌면 그것이 진짜 가면인지도 모르겠다. 그렇게 맨얼굴에서 완전히 비약해버렸기 때문에 비로소 정당한 가면이라고 말할 수 있게 되는지도 모른다. 튀어나온 큰 눈, 어금니가 다 드러난 큰 입, 구슬로 엮어놓은 코, 그리고 그 콧망울과 양쪽 끝으로부터 각각 가지가 뻗어 구불구불 얼굴 가득히 소용돌이를 이루고, 다시 그 주변을 새의 긴 털이 화살 박은 수레처럼 둘러싸고 있다. 보면 볼수록 소름이 끼칠 정도로 기괴하고 비현실적이다. 그렇지만 자기가 그걸 쓰려고 다시 계속 보고 있노라면 차츰 그 가면의 의도를 읽을 수가 있다. 어쩐지 인간을 넘어선 신(神)의 영역에 들어가려고 하는 절실한 기도의 표현인 듯하다. 얼마나 전율적인 상상력인가. 자연의 금지에 맞서려고 하는 격렬한 의지의 응축이다. 어차피 만들 바에 나도 그런 가면으로 할걸 그랬나 보다. 그랬더라면 살금살금 상대편 눈을 속이려는 마음도 처음부터 안 들었을 것이다…….

말도 안 된다. 그런 식으로 말을 하니간 용도도 잘 모르는 꽤 까다롭게 생긴 메스나 가위 운운 하며 비꼬는 것이다. 괴물이어도 좋았다면 특별히 가면을 끄집어내지 않더라도 거머리 소굴만으로도 충분했을 터인데. 신(神)들도 변했지만 인간도 변했다. 스스로 자청해서 얼굴을 변형시키는 시대로부터 아랍 여자나 《겐지이야기》 속의 여자들처럼 얼굴을 덮어 감추는 시대를 거쳐, 겨우 현대의 맨얼굴 시대에 닿은 것이다. 그렇다고 해서 이것을 진보라고 단언할 생각은 없다. 신들에 대한 인간의 승리라고도 생각되지만, 동시에 겸허의 표시로 볼 수도 있다. 따라서 앞으로의 일은 모른다. 의외로 내일이 되면 다시 맨얼굴을 거절할 시대가 오지 않는다는 보장도 없다. 그러나 오늘은 어쨌든 신들보다는 인간의 시대다. 내 가면이 맨얼굴에 준해 있는 것도 이유가 있다.

아니 이제 그만두자. 이유라면 이제 진절머리가 난다. 핑계를 찾으면 얼마든지 찾아지게 마련이다. 하지만 아무리 핑계를 늘어놓아본들 당신이 지적한 그 두 가지 사실을 뒤집어 엎을 수는 없다. 특히 내 가면이 결국은 아무 일도 해내지 못하고 단지 핑계를 대는 데 그치지 않았는가 하는 두 번째 지적에 대해서는 드디어 몸소 그것을 입증해 보였다는 이야기다. 겹치는 창피도 이제 진력이 난다. 어릿광대나 실패투성이라면 몰라도 그만한 체험이 완전히 없는 것과 같다고 한다면 너무나 참담해서 변명하는 것조차 창피스럽다. 절망 운운하기도 허망하다. 완벽한 알리바이, 무제한의 자유, 아무런 수확이 없다. 더욱이 열심히 보고서를 작성해서 스스로가 그 알리바이를 무너뜨리는 데 애를 쓰고 있었으니 할 말이 없다. 이건 마치 불알도 없는 주제에 관념적인 성욕만 왕성한 구중중한 성불구자나 마찬가지가 아닌가……

그렇다, 그 영화에 대해서만은 역시 써두어야겠다. 분명 2월 초순경쯤이었다. 수기에다가는 끝내 언급을 피했지만 관계가 없었다기보다는 오히려 너무나 관계가 깊어서…… 게다가 모처럼의 가면 제작에 물이라도 끼었은 듯한 느낌이어서…… 일부러 피해버린 거였다. 하지만 올 때까지 와버렸고 지금 와서 장차 재수가 좋을까 마음 졸여보아도 소용없다. 게다가 사정이 바뀐 탓인가, 완전히 느낌도 달랐다. 확실히 그것은 단지 잔혹한 것만은 아니다. 색다른 작품이어서 그다지 평판이 나진 않았지만 〈사랑의 측면〉이라고 말하면 당신도 제목 정도는 기억하고 있으리라 생각하는데……

고요가 엄습한 경직된 풍경 속을, 옷차림은 허술하지만 보기에도 청결한 날씬하게 생긴 한 아가씨가 요정처럼 투명한 왼쪽 얼굴을 보이면서 미끄러지는 듯한 발걸음으로 걸어간다. 아가씨는 화면 속을 오른쪽에서 왼쪽으로 가고 있어, 우리에게 보이는 것은 왼쪽의 반쪽뿐이다. 배경은 콘크리트 건물로 아가씨는 보이지 않는 오른쪽 어깨가 그 건물에 아슬아슬 닿을 정도로 걸어가고 있다. 마치 세상이 눈부시다는 듯, 그래서 그것이 애수에 잠긴 옆모습에 어울리게 한층 가련한 인상을 강조하고 있다.

같은 보도의 차도 쪽에서는 가드 레일에 기대기도 하고 한쪽 발을 차기도 하면서 불량해 보이는 세 젊은이가 먹이가 오기를 기다리고 있었다. 그 중 하나가 아가씨를 보자마자 휘파람을 분다. 하지만 아가씨는 외부로부터의 자극을 받아들일 기관을 일절 지니고 있지 않기라도 한 듯이 아무런 반

응을 보이지 않는다. 거기에 자극받은 다른 동료가 아가씨에
게로 다가갔다. 익숙한 동작으로 뒤에서 아가씨의 왼쪽 팔에
손을 휘감아 당기듯 하면서 무언가 추잡한 말을 했다. 아가
씨는 체념한 듯이 발을 멈추고 서서히 젊은이 쪽을 돌아보았
다……. 그러자 비로소 드러난 그 얼굴의 오른쪽 반은 화상
으로 오므라든 켈로이드의 융기로 무참히 붕괴되고 변형되
어버리고 말았다(자세한 설명은 없었지만 나중에 나오는 대
사 속에서 몇 번인가 '히로시마'라는 지명이 되풀이된 것으
로 미루어 역시 원자폭탄 후유증이었던 것 같다). 젊은이는
찔끔해서 소리도 내지 못하고 꼼짝도 못하고 서 있고 아가씨
는 다시 아름다운 요정의 옆얼굴로 돌아가 아무 일도 없었던
듯이 사라져간다.

그러고서 아가씨는 서너 개의 큰길을 지나 오른쪽에 적당
히 가릴 것이 없는 장소나 횡단하지 않으면 안 되는 십자로
에 이를 때마다 절망적인 시련과 싸우면서(나는 너무 딱하게
여겨져서 하마터면 자리에서 일어설 뻔했다) 드디어 몇 동이
올망졸망 모여 있는, 주변이 가시 철조망으로 에워싸인 가건
물풍의 건물에 도착했다.

그 건물도 또한 기묘했다. 갑자기 이십 년 전으로 되돌아
간 듯, 옛날 육군병사들이 그 당시 복장 그대로 줄줄이 가운
데 뜨락 근처를 방황하고 있는 거였다. 무덤에서 되돌아온
듯한 공허한 표정으로, 어떤 자는 호령을 부르곤 자기가 그

동작을 반복하고, 또 어떤 자는 세 발짝 나갈 때마다 부동자
세를 취하여 경례를 되풀이하고, 그 중에서도 인상적인 것은
쫓기듯 하면서 쉴 새 없이 군인선서를 되뇌고 있는 한 늙은
병사의 모습이었다. 말 하나하나는 마멸해서 의미를 잃어버
렸지만, 전체 윤곽과 가락만은 또렷이 원형을 남기고 있었
다.

　이곳은 예전에 군인 정신병원이었던 곳이다. 환자들은 패
전 사실도 모른 채 이십 년 전에 정지되어버린 그 시간의 웅
덩이 속에서 충실하게 과거를 살아가고 있는 것 같았다. 하
지만 그 음산한 광경을 가로질러 가는 아가씨의 발걸음은 놀
라울 만큼 경쾌하고 구김이 없다. 특별히 말을 주고받는 건
아니었는데 시간을 빼앗긴 자들끼리의 따뜻한 감정이 상호
간에 빚어져 나와 있는 거였다. 드디어 아가씨는 건물 한구
석에서 담당자에게 감사하다는 인사를 받으면서 빨래를 시
작한다. 이것은 아가씨가 자발적으로 선택한 매주 한 번씩
하는 봉사였다. 얼굴을 들자 건물 틈으로 햇살이 내리쬐는
빈터가 보이고 아이들은 야구를 즐기고 있었다.

　그러고서 장면이 바뀌어 이번에는 아가씨 가정에서의 생
활 풍경이다. 아가씨 집은 양철로 만든 완구의 프레스 가공
을 하고 있는 작은 공장으로, 꽤 산문적인 삭막한 것이었는
데, 그곳에 아가씨 얼굴의 오른쪽과 왼쪽이 번갈아 나타났다
가 사라지면서 분위기를 더하자, 그 단조로운 풍경에 미묘한

굴절이 생겨나 작업장에 늘어선 발로 밟는 식의 싸구려 프레스 기계까지 구슬픈 비명을 지르는 거였다. 그리고 그 일상의 세부가 애달플 정도로 극명하게 더듬어가는 동안 모든 것이 결코 다가올 리 없는 아가씨의 내일을 위해, 절대로 보상받을 길이 없는 얼굴의 아름다운 반쪽을 위해, 온몸을 비틀며 애도의 뜻을 나타내고 있다는 것을 깨닫게 된다. 게다가 이러한 동정이 오히려 아가씨를 내몰아 견딜 수 없는 기분이 되게 하는 점도 납득이 된다. 그래서 어느 날 그녀가 발작적으로 무사한 쪽의 반에도 유산을 끼얹어 추한 쪽과 똑같이 해버리고 싶은 충동에 사로잡혔다 하더라도, 그다지 당돌한 인상을 준다든지 하지는 않았다. 물론 그런 짓을 한들 해결되는 게 아무것도 없다. 그러나 다른 수단이 생각나지 않는 이상 누구라도 아가씨를 타박할 자격이라곤 없는 것이다.

또 어느 날 아가씨는 그녀의 오빠를 향해 갑자기 이런 말을 한다.

"전쟁, 아직 당분간은 일어날 것 같지 않지."

그러나 그 아가씨의 어투에는 타인을 원망하는 듯한 투는 추호도 없다. 특별히 상처받지 않은 자들에 대한 복수를 하고 싶어서 그런 소리를 꺼낸 것 같지는 않다. 단지 전쟁이 일어나면 한꺼번에 사물의 가치기준이 전복되고, 얼굴보다도 위장이, 외형보다도 생명 그 자체가 훨씬 사람들의 관심의 표적이 될 터라고 소박한 기대를 걸고 있는 듯했다. 대답하

는 오빠도 그 분위기는 잘 알고 있는 모양으로 극히 담담한 어투로,

—음 당분간은 말이지…… 하지만 내일 일이란 건 일기예보라도 제대로 맞추고 있는 건 아니니까.

—그렇군요, 내일이 그렇게 간단히 알 수 있게 되면 점쟁이 같은 장사도 될 리가 없지.

—그럼. 전쟁만 하더라도, 대개는 시작되어버리고 나서야 겨우 시작됐다고 느끼게 되는 거니까.

—정말 그래요. 다치기 전부터 알고 있었다면, 다칠 리가 없을 테니까…….

전쟁이 그런 식으로 마치 누군가의 편지라도 기다리는 듯한 투로 이야기된다는 것 자체가 왠지 가슴 아프고 참을 수 없는 분위기를 빚어낸다.

그런데 거리에는 위장과 생명의 복권을 예감하는 것 같은 건 무엇 한 가지인들 있을 턱이 없는 것이다. 카메라는 아가씨를 위해 온 거리를 샅샅이 둘러보았지만, 찍은 것은 비꼬기만 하는 포식(飽食)과 아낌없는 생명의 낭비뿐이었다. 깊은 배기가스의 바다…… 수없이 많은 공사장…… 신음소리를 내고 있는 쓰레기 처리장의 굴뚝…… 이리저리 달리는 소방자동차…… 유흥시설과 특가품매장의 핏발 선 혼잡…… 계속 울려대는 경찰 전화…… 울부짖어대는 텔레비전의 선전…….

끝내 아가씨는 이제 더 기다릴 수가 없다고 생각한다. 이제 더 기다려서는 안 되겠다고 생각한다. 그래서 여간해서는 부탁 같은 걸 하지 않던 그녀가 오빠에게 긴히 간청을 한다. 어딘가 먼 곳으로(평생에 한 번뿐인) 여행을 했으면 하고 간청하기 시작한다. 아무래도 한 번보다는 평생 쪽에 중점이 있는 듯하다고 오빠도 금방 눈치를 챘지만 그러나 누이동생에게 더는 고독은 강요할 확신도 없고, 달리 구해줄 방도도 없는 이상, 적어도 눈을 감고 응해주는 편이 불행을 나누어 갖는 유일한 애정인 것이 아닐까.

자, 그래서 몇 주일인가 뒤에 오누이는 어떤 해변으로 여행을 떠났다. 촌스러운 여관의 저물어가는 바다에 면한 방에서 아가씨는 상처 입은 오른쪽을 어둠 속에 잠기게 해둔 채 오빠에게도 아름다운 반쪽만 보이도록 신경을 쓰면서 머리카락에 리본을 매는 등 여느 때와 달리 즐거운 모습이었다. 누이동생이 바다는 무표정하다고 말하면 오빠는 그렇지 않다, 바다는 일급 수다쟁이라고 받고, 그러나 의견이 갈린 것은 그것뿐 두 사람은 마치 연인 사이처럼 어떤 자그마한 이야기라도 금방 상대편이 맞장구를 쳐주어서 두 배로 부풀어 오르는 식이었다. 오빠에게서 담배 한 대 받아서 피는 시늉도 해보았다. 어느새 흥분이 기분 좋은 피로로 변하고 둘은 각각 나란히 자리에 눕는다. 그러는 중에 달이 보이도록 열어두었던 창문으로부터 황금 물방울 하나가 떨어지고 바다와 하늘의 경계를 따라 옆으로 퍼져나가는 것을 보고 누이동생이 말을 걸었으나 오빠는 대답하지 않았다.

누이동생은 차츰 올라오는 금고래와도 같은 달의 등을 쳐다보면서 잠시 무언가를 고대하다가 금방 기다리는 걸 그만두기 위한 여행이라고 다시 생각하고 오빠 어깨에 손을 대어 흔들어 깨우며 속삭이는 듯한 소리로 말했다.

―오빠, 키스해주지 않겠어?

오빠는 너무 당황한 나머지 계속 자는 척할 수도 없었다. 살짝 눈을 떠 누이동생의 백자처럼 투명해져버린 옆얼굴을 쳐다보면서 야단칠 수도 없고, 그렇다고 키스를 해줄 수는 더구나 없었다. 그런데 아가씨는 물러서지 않는다. ―내일이 되면 분명 전쟁이 일어날지도 몰라요…… 하고, 애원하듯이 괴로워하며 빌듯이 계속 속삭이면서 오빠에게 입술을 갖다 대고 있었다.

이리하여 절망적인 금지의 파괴가 노여움과 욕망이라고 하는 리듬이 맞지 않는 두 개의 망치 사이에서 광기 어린 불완전 연소를 하기 시작했다. 사랑과 혐오…… 따뜻함과 살의…… 융해와 거절…… 애무와 구타…… 상반되는 정열에 희롱되어 결코 자기 자신으로 돌아오는 게 용납되지 않는 가속도가 붙은 추락…… 헌데 이걸 파렴치라고 이름 붙인다면 같은 시대를 사는 사람은 한 사람도 빠짐없이 그 파렴치죄에 연좌되는 것을 피할 수 없을 것이다.

하늘이 반이나 돌아가 차츰 날이 밝을 무렵에 아가씨는 오빠의 잠든 숨소리를 살피며 살그머니 일어나 옷을 갈아입기 시작한다. 미리 준비해두었던 봉투 두 개를 오빠 머리맡에 놓고 발소리를 죽이며 방을 나온다. 미닫이문이 닫히는 것과 동시에 잠들어 있을 터였던 오빠가 눈을 뜬다. 반쯤 벌린 입술로 바보 같은 신음소리가 새어나와 한줄기 눈물이 귓구멍을 향해 흘러내렸다. 잠자리에서 빠져나와 창가로 다가가 창살 사이로 눈만 내놓고 아래윗니를 와들와들 맞부딪치면서 살펴본다. 어느새 흰 새와도 같은 아가씨가 검게 부풀어오른 바다를 향해 종종걸음으로 돌진해 가는 것이 보였다. 하얀 새는 몇 번이나 물결에 되밀려 나갔지만 그래도 끝내는 뚫고 나가 보였다가 안 보였다가 하면서 드넓은 바다를 향해 헤엄쳐나가고 있었다.

바닥에 부딪힌 무릎이 아파서 견딜 수 없을 즈음에 멀리 한 줄로 늘어선 붉은 불빛이 보이고 일순 거기에 시선을 빼앗긴 틈에 이미 한 점이 되어 있던 하얀 누이동생은 흔적도 없이 사라져버리고, 그것을 마지막으로 두 번 다시 모습을 나타내지 않았다.

으레 미운 아기 오리 이야기는 반드시 백조의 노래로 마무리 지어지게 정해져 있다. 안성맞춤인 편리주의다. 그렇지만 그 백조가 한번 되어보라. 타인이 어떤 노래를 부르건 이건 죽음이고 틀림없는 패배인 것이다. 나는 싫다. 사양하고 싶다. 내가 죽은들 누구 하나 백조라고 생각해줄 사람은 없고, 게다가 나에게는 승산도 있다…… 하고 이 영화를 본 당시에는 화가 나서 외면을 했었는데 지금은 다르다. 나는 새삼스레 그 아가씨를 우러르고 싶은 마음을 금할 수가 없다.

아무튼 그녀에게는 행위가 있었다. 더구나 견고함으로 길들여진 그 금지의 성채도 보기 좋게 쳐부수고 죽음인들 스스로 선택했으니까. 아무것도 안 한 것보다는 훨씬 나았을 게 틀림없다. 그래서 그녀는 전혀 관계없는 타인에게조차 씁쓸한 회한의 정을 일으키고 공범자로서의 두려움을 불러일으킬 수도 있는 것이다.

좋다. 나도 다시 한 번만 운 좋게 살아남은 가면에게 기회를 주기로 하자. 뭐든지 좋으니깐 행위로서 현상을 타개하고 내 시도를 허무로부터 구해내는 것이다. 다행히 갈아입을 옷도 공기권총도 그대로 남겨두었다. 붕대를 풀고 가면을 쓰자 즉각적으로 심리의 스펙타클에 변화가 일어난다. 예를 들어 이젠 마흔 살이라고 하는 맨얼굴의 기분이 아직 마흔 살이라는 식으로 말이다. 거울을 보자 나는 옛 친구라도 만난 듯한 반가움을 느꼈다. 잠시 잊고 있었던 가면 특유의 저 도취와 자신감이 벌레와 같은 소리를 내며 충전되기 시작한다. 그래도 지레 짐작해서는 안 된다. 가면은 옳지도 않지만 틀리지도 않다. 어떤 경우에도 옳은 대답이 해답의 전부는 아닌 것이다.

갑옷을 입은 기세로 밤 깊은 거리로 나선다. 과연 이 시간쯤 되면 인적도 뜸해지고 감기 걸린 개와도 같은 하늘의 펄럭임이 바로 지붕 근처까지 내려와 있었다. 이 목에 스미는 듯한 습기 머금은 바람으로 보아서는 곧 비가 내릴 것도 같다. 가까운 공중전화 박스에서 수첩을 꺼내 당신이 피난 가 있으리라고 마음에 짚히는 두세 군데를 알아보기로 했다. 당신 친정과 당신 동급생네 집과 당신 사촌언니 집이다.

그러나 세 군데 모두 실패로 끝났다. 믿으려고 하면 믿어지지 않는 것도 아니었고, 의심하려 들면 의심을 안 할 수가 없는 듯한, 매우 애매한 반응이어서 그것만으로는 무어라 판단하기가 힘들었다. 전혀 예기치 않았던 일도 아니어서 특별히 낙담하지도 않았다. 그런 거라면 바로 마중 나가볼 수밖에 없다. 마지막 전차는 아직 시간이 넉넉했지만 여차하면 택시를 타도 그만이다.

차츰 울화가 치밀어오른다. 당신이 화를 내는 것도 모르는 바는 아니지만 결국 어릿광대와 사귀었다는 이를테면 자존심과 허영의 문제에 지나지 않은 것은 아닐까. 특별히 자존심을 꼬리뼈같이 취급할 셈은 아니지만. 하지만 과연 절연장을 내밀 만한 것이었느냐 하면 역시 고개를 갸우뚱하지 않을 수가 없다. 그렇다면 묻겠는데, 그 영화 속에서 오빠가 키스를 한 것은 누이동생의 어느 쪽 얼굴이었는가? 대답하지 못할 것이다. 당신은 나에 대해서 그 아가씨에 대한 오빠만큼의 협력도 해주지는 않았으니까. 당신이 가면의 필요를 인정한 것은 결코 금지를 범하는 법이 없는 가축처럼 길들여진 가면에 대해서뿐이었다……. 하지만 이제부터는 주의하기바란다. 이번에 당신을 기습하는 것은 야수와도 같은 가면이다. 이미 정체가 탄로난 이상 질투에 휘감겨서 눈이 까뒤집힐 염려도 없이 규정 깨는 데 전념할 수도 있는 가면인 것이다. 당신은 스스로 당신 무덤을 팠다. 무얼 쓴다든지 해서 변변한 결과가 나온 예가 없다.

문득 예리하게 울리는 여자의 구둣발 소리가 들렸다. 그러자 가면만이 남고 나는 소멸해버린다. 순식간에 생각할 여유도 없이 바로 옆의 맨땅에 몸을 숨기고 권총의 안전장치를 푼 후 숨을 죽였다. 이런 짓을 해서 뭐가 된다는 걸까. 단지자기를 시험해보기 위해서 연극을 하는 것인가, 아니면 진짜로 무슨 일인가를 꾸며내자는 건가. 아마도 여자가 공격 범위로 들어설 때까지, 그리고 마지막 결단의 순간까지 스스로도 해답은 내지 못한 채 있을 것이 틀림없다.

하지만 생각해보자. 이런 행위로 나는 과연 백조가 될 수있을까? 사람들에게 공범의 애수를 느끼게 할 수 있는 걸까? 생각할수록 쓸데없는 짓이다. 확실한 것은 고작 고독으로 버림받은 치한이 된다는 것뿐이다. 웃음거리의 죄를 면제당한다는 이외에는 그 어떤 보수도 있을 턱이 없다. 아마도 영화와 현실의 차이일 것이다……. 아무튼 이 일밖에는 맨얼굴에 이겨낼 길이라곤 없으니 할 수 없다. 물론 이것이 가면만의 책임은 아니고, 문제는 차라리 나의 내부에 있다는 것쯤 모르고 있는 건 아니지만……그런데 그 내부는 뭐 반드시 나 혼자만의 내부는 아니고 모든 타인에게 공통되어 있는 내부이기 때문에, 나 혼자서 그 문제를 짊어질 리는 없다……. 아무렴, 죄를 덮어씌우는 것은 사양하겠다……. 나는 인간을 미워할 테다……. 누구라도 변명할 필요 같은 거, 일체 인정할 것 같은가!

발소리가 점점 가까워져 온다…….

그러나 앞으로는 결코 쓴다거나 하는 일은 없을 것이다. 쓴다는 행위는 아마도 아무 일도 일어나지 않은 경우에만 필요한 것이다.

아베 코보의 《타인의 얼굴》

이정희

작가 아베 코보에 대해서

파란만장한 생을 보낸 작가가 더러 있다. 아베 코보도 그 중 한 사람일 것이다. 1924년 도쿄에서 태어났고, 이듬해에 만주의대(滿洲醫大) 교수인 아버지를 따라 만주로 건너가 유·소년기를 그곳에서 보냈다. 의사가 되려고 도쿄대학 의학부에 진학했으나, 1945년 일본 패전 후 만주에서 일본으로 귀환하면서 의사의 길을 포기하고 작가의 길을 택했다. 일본 격동의 역사를 그대로 체험한 그는 현대사의 흐름 속에서 항상 시대의 첨단을 달렸던 작가 가운데 한 사람이다.

1951년 《S·카르마 씨의 범죄(S·カレマ氏の犯罪)》로 제25회 아쿠타가와〔芥川〕상을 수상하면서 '전후문학의 수확' '새로운 문학의 전형'이라는 평가는 받으며 작가로서의 위치를 굳혔다. 그리고 1960년대에 《모래의 여자(砂の女)》(1962) 《타인의 얼굴》(1964), 《불타버린 지도(燃えつきた地圖)》 (1967)라는 '실종 삼부작'을 발표할 당시에 그는 '무국적자'

'고향상실자' '전통을 단절한 작가' '아방가르드' 등의 평가를 받았다. 이 '실종 삼부작'은 '실종'을 모티브로 해서 '자유'와 '감금'이라는 문제를 그린다.

그 후 여러 차례 노벨문학상 후보에 올라 일본 근대문학의 틀을 초월한 작가상을 정착시켰다. 1993년 아베 코보가 죽자 '전후문학의 기수' '표현주의자' '국제적인 작가' 등의 평가가 신문지상을 수놓았는데, 일생 동안 이렇게 다양한 수식어를 받은 작가도 드물 것이다.

1950년대─단편소설을 중심으로 한 '변신'의 시대

아베 코보는 '일본의 카프카'라고도 불릴 만큼 실존주의적 경향이 강하다. 전쟁의 폐쇄적인 공기 속에서 릴케와 니체 사이를 왕래하다가 실존주의에 빠졌고, 사르트르, 카뮈, 카프카에게 여러 가지 시사와 계시를 얻었다.

뛰어난 문학가들이 그랬듯이 아베 코보도 시인으로 출발했고 릴케의 《형상시집》에서 영향을 받았다는 첫 시집 《무명시집(無名詩集)》을 1947년에 내놓았다. 이어 첫 장편소설 《길이 끝난 곳의 이정표에(終りし道の標に)》는 1948년 '전후파 신인 창작선집'으로 선정되어 출판되었다. 당시 아베 코보는 '무명(無名)'과 '고향상실'이라는 주제를 통해 세계의 모습이나 개인의 존재를 해체, 또는 변신시켜버렸다.

이러한 작가의 사상은 1950년대 '변신'을 모티브로 한 단

편소설을 발표하면서 한층 발전되었다. 변신소설 1호라 할 수 있는《덴도로카카리야(デンドロカカリヤ)》(1949)를 비롯하여《붉은 누에고치(赤い繭)》(1950)《S·카르마 씨의 범죄》(1951)《홍수(洪水)》(1951)《마법의 분필(魔法のチョーク)》(1951),《바벨탑의 너구리(バベルの塔の狸)》(1951),《막대기(棒)》(1955) 등이 그것이다.

《덴도로카카리야》는 인간을 악인으로 낙인찍어 '덴도로카카리야'라는 식물로 변신시켜버리는 이야기고, 1950년에 제2회 '전후문학상'을 수상한《붉은 누에고치》는 개인의 존재가 해체되는 것을 리얼하게 묘사한 소설이다. 여기서 주인공 남자인 '나'는 자신의 안식처인 집이 없다고 호소하는데 결국 그의 몸은 해체되어 커다란 누에고치로 변신하고 만다.

《S·카르마 씨의 범죄》는 주인공이 자신의 이름을 잃고 현실 사회에서 소외되어 세계 끝까지 도망친 후 벽으로 변신해버린다는 이야기며,《홍수》는 노동자들이 액체로 변신해서 제2의 노아의 홍수가 발생하여 세상이 멸망하고 만다는 이야기다.《마법의 분필》은 가난한 화가가 벽에 그림을 그리면 그것이 실물이 되어 나타나며, 벽을 통해 새로운 세상을 창조하려던 화가는 결국 벽 속으로 빨려 들어가고 만다는 이야기며,《바벨탑의 너구리》는 기이한 동물에게 그림자를 빼앗긴 주인공이 투명인간이 되어버린다는 이야기고,《막대기》는 인간이 막대기로 변신해버린다는 이야기다.

'변신' 모티브는 현대 사회의 혼란과 초조 또는 현대인의 불안과 고독을 나타낸다. 아베 코보 작품에서 '변신' 모티브는 철학적인 추상성을 띠고 있어 실존주의 철학의 명제가 소설로 전환할 때 필요한 하나의 장치로서 그 역할을 한다고 할 수 있다.

1960년대 — '실종 삼부작'

아베 코보 작품 중에 가장 대표적인 작품을 꼽으라고 한다면 아마 《모래의 여자》일 것이다. 이 작품은 작품으로서의 완성도뿐만 아니라 평가 면에서도 많은 호평을 얻어, 아베 코보를 '현대문학의 기수'라고 불리게 하였다. 그는 《모래의 여자》이후 공백 기간을 두지 않고 계속해서 장편소설 《타인의 얼굴》《불타버린 지도》를 발표하여 현대 사회의 인간 소외문제를 독특한 수법으로 제기하였다. 이 세 작품을 흔히 '실종 삼부작'이라고 한다.

《모래의 여자》의 내용 자체는 비교적 단순하다. 곤충 채집을 떠난 주인공이 행방불명이 된다. 그는 모래 사구 속 어느 한 집에 갇히게 되는데 그곳에는 여자가 혼자 살고 있었다. 그는 거기서 그 여자와 함께 모래로부터 집을 지키기 위해 모래 퍼내는 일을 하면서 살게 된다. 처음에는 탈출을 하려고 온갖 방안을 모색해보지만 결국 모두 실패로 돌아간다. 그러다가 모래 속에서 물을 만들어내는 저수장치를 발명하고 새로운 희망에 차서 탈출할 생각을 잊고 만다.

《타인의 얼굴》역시 《모래의 여자》와 함께 세계 각국에 번역·소개되어 주목받은 작품이다. 이 《타인의 얼굴》에 대해서는 조금 후 자세히 다루기로 한다.

'실종 삼부작'의 세 번째 작품인 《불타버린 지도》는 흥신소 조사원인 주인공이 한 부인에게 실종된 남편을 찾아 달라는 의뢰를 받는 데서 시작하는데, 일주일이라는 조사 기간 동안 주인공 자신이 실종되어 버린다는 이야기다.

위와 같이 1960년대에 아베 코보는 주로 '실종'이라는 주제로 작품을 발표했다. 이들 작품에서는 인간 상호간의 관계성이 종전과는 현격하게 다른 면모를 보여준다. 사람들은 자연적·혈연적 공동체에서 이탈하여 대도시로 몰려들었다. 그들에게는 도시 자체가 자신들의 과거를 소거하기에 좋은 공간이며, 이 공간에서 그들은 자신을 감출 수 있는 익명성을 획득한다. 당시에는 사람들의 실종이나 증발이 심각한 사회 문제였으므로 '증발인간'이라는 유행어가 생겨날 정도였다.

1970년대─전위예술시대

1970년대에 아베 코보는 극작가로서 두드러진 활동을 한다. 1973년에는 '아베 코보 스튜디오'를 결성하여 새로운 연극 창조에 몰두하기 시작하는데, '아베 코보 스튜디오'는 7년 동안 눈부신 활동을 하다가 재정난 등의 이유로 긴 휴식에 들어갔고 1993년 아베 코보 사후 활동을 재개하였다.

물론 아베 코보가 극작가로서 활동한 것이 1970년부터는 아니다. 아베 코보는 이미 1955년에 당시 극단 배우좌(俳優座)를 이끌던 베테랑 연출가 센다 고레야(千田是也)와 콤비가 되어 《노예사냥(どれい狩り)》을 비롯한 여러 작품을 공연하였다. 아베 코보는 스스로 극단을 인솔하여 연출까지 직접 맡는 등 전후 작가로는 드물게 연극에 몰입하여 연극에서 새로운 표현을 창조하려고 했다.

아베 코보는 즉흥적인 연기와 중성적인 신체 표현을 중시하여 배우들로 하여금 냉소적이면서도 건조한, 물질적인 느낌을 주는 연기법을 하도록 만들어갔다. 극작가이자 연출가 아베 코보는 당시 사회비판적인 주제와 긴밀한 작품의 완성도를 추구하기보다는 배우들의 연기력을 충분히 살리고자 추상성과 유동성이 강한 작품을 만들어갔다. 이것은 분명히 종래의 희곡 스타일과는 달랐으며 또한 그러한 스타일을 부정하는 것이기도 하였다.

이렇듯 아베 코보는 1970년대 전반에 걸쳐 '아베 코보 스튜디오'를 이끌어가면서 한편으로는 소설을 발표하여 주목을 받았다. 그 대표적인 작품이 1973년에 발표한 《상자 인간(箱男)》이다. 소설 《상자 인간》은 '상자 인간(Box Man)'이라는 새로운 존재형태를 만들어냈다. '상자 인간'은 얼굴에 '가면' 대신 상자(Box)를 뒤집어쓴 사람들이다. 이들은 상자에 만들어 놓은 작은 창문을 통해서만 세상을 내다본다. 이러한 '상자 인간'이 상자 안에서 '상자 인간'에 대한 기록을 한 것이 《상자 인간》이다.

아베 코보는 이 '상자 인간'들을 '등록하지 않는 사람들', 또는 '등록을 거부한 사람들'이라고 하였다. 아베 코보는 도쿄 신주쿠 지하도에서 사는 노숙자들에게서 《상자 인간》의 아이디어를 얻었다. 1960년대 말부터 1970년대 들어 많은 부랑자와 실직자 들이 신주쿠 지하도에서 노숙 생활을 하였다. 이들은 대형 상자를 이용해서 잘 수 있는 공간을 만들었다. 일종의 집이다. 여기서 힌트를 얻은 아베 코보는 '얼굴'에만 상자를 쓰고 다니는 '상자 인간'을 창출해냈다.

이 아베 코보의 조형인물인 '상자 인간'은 1990년대에 와서는 노숙자들을 일컫는 말이 되었다. 물론 아베 코보가 만들어낸 '상자 인간'은 단순히 노숙자만을 의미하는 것은 아니며 스스로 일체의 '등록=소속'을 거부한 사람들을 뜻한다. 이들에게 '얼굴'은 큰 의미를 지니지 않는다. 그러므로 스스로 '얼굴'을 없애버린 것이다. '상자 인간'은 두말할 필요 없이 현대 도시사회에 나타나는 인간존재의 변용과 해체 그 자체라고 할 수 있다.

1980년대~1990년대 초―정보화와 버추얼리얼리티 시대

아베 코보의 소설은 황당무계하다. 기상천외하다고 일컬

어진다. 독창적인 발상과 표현 방법 때문이다. 인간 존재에 대한 실존주의적인 의문 제기, 초현실주의 수법에 의한 환상 세계 전개, 철저한 창조성에 의해 태어난 등장인물과 행위를 세밀화를 그리듯이 치밀하게 묘사하는 점 또한 아베 코보 문학의 특색이라 할 수 있다.

이러한 치밀한 묘사는 1980년대 중반부터 구상했고 결국에는 유고작이 된 《하늘을 나는 남자(飛ぶ男)》(1993)에 잘 나타나 있다. 《하늘을 나는 남자》는 주인공인 초능력 소년이 하늘을 나는 장면부터 시작된다. 소년은 하늘을 날면서 휴대폰으로 전화를 걸기까지 한다. 인간이 아무런 장치도 없이 하늘을 나는 장면은 언뜻 보면 공상적인 분위기를 자아내지만, 상당히 리얼하다. 아베 코보도 인간이 '하늘을 난다'는 모티브가 갖는 비리얼리즘을 언어 표현에 의해 리얼리즘으로 전환시킬 수는 없을지 모색했던 것이다. 이때 과학적인 또는 합리적인 설명은 일체 필요 없고, '하늘을 난다'는 표현 그 자체가 중요하다고 지적했는데, 이것이 아베 코보가 말하는 '가설 리얼리티'이다.

아베 코보는 작품에 기묘하게 비현실적인 '변신' 이야기나 실제로 존재하지 않는 생물 등을 등장시킨다. 그리고 그것을 세밀하게 표현함으로써 현실적인 이야기나 실제로 존재하는 생물로 착각하게 만든다. 이것은 그의 '가설 리얼리티'에 의한 것이다. 그러므로 그가 지어낸 '변신' 이야기나 여기 등장하는 기괴한 생물은 판타지가 아니라 '가설 리얼리티'의 산물이다. 그러므로 여기에 과학적 근거 등 외적 요소를 끌어들일 필요는 없으며, 가능한 세계냐 불가능한 세계냐, 과학적 근거가 있느냐 없느냐 하는 논의는 무의미하다.

이러한 의미에서 아베 코보의 문학 세계는 언어화가 불가능한 것을 어떻게든 언어 표현으로 가능하게 하고 환상을 언어에 의해 일종의 리얼리티를 갖는 구조로 바꾸어가려는 일련의 시도로 창출된 세계라고 생각된다. 이것이야말로 '버츄얼리얼리티(가상현실)'라 할 수 있다.

《하늘을 나는 남자》는 전지적 시점이다. 전지적 시점은 게임의 조종자와 같이 끊임없이 스토리를 만들어낸다. 하늘을 나는 초능력 소년이라는 설정은 자유자재로 공간을 이동하게 하기 위한 하나의 장치이기도 하다. 《하늘을 나는 남자》는 비록 미완성이지만, 아베 코보는 이 작품에서 언어에 의한 '버츄얼리얼리티'의 가능성을 제시하였다고 할 수 있다.

작품에 대해서
《타인의 얼굴》에 대한 평가

장편소설 《타인의 얼굴》은 1964년 1월 잡지 《군상(群像)》에 발표되었다. 이때 4백자 원고지 250매 분량이 한꺼번에 실려 주목받았으며, 8개월 뒤인 1964년 9월에 분량을 배로 늘린 개정·증보판이 단행본으로 고단샤에서 발행되었다. 여기에 번역된 작품은 단행본《타인의 얼굴》이다.

이 작품은 1966년 7월에 아베 코보 자신이 직접 각색한 같은 제목의 영화로 제작되기도 하였다. 문학 작품과 영상을 함께 만들어 발표하는 형식이 현대 문학의 하나의 방향성이라고 한다면, 아베 코보는 그 선구자라고 하겠다.

또한 현대문학이 지니는 방향성으로서 빼놓을 수 없는 것은 번역인데,《타인의 얼굴》은 발표되자마자 곧바로 미국과 덴마크에서 번역되어 세계 각국에 소개되었다.

번역이라는 문화 행위가 상징하는 현대 문학의 보편성, 즉 세계 문학 지향은 현대작가에게 부여된 하나의 요청이라고도 볼 수 있다. 이에 1996년 10월 잡지《군상》이 수여하는 제7회 노마문예번역상〔野間文藝飜譯賞〕에 스페인어로 번역된《타인의 얼굴》이 수상작으로 뽑히기도 했다.

이와 같이《타인의 얼굴》은 아베 코보의 대표작《모래의 여자》와 함께 세계 각국에 소개되어 세계문학의 하나로 확고한 위치를 차지하고 있다. 이를 증명이라도 하듯이 1996년 4월 19일부터 21일까지 뉴욕에서 개최된 '아베 코보 국제 심포지엄'에서도《타인의 얼굴》이 크게 부각되어 전후 50년 일본문학사의 흐름에서 빼놓을 수 없는 중요한 의미를 갖는 작품으로 높은 평가를 받고 있음을 눈으로 실감하기도 했다.

당시 심포지엄에 참가해서《타인의 얼굴》에 대한 발표를 듣고 가장 인상적이었던 것은 프랑스의 아베 코보 연구자 제리 브로크의 〈아베 코보 · 가면의 창시자 ― 소설과 영화에 있어 《타인의 얼굴》〉이었다. 이 발표에서 역자가 주목한 것은, 얼굴에 화상을 입고 얼굴을 상실한 주인공은 일본을 상징하고, 의사는 아메리카를 상징한다는, 주로 영화를 중심으로 한 가설이었다. 구체적으로 주인공이 화상을 입었다는 설정은 1945년 일본 패전 이후 아메리카에 의한 일본 점령을 비유한 것이고, 가면 설정은 아메리카가 일본에게 새로운 얼굴인 가면을 제공해서 일본을 돕는다는 비유라는 가설이다.

어디까지나 가설이지만, 흥미진진한 이야기가 아닐 수 없다. 《타인의 얼굴》이 발표된 것이 1960년대 초이므로 이와 같은 가설을 염두에 두고 《타인의 얼굴》을 읽는 것도 충분히 가능한 이야기다.

게다가 홍콩 영화의 대부라 일컬어지는 오우삼 감독은 1997년 12월 영화 잡지 《키노(KINO)》와의 인터뷰에서, 영화 〈타인의 얼굴〉에서 아이디어를 얻어 영화 〈페이스 오프(Face Off)〉(1997년 8월 개봉)를 제작했다고 밝혔다. 오우삼 감독은 처음 본 〈페이스 오프〉의 각본은 보잘 것 없는 SF였는데, 데시가하라 히로시[勅使河原宏] 감독, 아베 코보 원작의 영화 〈타인의 얼굴〉에서 아이디어를 얻어 현재의 이야기로 완성했다고 말한다. 특히 영화에서 '타인의 얼굴'을 자기 자신의 얼굴에 붙이는 순간 주인공이 비명을 지르던 모습이 선명하게 기억에 남아 있다고 했다. 아울러 〈타인의 얼굴〉에서 힌트를 얻지 못했다면 〈페이스 오프〉가 그토록 흥행에 성공하는 건 불가능했을 거라고 고백했다.

《타인의 얼굴》의 구성

대강의 작품 줄거리는 다음과 같다.

주인공이 어느 날 액체질소 폭발로 얼굴에 심한 화상을 입어 정상적인 얼굴을 잃어버리고 만다. 주인공이 본래의 얼굴을 되찾기 위해, 나아가 인간관계를 회복하기 위해 '타인의 얼굴'을 한 인간의 피부와 똑같은 가면을 만들기 시작한다. 그리고 완성된 가면을 쓰고 타인으로 변신하여 먼저 자기 부인을 유혹한다. 결국 그는 이 모든 사실을 부인에게 고백하려고 지금까지의 경위를 기록한 노트 세 권을 그의 아지트인 아파트에 남겨 놓고 부인에게 그곳으로 가도록 연락을 해둔다. 그러나 부인은 처음부터 자기를 유혹한 남자가 남편이라는 것을 알고 있었으며 그러한 남편의 행동을 비난하고 행방을 감추고 만다. 이러한 내용이 '노트'라는 형식을 빌려 전개된다. 노트는 세 권으로 되어 있으며, 작품 전체 구성은 이 노트 세 권과 아내의 편지, 그리고 작품 첫 시작 부분인 '나'라는 주인공이 아내에게 남긴 메모로 되어 있다.

각 노트의 특징을 살펴보면 다음과 같다.

첫 번째 노트인 '검은색노트'는 얼굴의 선택 과정에 대한 기술이다. 주인공 '나'는 도저히 볼 수 없을 정도로 망가져버린 얼굴로 인해 자기 자신과 타인을 연결하는 통로(커뮤니케이션)가 차단되어 버렸다고 생각한다. 상처가 자연히 회복되기는 불가능하다는 것을 알고 인공적으로 가면 만들기를 계획한다. 마음에 드는 얼굴을 결정하기 위해 프랑스의 의사 앙리 브랑이 분류한 네 가지 패턴 중에 하나인 '중심돌기형, 골질(코를 중심으로 뾰족한 얼굴), 외향적 비조화형'을 선택하기에 이른다.

두 번째 노트인 '흰색노트'는 가면을 완성해서 착용하기까지의 과정과 심경의 변화에 대한 기록이다. 가면이 다 만들어지자 그동안 사용한 붕대에 의한 복면과 교환하게 된다. 이때 붕대를 했을 때와 가면을 썼을 때 달라지는 미묘한 심경의 변화를 느끼게 된다. 일반적으로 붕대 복면을 한 사람들에 대해서는 무섭고, 가까이 다가가기 어렵고, 이상한 사람일 것이라는 편견으로 인해 '나'는 매우 힘들어했다. 그래서 가면을 착용하면서 얼굴을 되찾은 듯한 기분에 사로잡혀 타인과의 관계를 회복하려고 한다.

세 번째 노트인 '회색노트'는 가면과 맨얼굴과의 분리 및 갈등을 이야기하고 있다. 또한 가면과 붕대를 한 복면, 그리고 맨얼굴이 삼각관계를 이루며 대외적으로는 가면과 복면은 형제관계를 유지하고 가면과 맨얼굴이 계획을 세워 '아내'를 유혹한다. '나'는 가면이 아내를 유혹하자 타인에게 아내를 빼앗기는 듯한 느낌이 들어 질투를 하고, 가면에게 몸을 허용한 아내에 대해서 단죄할 것을 결심하고 그 설명 자료로서 이 수기를 쓰기 시작한 것이다.

《타인의 얼굴》은 노트 형식이라는 특이한 구성을 지닌 작품이지만 비일상적인 세계를 그리지는 않는다. 극히 일상적인 도시 생활 속에서 평범한 시민에게 찾아온 존재의 위험성을 그리려 한 작품이다. 게다가 《타인의 얼굴》은 단순한 메시지 전달을 위한 작품이라기보다는 현실 세계에서 일탈해가는 즐거움, 또는 작가의 문학적 유희가 물씬 풍기는 작품이라고 하겠다. 끊임없이 변화해가는 도시 사회와 역시 끊임없이 변모를 거듭해가는 인간의 '얼굴'이 좋은 대비를 이룬다.

'얼굴' 은 '나' 와 타인을 연결하는 통로인가

아베 코보는 도시에 사는 자기 이외의 인간을 '타인'이라고 했다. 아베 코보는 '타인'이란 모든 타자 존재를 포함한 존재라고 보았다. 그러므로 자신 안에서 '타인'을 발견하기도 한다. 《타인의 얼굴》에서도 이 모티브가 이야기의 줄거리를 꾸며가는 구실을 한다는 건 말할 필요도 없다. 도시 사회 속에서 자신과 '타인'의 관계를 되묻는 문제는 아베 코보의 큰 테마 가운데 하나라고 할 수 있다.

《타인의 얼굴》은 '나'의 사고(事故) 즉, 액체질소 폭발로 부상당해 얼굴 전체가 켈로이드로 뒤덮인 데서 시작된다. 사고 후의 '나'의 '얼굴'은 이미 얼굴이 아니었다. 도저히 '얼굴'이라 할 수 없는 그로테스크한 '덩어리'에 지나지 않는다.

그래서 '나'는 '얼굴'을 붕대로 감추지만 그것은 역으로 '얼굴' 이외의 신체 부분, 즉 신체성을 강조하는 것이 되고 말았다. 결국 붕대의 은폐성이 오히려 육체의 존재감을 눈에 띄게 한 것이다. '얼굴'과는 달리 코드화의 정도가 적은 신체성이라는 문제가 이번에는 '또 하나의 얼굴'인 '가면'이 갖는 신체성과 함께 곧바로 나타나게 된다.

도시는 여러 가지 속성으로 표상되는데 아베 코보가 가장 중요시하는 속성은 도시의 유동성이다. '얼굴'을 표정 변화로 받아들이는 아베 코보의 관념은 그것과 대응한다. 따라서 이 유동하는 도시에서 인간관계를 추구하는《타인의 얼굴》에 있어서는 변화·유동하는 '얼굴'이라는 것이 자기 존재를 증명하는 매체라고도 할 수 있다. 다시 말하면 표정의 변화라는 것은 도시가 도시 생활자의 내면에까지 침투하여 다중인 격자로 살도록 강요하는 것을 의미한다고 볼 수도 있다.

이와 같이 거대하고 복잡한 도시 공간 속에서 인간의 퍼스낼러티는 얼굴이 만드는 한두 개 또는 그 이상 다수의 표정으로 자리매김한다. 그렇다면 과연 '얼굴'은 '자신과 타인을 연결하는 통로'라고 말할 수 있을까? 점차 다양화되는 매체에 대응하려면 도시 생활자의 자기 표현의 매체(통로)도 그에 따라서 다양화할 수밖에 없지 않을까.

'얼굴' 복제

《타인의 얼굴》에서 '가면'이란 앞에서 언급한 도시의 유동
성에 대응하는 도시 생활자들의 표정 변화처럼, 다중적(多重
的) 인격을 유지하고 살아야 하는 강요된 생활 모습을 상징
하는 장치라고 할 수 있다. 그러므로 그것은 단순한 마스크
가 아니라 '또 하나의 얼굴'이어야만 했다. 이러한 해석이 가
능하다면 이미 '가면'과 '얼굴'이라는 소박한 이원론은 위험
해진다. 오히려 아베 코보는 '가면'이라는 장치를 통해서 그
러한 이원론적인 해체를 기도했는지도 모른다.

그렇다면 《타인의 얼굴》에서 '가면'이란 무엇인가를 문제
시할 경우, 단적으로 말해서 '또 하나의 얼굴'이란 무엇인가
를 문제시해야 한다. '또 하나의 얼굴'에 대해서 고찰하려고
할 때 그와 당면하여 '얼굴' 복제라는 측면에 주목할 필요가
있을 것이다.

우선 '얼굴' 복제라고 하면 연상되는 것이 초상화나 얼굴
동상, 얼굴 사진 등일 것이다. 그러나 이 작품이 만들어내는
'얼굴' 복제는 실제로 살아 있는 인간의 '얼굴'을 복제하는
것이다. 그것은 가면이라는 틀을 초월한 것으로 피부의 질감
을 살린 인간의 얼굴 그대로인 진짜 '또 하나의 얼굴'이다.

작품에 나타난 가면 제작 과정, '얼굴' 복제 과정은 리얼
하고 과학적이다. 이에 따르면 '얼굴' 복제로 '얼굴'의 대량
생산이 가능하고, 한 명의 인간이 동시에 두 명으로도, 세 명

으로도 분열할 수 있다. 이는 이른바 클론 인간의 탄생이라는 문제로도 연결된다. 언뜻 공상적으로 여겨지는 가면의 제작 과정은 유전자 공학적 측면에서 보면 놀랄 만한 미래의 세계상·인간상의 문제를 내포한다.

그것은 예를 들면 '지금, 여기'라는 시공간 외에도 별개의 시공간에 '또 하나의 나'의 존재를 만들어놓는 것 같은 환상을 불러일으킨다. 이 더블 이미지는 작품에서는 가면을 쓴 '나'와 붕대를 감은 '나' 사이에도 존재한다. 더블 이미지는 타자의 시선에서 자신을 보호할 수도 있고, 그것과는 반대로 '가면'에 의해 '또 다른 얼굴'이라는 타자를 개입시켜 더 많은 타자나 세상을 엿보게 해주는 효과도 있다. 실제로 도시의 구조 자체가 한 개인에게 이러한 더블 이미지를 강요하며, 아이러니컬하게도 도시의 복잡함이 인간의 다중적 인격을 유발한다는 건 두말할 필요도 없다.

'나'와 아내의 관계

이 작품은 '나'의 기록이라고 할 수 있는 노트 세 권을 포함하며 그 노트 마지막에 아내에게 받은 편지가 덧붙여져 있다. 노트 세 권은 아내와의 관계를 회복시키려던 '나'의 의도에서 쓰기 시작한 것이었던 데 반해 아내의 편지는 '나'와의 관계를 단절시키는 역할을 하고 만다.

'나'는 '얼굴'을 상실한 후 부부 관계가 끊어진 아내와의 관계를 되찾으려고 한다. 여기서 '나'의 첫 번째 '타인'(타자)은 아내로 설정되어 있다. 남편에게 아내는 가장 친근한 존재지만 혈연관계를 갖지 않은 이상 관계가 붕괴될 가능성을 내포한 존재이기 때문이다.

'나'는 몰래 제작한 '가면'을 쓰고 딴사람인 체 행동하며 아내를 유혹한다. 그러나 '나'는 이러한 자신의 욕망의 충족이 '치한적 행위'라는 것을 깨닫게 된다. 그리고 인간은 누구나가 '잠재적 치한'이 될 수 있는 존재임을 역설적으로 알려준다. '나'에게 '가면'은 '무장'이며 '위선'으로밖에 생각되지 않는다. 이에 반해 아내 쪽에서는 오히려 '가면'을 쓴 인간관계가 먼저 전제되어 있다는 데 주의해야 한다.

아내를 대할 때 '나'는 잃어버린 '본래의 얼굴'을 고집하면서 '가면'을 쓰고 있다는 것을 의식하는 이상, 아내가 '나'의 정체를 알아차리는 것은 당연하다. 반면 아내가 '나'의 정체를 알았으면서도 속은 체한 것은 남편의 변신이 남편 자신의 타자성이라는 자각에 의한 것이라고 생각했기 때문일 것이다. 그러나 '나'는 아내의 태도에 의심을 품고 결국 부정한 아내라고 생각한다. 이렇게 하여 '나'는 혼자서 계획하고 스스로 자기 모순에 의해 허무감에 빠진다.

아내와 '나' 사이에는 '가면'에 대한 너무나 큰 인식의 차이가 존재한다. 자기 자신의 내부에 잠재한 다중인격성에 눈을 뜬 남편은 아내와의 관계에서는 역시 '가면'의 남자가 아닌 '본래 얼굴'을 가진 자기가 있다는 환상에 사로잡힌다. 그러고는 아내가 사랑했던 것은 자신이 아니라 '가면'의 남자라고 생각한다. 어느 사이에 '나'는 또다시 '가면'과 '본래의 얼굴'의 대립 틀에 빠져든다. 이와 같이 태도가 완전히 바뀌는 것에서 '나'의 자의식의 위험성이 간파됨과 더불어 남자의 에고이즘이 나타난 것이 아닐까.

한편 아내는 자신이 남편의 타자성(가면의 남자)을 알아차린 것과 같이 남편도 자신의 타자성을 알아주기를 바랐다. 그러나 남편은 자신의 타자성에 대해서는 자각하면서도 아내의 타자성은 알려 하지 않았다. 이러한 모순을 간파한 아내는 분노 품은 혐오의 정을 '나'에게 집어던지고 사라진다.

맺음말

《타인의 얼굴》은 특이한 플롯으로 되어 있기는 해도 비일상적인 세상을 그린 작품은 아니다. 아주 일상적인 도시 생활 속에서 평범한 시민에게 스며드는 존재의 위태로움을 묘사한 것이다. 더구나 이 텍스트에서는 단순한 메시지 중심 노선에서 이탈해가는 즐거움 또는 리얼리티 있는 유머가 넘쳐나는 것을 느낄 수 있다. 이것은 아베 코보의 초기 단편소설에서는 찾아볼 수 없다가 중기 이후 장편소설에서 변모한 점이라고 볼 수 있다.

아베 코보의 단편소설에 나타나는 특징으로 우화적 요소

가 많이 보이고 하나의 이미지가 하나의 메시지 역할을 한다는 것을 들 수 있다. 이에 비해 장편소설은 아무래도 현실을 매개로 하지 않을 수 없기 때문에 더욱 리얼리티 있는 세계를 그린다. 도시 사회라는 현실을 항상 변화하는 '얼굴'이라는, '변신'을 내포한 모티브에 집약해 리얼리티 있는 구조나 장치를 도입한 것이다. 이것은 단편소설에서 장편소설로의 실질적인 전환을 엿보게 해주는, 아베 코보 문학에서 일종의 전환을 의미하는 것이라고 해도 좋을 것이다.

《타인의 얼굴》이 발표될 당시엔 핵가족화가 진행되고 규격화된 집단 주거환경이 등장했으며, 대중이 주역이 되는 대량 소비사회가 진행되었다. 또한 교통=정보=미디어의 확대로 도시 생활에서 인간 상호 관계가 종래와는 크게 달라진 상황이었다. 결국 우리가 세계나 사물을 보는 데서, 세계가 사물에 보여지는 것으로의 전환이 이루어진 시기라 할 수 있다. 이와 같은 가치의 전환에서 오는 인간 존재의 불안, 즉 도시 시민의 눈초리가 갑자기 험해져가면서 1970년대에 보기만 하는 인간, 예를 들어 '상자' 얼굴을 한 '상자 인간'이 등장한 것은 우연이 아닐지도 모른다.

아베 코보의 이와 같은 '얼굴'이라는 '변신' 모티브는 얼굴의 변형이나 가공, 손상, 나아가 신체의 로봇화와 함께 일찍이 도시 사회에 나타나는 하나의 기호로 작용하여 신체표상을 불러일으키고 드러나게 했다.

옮긴이의 말

아베 코보에 빠져들기 시작한 것은 대학 시절부터다. 본격적으로 아베 코보를 연구하기 시작한 것은 일본 유학 시절부터이니, 어느새 20여 년이 되어간다. 얼마 전 대학원생 조카에게 고모는 아직도 아베 코보를 연구하느냐는 말을 듣고 잠시 어안이 벙벙해졌다. 아직도 아베 코보에 대해서 연구할 분야가 남아 있다고 생각한 나로서는 곤혹스러운 질문이 아닐 수 없었다. 한 작가에 대해 이렇게 오랫동안 연구를 할 수 있구나 하고 새삼스럽게 감탄하지 않을 수 없다.

아베 코보 작품을 번역한 것은 2001년도에 출판된 《벽》이래 《타인의 얼굴》이 두 번째다. 《벽》을 번역 출판할 당시에는 되도록이면 2년에 한 권씩은 아베 코보 작품을 번역해서 소개하려고 계획을 세웠는데 두 번째 번역서가 나오기까지 너무 시간을 오래 끌었다.

당초 계획에서 한 해를 넘기고 두 해를 넘기는 사이에 아기가 태어났다. 아기가 태어난 지 두 달 만에 친정어머니가 세상을 떠나셨다. 마흔이 넘어서 얻은 자식에 대한 기쁨과, 앞으로 두 번 다시 어머니를 볼 수 없다는 슬픔이 교차되면서 아무 생각도 할 수 없었다. 그저 할 수 있었던 것은 "죽음이란 무엇인가" "사는 것은 무엇인가" 하는 물음뿐이었다.

한동안 모든 작업이 중단되었다.

다시, 살아 있는 동안 정열을 바쳐 최선을 다하자고 다짐하면서 번역을 하기 시작했다. 때마침 문예출판사에서 제의를 해와서 흔쾌히 작업에 응했다.

무언가를 세상에 내어놓는다는 일이 이렇게 힘든 작업임을 새삼 깨달았다. 열 달 동안 아기가 태어나기를 기다리면서 태교에 힘썼던 것과 같은 마음으로 작업에 임했다. 부족한 점이 많으나 앞으로는 더욱 성숙한 작업이 이루어지도록 정진해야겠다.

번역을 다 하고 교정을 보는 사이에 연구실에 있던 군자란에 꽃이 피었다. 5년 전부터 내 연구실에서 함께하기 시작한 후 한 번도 꽃을 피운 적이 없었던 군자란이 올봄에 꽃을 피운 것이다. 정말 감동적이었다. 교정을 보는 동안 게으름 피우느라 시간도 많이 걸렸지만 군자란 꽃을 보며 행복한 시간을 보냈다.

《타인의 얼굴》은 우선 '얼굴'을 주제로 해서 전개되는 이야기인 만큼 흥미로우며, 요즘처럼 성형수술 등으로 얼굴을 가공하는 시대에 얼굴의 의미를 다시금 되새겨보게끔 해준 작품이다.

특히 최근에 몇몇 인기 드라마에서는 이름만 있고 얼굴 없는 인물을 등장시켜 흥미를 불러일으키기도 했고, 인터넷에서는 ID만 있고 얼굴 없는 네티즌들이 점점 늘어나고 있다. 그렇다면 얼굴에는 어떠한 의미가 있는 것일까.

이러한 얼굴에 대한 모든 언설이 《타인의 얼굴》에 담겨 있다. 얼굴에 대한 아베 코보의 위트와 해학 넘치는 발상과 논리에 압도당하면서, 우리는 어쩌면 여러 장의 가면을 쓰고 살아가는지도 모르겠다고 생각했다.

마지막으로 번역 초기에 도움을 준 박상형 씨와 번역서 간행에 힘써주신 문예출판사 이금숙 편집장님, 김일수 과장님을 비롯하여 관계자 여러분들과 교정 단계에서 바쁜 와중에도 꼼꼼히 읽어주신 신상구 교수님, 김어봉 학생에게도 이 자리를 빌려 감사한다.

2007년 5월
이정희

옮긴이 **이정희**(李貞熙)

덕성여자대학교를 졸업하고 일본 쓰쿠바(筑波)대학에서 석·박사과정을 수료하였다(문학박사).

박사학위 논문은 〈아베 코보의 소설로 본 현대 일본문화—아베 코보의 텍스트성(安部公房の小說から見る現代の日本文化—安部公房のテキステュアリティ)〉으로, 한국인으로는 최초로 아베 코보 연구로 박사학위를 받았다. 현재 위덕대학교 일본어학부 교수로 있다.

〈현대 일본문학과 식민지체험—아베 코보의 〈만주체험〉을 중심으로〉를 비롯하여 아베 코보에 관한 다수의 논문이 있으며, 주요 저서로는 《아베 코보의 소설 읽기(安部公房の小說を讀む)》(제이엔씨, 2006), 주요 역서로는 아베 코보의 단편집 《벽》(위덕대학교출판부, 2001) 등이 있다.

타인의 얼굴

1판 1쇄 발행 2007년 5월 30일
2판 1쇄 발행 2018년 2월 5일
2판 2쇄 발행 2018년 9월 10일

지은이 아베 코보 | 옮긴이 이정희
펴낸곳 (주)문예출판사 | **펴낸이** 전준배
출판등록 1966. 12. 2. 제1-134호
주소 03992 서울시 마포구 월드컵북로 6길 30
전화 393-5681 | **팩스** 393-5685
홈페이지 www.moonye.com | **블로그** blog.naver.com/imoonye
페이스북 www.facebook.com/moonyepublishing | **이메일** info@moonye.com

ISBN 978-89-310-1073-2 03830